COLLECTION FOLIO

Salim Bachi

Le silence
de Mahomet

Gallimard

Salim Bachi est né en 1971 en Algérie. Il vit en France depuis 1997. *Le chien d'Ulysse* a obtenu la bourse Goncourt du Premier Roman en 2001 et *La Kahéna* le prix Tropiques en 2004.

© Éditions Gallimard, 1971 pour [...] et [...].
© Éditions Gallimard, 1975 pour la présente édition.
© Éditions Gallimard, 2001 pour l'édition de Pierre-
Marc de Biasi.

Pour Anne-Sophie.

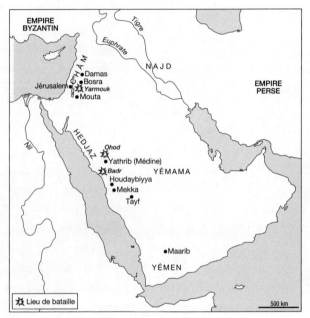

L'Arabie au temps de Mahomet

GLOSSAIRE

ABOU : père, en arabe.

ABOU AL-QASSIM (père de Qassim) : autre nom désignant Mohammad.

BOSRA : ville syrienne.

BINT : fille de, en arabe.

CHÂM : région de l'empire byzantin comprenant la Syrie, le Liban et la Palestine/Israël/Jordanie actuels.

HANIF : celui qui se détourne de la fausse religion et devient, par conséquent, un croyant. Des hommes, avant Mohammad et de son temps, étaient ainsi nommés en raison de leur piété et de leur monothéisme exigeant.

HEDJAZ : région centrale de la péninsule Arabique qui borde la mer Rouge.

HILF : fédération des plus riches marchands mecquois, sorte de gouvernement des meilleurs.

HIND : Inde en arabe.

HOUDAYBIYYA : ville à quelques kilomètres de La

Mecque où fut conclue la célèbre trêve du même nom entre Mohammad et les Qourayshites.

IBN : fils, en arabe.

ISSA : Jésus, en arabe.

JIBRÎL : l'ange Gabriel.

KAABA : édifice sacré de forme cubique, érigé à La Mecque. Sanctuaire en direction duquel prient (*voir* Qibla) tous les musulmans et lieu de leur pèlerinage annuel.

MAARIB : ville de l'ancien Yémen, connue pour son barrage.

MARYÂM : Marie en arabe, mère du Christ.

MEKKA : La Mecque, en arabe.

MESSIE : le Christ.

MOHAMMAD : ainsi est nommé Mahomet par tous les musulmans.

MOUTA : ville du Châm, au sud de Jérusalem, où eut lieu la première bataille des musulmans contre l'Empire byzantin.

NAJD : région centrale de la péninsule arabique.

NAZARÉENS : dénomination des chrétiens en arabe. Waraqa ibn Nawfal était nazaréen et cousin de Khadija, la première femme de Mohammad.

QIBLA : direction de la prière, vers La Mecque et la Kaaba.

QOURAYSH, QOURAYSHITES : nom de la tribu de La Mecque dont est issu Mohammad. La plupart de ses membres les plus éminents s'opposèrent à la prédication de Mohammad.

QÛRRA' : lecteurs du Coran.

ROÛMS : Byzantins en arabe, dérive de « Romains ».

SÎN : Chine en arabe.

TAYF : ville située au sud de La Mecque, à moins de cent kilomètres.

YATHRIB : ancien nom de Médine, à quelque quatre cents kilomètres au nord de La Mecque.

YÉMAMA : région du centre de la péninsule Arabique.

ZABOUR : le Psautier, livre de David selon le Coran, ensemble de textes religieux n'appartenant pas à la Torah, ni à l'Évangile, ni au Coran.

KHADIJA

Lis au nom de ton Seigneur qui a créé !
Il a créé l'homme d'un caillot de sang.
Lis !...
Car ton Seigneur est le Très-Généreux
qui a instruit l'homme au moyen du calame,
et lui a enseigné ce qu'il ignorait.

Que Dieu me pardonne ces mots qui sans cesse vont et viennent dans ma tête. Mohammad pense être fou. J'ai beau lui dire qu'il n'en est rien, il persiste et me demande de l'envelopper dans un caban. Il a froid. Depuis son retour, sans cesse il tremble et claque des dents puis s'endort le front moite ; il se réveille brusquement et me parle : dans la nuit, ou était-ce à l'aube, dans la grotte, ou sur le chemin du retour, le ciel s'est fendu de tout son long, me précise-t-il. Il faisait jour, il faisait nuit, et l'Ange est venu, de toute sa hauteur, de toute sa grandeur d'Ange.

Il marchait dans le désert lorsque « celui qui possède la force s'est tenu en majesté alors qu'il se trouvait à l'horizon élevé ; puis il s'approcha et il demeura suspendu. Il était à une distance de deux portées d'arc — ou moins encore — et il révéla à son serviteur ce qu'il lui révéla : "Lis au nom de ton Seigneur qui a créé !" »

Que Dieu me pardonne, il pense être fou, mais il ne l'est pas, c'est de science certaine, un tel homme ne peut l'être. Je le lui ai dit, je le lui ai répété. Il me rétorque qu'il ne comprend pas pourquoi lui viennent ces fulgurances, ces instants où la parole s'écoule en lui et dit ce qu'il ne sait pas. Mon époux est pourtant un homme de grand savoir et de grande sagesse. Il ne manquait jamais, quand il revenait de Bosra ou, plus loin encore, de Damas, à la tête d'une caravane, d'apporter avec lui les manuscrits qu'il dévorait seul, à l'abri des regards. Souvent il en discutait avec son meilleur ami, Abou Bakr, et ils devisaient ensemble des mystères de ce monde.

Ils effectuèrent la plupart de leurs voyages au Châm ; et ils revenaient enchantés et plus riches chaque fois. Abou Bakr était un bel homme, mince, le visage clair et le front haut. Il ne portait pas son âge et possédait cette éternelle jeunesse que retrouvent les hommes à l'âge mûr. Lui et Mohammad sont frères par l'esprit. On raconte qu'un jour, les deux hommes, en se dirigeant vers la Mosquée, se prirent à rêver à voix haute. Abou Bakr se pencha vers Mohammad.

— Mon ami, pourquoi les Arabes ne disposent-ils pas de leur religion comme les juifs et les nazaréens ?

— Certains sont devenus nazaréens à Mekka. Ou juifs à Yathrib. Waraqa ibn Nawfal écrit l'Évangile en hébreu et il me donne à lire certains passages.

— Cela est vrai, Mohammad. Pourquoi n'avons-nous pas notre propre Livre ? Notre Évangile, notre Torah, notre Zabour ?

— Dieu nous a abandonnés, Abou Bakr.

— Pourquoi n'a-t-il point abandonné les juifs et les nazaréens ?

— Je ne sais pas, Abou Bakr.

Ils n'évoquèrent plus jamais le sujet. Ils poursuivirent leurs voyages vers le nord. Chaque fois, ils revenaient pleins de merveilles dans les yeux. Ils avaient rencontré des hommes pour qui Dieu était unique, seul et inaccessible ; et ces hommes croyaient en une vie après la mort.

La nuit, Mohammad se retournait sur notre couche, sans trouver le repos. Quand il glissait dans le sommeil, des rêves étranges le tourmentaient. Parfois, il volait avec les oiseaux, et se souvenait de l'armée d'Abraha ; il la regardait avancer dans le désert, se dirigeant vers la Kaaba. Il voyait les hommes de l'Abyssin, fourbus et lamentables ; il poursuivait les chameaux de son grand-père, Abd al-Mouttalib. D'autres fois, il songeait au châtiment des gens de Thamoud. Dieu leur avait envoyé un prophète, Salih, qui, me racontait Mohammad quand il se réveillait, lui ressemblait trait pour trait.

Je suis née avant Mohammad, bien avant lui, mais ma pudeur m'a longtemps empêchée de le dire. J'entrai donc dans ma trente-cinquième année quand j'épousai Mohammad et non dans ma quarantième comme le colportèrent certains Qourayshites. Pour rabaisser Mohammad et l'islam, nos ennemis insinuaient souvent que j'étais beaucoup trop âgée pour lui donner une descendance mâle qui aurait survécu aux maladies de l'enfance.

Mekka, en ce temps-là, était à l'épicentre du monde, sur le chemin des caravanes qui partaient d'Abyssinie, longeaient le Yémen, traversaient les cités de Maarib et de Sanaa avant de poursuivre leur long périple en direction du Châm, au nord. Cette première route était la plus importante puisqu'elle permettait aux chameliers de Qouraysh d'acheminer les marchandises venues des pays de Sin et de Hind jusqu'à Bosra et Damas où de riches et belles dames achetaient à bon prix les parfums et les bijoux qui leur servaient de parures. La cité était peuplée d'hommes et de femmes qui révéraient le Messie et sa mère, Maryâm ; la Perse sassanide, à l'orient, adorait le feu et son prophète Zoroastre, gardien des ténèbres et de la lumière.

Jeune fille, on me répétait souvent que ces contrées recelaient de merveilleuses richesses ; ainsi ces tissus fins et colorés que l'on disait issus du ver de Sin ; ces ambres et ces muscs d'Abyssinie dont raffolait Mohammad, qui en usait souvent pour lui et moi, étaient eux aussi acheminés sur les grandes routes par les Qourayshites et vendus par leurs esclaves sur les marchés de Mekka. Seule Tayf pouvait s'enorgueillir de jeter une ombre sur Mekka.

Nous, les Mecquois, nous étions fiers de notre cité et surtout de son centre religieux qui attirait les fidèles de toute l'île des Arabes, du Hedjaz au Najd, de la terre de Maarib au Châm. Ancien puits sur la route des caravanes, elle était devenue très vite une cité prospère où s'était installée la tribu des Qourayshites. Certains de ces Qourayshites étaient les plus habiles marchands du monde. Ils sillonnaient la terre de part en part pour acheter ces belles marchandises et les revendre ensuite avec le plus grand profit.

La notoriété de la ville était telle que Tayf en souhaitait la ruine pour se garantir de ces féroces concurrents. Quand Abraha l'Abyssin décida d'écraser les Mecquois et de ruiner leur nation, les hommes de Tayf lui prêtèrent une main secourable. La vieille cité arabe refusait la domination de sa fringante rivale. Mais Abraha fut défait et Tayf abandonna ses velléités de gloire et de puissance. Peu à peu, elle s'enfonça dans la nuit et son commerce périclita au point que ses habitants vinrent peupler les alentours de Mekka.

Dédaigneux, victorieux de l'Abyssin, les Mecquois croyaient en leur étoile, ce qui explique en partie l'hostilité rencontrée par Mohammad au début de sa prédication, et ce sans prendre en considération le fait qu'il s'opposait souvent aux plus nantis et que lui-même était un des plus humbles bien que notre mariage l'eût sorti définitivement de cet état. Quant au moral, il fut toujours un des hommes les plus riches de Mekka. Jamais il ne lui manqua le discernement qui fait défaut à tant de mes contemporains. Il était juste et d'une droiture hors du commun qui le fit connaître très tôt de tous les caravaniers du monde.

Mon bien-aimé était aussi un voyageur et un lettré, sinon comment imaginer que moi, sa femme, Khadidja Bint Khouwaylid, je lui eusse confié sans crainte mes biens pour qu'il en fît commerce jusqu'au Châm. Bien sûr, on se plaît aujourd'hui à colporter d'étranges légendes sur mon mari. Certains le disent fruste, ne sachant ni lire ni écrire, et c'est à peine s'ils n'ajoutent pas qu'il ignorait le calcul. En vérité, face aux nazaréens, il ne pouvait s'appuyer sur aucun livre saint. Le

Coran, pour ces pauvres diables, n'était que poésie et légendes et il ne pouvait être comparé à l'Évangile que traduisait mon cousin Waraqa.

Ils cherchent ainsi à faire oublier la forfaiture des leurs et s'opposent à la véritable religion qu'ils tentent d'altérer en rabaissant le Messager de Dieu, cherchant à en faire une sorte de pantin à qui personne ne peut accorder créance, une marionnette dans les mains du hasard, ignorant des mystères de ce monde et de l'au-delà. Voilà pourquoi les Qourayshites, dans leur grande majorité, refusent d'adhérer à la foi du Dieu unique et sans associé. Ils rabaissent son serviteur pour expliquer l'aveuglement de ces marchands qu'il fustige et qui règnent sur Mekka.

Lorsque le ciel se déchirera,
il écoutera son Seigneur
et il fera ce qu'il doit faire.

Lorsque la terre sera nivelée,
qu'elle rejettera son contenu
et qu'elle se videra,
elle écoutera son Seigneur
et elle fera ce qu'elle doit faire.

Alors toi,
l'homme qui te tournes vers ton Seigneur,
tu le rencontreras.

Celui qui recevra son livre dans la main droite
Sera jugé avec mansuétude ;
il s'en ira, plein d'allégresse,
                    vers les siens.

Quant à celui qui recevra son dernier livre der-
        rière son dos,
il appellera l'anéantissement
et il tombera dans un brasier.

Il était heureux au sein de sa famille ;
il pensait ne jamais retourner vers Dieu.
Bien au contraire !
Son Seigneur le voyait parfaitement !

Non !...
Je jure par le crépuscule ;
par la nuit et ce qu'elle enveloppe
et par la pleine lune :
vous subirez certainement
        des transformations successives.

Pourquoi ne croient-ils pas ?
Pourquoi ne se prosternent-ils pas
quand on récite le Coran ?

Bien au contraire !
Les incrédules crient au mensonge !

Dieu connaît parfaitement ce qu'ils cachent.
Annonce-leur un châtiment douloureux ;
sauf à ceux qui auront cru
et qui auront accompli des œuvres bonnes,
car une récompense qui ne sera jamais interrompue
        leur est destinée.

Mohammad naquit l'année de l'Éléphant. On l'appelle ainsi en souvenir de l'expédition d'Abraha contre Mekka.

Abraha avait décidé de bâtir une grande église afin de détourner le commerce de Mekka vers la capitale du Yémen. Sanaa était en ce temps-là une cité florissante comme il en existait peu sur l'île arabe ; on y échangeait les plus belles marchandises du monde : les soieries des pays de Sîn, où, racontait-on, les hommes étaient plus petits que nos femmes, les épices de Hind, ce royaume où Alexandre aux deux Cornes avait épousé une princesse de grande beauté ; et l'ivoire d'Abyssinie, d'une blancheur solaire, qu'acheminaient des esclaves noirs.

Avant d'entreprendre la construction de son église, Abraha informa le Négus puis César à Byzance. Il détruisit le ksar de Balqîs, palais de la reine de Saba, et entreprit des travaux qui nécessitèrent une main-d'œuvre digne de Pharaon.

Des captifs africains travaillaient jour et nuit à l'édification de ce temple.

Quand des Mecquois virent l'œuvre d'Abraha, ils en conçurent une grande jalousie. Le nouveau maître du Yémen s'apprêtait à ruiner leur commerce en détournant les caravanes de la Kaaba, notre temple où venaient prier tous les Arabes, qu'ils fussent nazaréens ou gens du Livre, ou encore des Hanifs — à l'exemple d'Oumayya ibn Abou Salt — qui révéraient Dieu sans toutefois être nazaréens ou gens du Livre. Un de ces Mecquois entra dans l'église d'Abraha et la souilla de ses excréments.

Quand il prit connaissance de l'outrage, Abraha forma le projet de monter une expédition punitive contre Mekka et de détruire notre Kaaba. Il en informa le Négus qui approuva sa décision. Il lui demanda de lui dépêcher un éléphant pour effrayer ses ennemis. Quand il reçut l'animal, il donna l'ordre à son armée de se diriger vers Mekka : l'éléphant marchait à la tête des troupes.

Aujourd'hui encore on raconte qu'Abraha et son armée passèrent une nuit agitée de sombres présages. Les étoiles au ciel brillaient d'un éclat inhabituel. De nombreux rêves vinrent tourmenter les soldats. Leur guide prit la fuite pour se réfugier dans la Kaaba. Certains hommes, des Arabes de Tayf, de la tribu de Thaquîf, qui s'étaient

joints à l'expédition en pensant ainsi se débarrasser d'un concurrent redoutable, furent pris de pa-
nique à l'idée du sacrilège. Ils brisèrent leurs lances
et leurs flèches, puis s'arrachèrent les cheveux en
signe de deuil ; leurs hystéries effrayèrent le restant de la troupe.

Au cours de la nuit, un froid intense gela le
campement, ce qui brisa les plus vaillants que l'expédition dans le désert d'Arabie avait usés. Certains dormaient, guerriers jetés par terre, comme
les vestiges que les nomades abandonnaient, ces
ruines que chantaient les poètes de Mekka et
des environs, quand la nuit, enveloppés dans un
burnous, ils tissaient des vers pour se tenir éveillés.
Alors, entre les flammes, ils percevaient des ombres qui sonnaient le rappel des songes : des femmes languides incendiaient leurs visages gelés ;
pour d'autres, c'étaient des animaux fabuleux qui
convolaient en des noces terrifiantes.

Quand mon bien-aimé peignit les gouffres infernaux qui attendaient les incroyants, ceux-ci
les avaient déjà imaginés lorsqu'ils s'étaient retrouvés seuls sur les chemins des caravanes, perdus au milieu des sables, sous la lune aveuglante
que leurs ancêtres chantaient depuis l'aube des
temps. Certains avaient même la mémoire antique des plaines et des rivières qui irriguaient le
désert avant nos naissances ; les vertes vallées du
paradis tintaient à leurs oreilles comme le souvenir d'un moment de bonheur qu'ils se racontaient

génération après génération pour apaiser les tourments du soleil et les morsures du froid nocturne.

Personne ne rêvait plus parmi les gens d'Abraha, et il fallait déjà se lever pour détruire un sanctuaire qu'ils eussent préféré ignorer jusqu'à la fin de leurs jours. Ils se mirent donc en marche pendant la nuit, l'éléphant leur servant de guide massif et dérisoire.

Quand le jour vint, le ciel se couvrit : des nuées d'insectes obturaient à présent le soleil : en fait, des oiseaux, des milliers d'oiseaux qui s'abattirent sur Abraha et ses hommes, laissant tomber les pierres qu'ils tenaient entre leurs serres. Et les cailloux chutaient en rompant les échines et les membres, en crevant les yeux et les ventres, en fendant les cous et les têtes.

Les morts s'amoncelaient sur le chemin de Mekka ; les cadavres s'ajoutaient aux cadavres au point qu'il fallut fuir le massacre ; Abraha, blessé, rebroussa chemin.

On raconte qu'il mourut en arrivant au Yémen.

Cette année fut celle où vint au monde Mohammad ibn Abd Allâh ibn Abd al-Mouttalib ; on la nomma l'Année de l'Éléphant en souvenir de l'expédition du roi abyssin qui voulut détruire la Kaaba. Une année de guerre et de victoire pour les gens de Qouraysh ; Mohammad ne manquerait pas de le rappeler à ses ennemis.

N'as-tu pas vu
comment ton Seigneur a traité
les hommes de l'Éléphant ?

N'a-t-il pas détourné leur stratagème,
Envoyé contre eux des bandes d'oiseaux
qui leur lançaient des pierres d'argile ?

Il les a ensuite rendus semblables
à des tiges de céréales qui auraient été mâchées.

Pendant que Mohammad psalmodiait ces versets, je lui avais recouvert les épaules d'un burnous blanc. Oui je me souviens, ses yeux fixaient l'aube à venir et ne me voyaient plus : ils déchiffraient dans la nuit les signes lumineux qui s'inscrivaient devant lui.

Lorsque je lui demandais s'il entendait la parole de Dieu ou s'il la voyait, il me répondait qu'elle marquait son cœur avec des tisons, des figements de lumière qui prenaient sens dans son esprit et que les mots épousaient. Ou, parfois, il entendait un carillon qui tintait de loin en loin. Il savait alors qu'il devait se retirer seul, un burnous sur ses épaules pour que le froid qui enserrerait ses membres ne lui fût pas insoutenable.

Quand les mots finirent par mourir, il s'endormit entre mes bras. J'aimais sentir ses membres contre les miens. Il était grand, sans l'être autant que ce mécréant d'Omar ibn al-Khattab. Il était jeune, bien plus jeune que moi. Je lui avais apporté ma richesse, il m'avait offert sa fougue et son intelligence. Jamais il ne chercha à prendre une concubine ou une autre femme. Il ne semblait désirer d'autre compagnie que la mienne. Il aimait se blottir contre mon corps à la nuit tombée. De nos flancs naquirent trois fils, Qassim, Taher, Tayeb, et quatre filles, Zayneb, Reggaya, Oum Kalthoum et Fatima.

Qassim est mort il y a presque dix ans maintenant. Dix longs étés, dix longs hivers, pendant lesquels il ne put se consoler de sa mort. Ses autres frères le suivirent dans la tombe, ce qui renforça encore sa tristesse. C'est pourquoi je lui offris Zayd, mon esclave, qu'il s'empressa d'affranchir et de considérer comme son fils. Lui-même proposa à son oncle, Abou Tâlib, de prendre son fils Ali avec nous pour lui ôter un fardeau. Il aimait Ali et Ali l'aimait aussi. Pourquoi n'ai-je pu lui donner un fils ? Pourquoi son Dieu ne lui permet-il pas d'en avoir ?

Je lui dis : « Ô mon bien-aimé, prends une autre femme et qu'elle te donne un fils. »

Il me répondit : « Tu m'as donné plus que nécessaire, Khadija. »

Puis il me prenait dans ses bras et me parlait d'al-Qassim que nous avions vu grandir comme une pousse de palmier pendant deux années. Il s'élançait alors avec toute la fougue des jeunes enfants. À neuf mois déjà, il s'entretenait avec son père. Il avait reçu le don du langage. Le père était fier du fils.

Mais l'enfant, un jour, s'alita pour ne plus jamais se relever.

Pendant les deux semaines de son agonie, son père s'étendait à ses côtés et lui parlait sans cesse. Quand l'enfant s'endormait, il se taisait et le regardait dormir. Il m'interdisait de le réveiller. Parfois, avec toute la douceur dont il était encore capable, il passait une main légère sur le front de son fils. Alors il fermait les yeux et pleurait en silence, comme si la fièvre annonçait déjà la mort future dans l'esprit de mon bien-aimé. Je n'ai jamais vu un homme aussi malheureux pendant ces semaines d'agonie. Il ne mangeait plus, il ne dormait plus, il dépérissait avec son fils. Je me suis même demandé si je n'allais pas les perdre tous deux ; et ils m'abandonneraient seule, expirante comme une flamme sous le vent.

Un matin l'enfant libéra son dernier souffle. Le soleil brûlait déjà les murs du patio devant la maison. Mohammad sortit dans la cour, leva les bras au ciel et hurla jusqu'à tomber sur ses genoux ; il resta prostré ainsi pendant tout le jour et la nuit. Ses cheveux longs masquaient son visage, et son corps, jadis vigoureux, semblait vaincu par le temps. Personne n'osa le relever. Moi-même je ne m'approchais pas de lui, comme si une force implacable émanait de sa personne et me tenait loin, très loin, creusant entre nos deux personnes un abîme de peine et d'obscurité. C'est sous ce soleil ardent, en proie à la plus vive douleur qu'un homme pût concevoir, que la présence de Dieu, sa terrible et redoutable présence, pesa de tout son poids sur l'échine et l'âme recourbées de mon bien-aimé.

Après ce jour terrible et noir, il ne fut plus jamais le même homme. Il lava le corps de notre fils, l'enveloppa dans le linceul de sa tunique blanche et le porta en terre. Quand je voulus l'en empêcher — ce devoir incombait aux femmes de la maisonnée —, il refusa et je ne pus lui faire entendre raison. Il rompait de manière abrupte avec la tradition et, dans ses yeux qui me disaient non, brûlait une flamme insoumise. Quelqu'un ou quelque chose avait allumé en lui un grand feu et, longtemps après ce deuil, j'eus peur qu'une présence maléfique ne se fût insinuée en lui à la faveur de la mort de Qassim.

Je me trompais. Il redevint le même homme qui m'avait demandée en mariage sans lever les yeux vers mon visage. Ce même homme simple et humble qui prit ma main dans la sienne et la porta à ses lèvres avant de s'approcher et d'ôter le caftan qui recouvrait mes épaules, ma poitrine et mon ventre.

Il posa sa main sur mon sein et s'en amusa, avec ses doigts d'abord puis avec ses lèvres et sa langue.

Quand il se relevait, il me regardait et riait un peu comme un enfant surpris au moment de la faute ; et il m'embrassait à nouveau, enfouissant son visage dans mes cheveux ; je sentais sa respiration sur mon cou : un feu brûlant m'envahissait et me consumait pendant qu'il jouait avec mon corps et qu'il riait encore plus fort, nos membres et nos visages mêlés.

Ton Seigneur t'accordera bientôt ses dons
et tu seras satisfait.

Ne t'a-t-il pas trouvé orphelin
et il t'a procuré un refuge.

Il t'a trouvé errant
et il t'a guidé.

Il t'a trouvé pauvre
et il t'a enrichi.

Quant à l'orphelin,
ne le brime pas.

Quant au mendiant,
ne le repousse pas.

Quant aux bienfaits de ton Seigneur,
raconte-les.

Nous étions dans l'alcôve, en cette même maison où les jours et les années, les pleurs et les rires, les naissances et les morts se sont succédé. Dehors la nuit avait étendu ses voiles noirs sur Mekka. Un frisson parcourait les palmes brûlées et les agitait sous la lune et les étoiles. L'azur insondable recouvrait le monde, et l'esprit de l'homme, jamais, au grand jamais, ne l'embrasserait.

Il parlait de son grand-père avec un sourire sur les lèvres, comme s'il esquissait la silhouette d'un homme perdu pour Dieu mais envers qui il conservait une grande tendresse. Cela ne l'empêchait pas de répéter que son grand-père, Abd al-Mouttalib, devait en ce moment même brûler en enfer avec nos pères et leurs pères, et les pères de leurs pères.

Quel vertige pour moi de savoir que nos aïeux s'étaient trompés et qu'ils payaient pour leur aveuglement. Parfois j'en concevais une peine immense, ces hommes n'étaient pas tous mauvais, certains furent sans doute de bons pères, quelquefois de bons époux, et pourtant ils étaient damnés dans l'esprit de mon bien-aimé qui ajoutait pour illustrer son propos :

— Mon grand-père, Abd al-Mouttalib, sentant la fin de ses jours, prit l'habitude de s'asseoir à l'ombre de la Kaaba, entouré de ses fils. Pour cela, il étendait le grand tapis de damas que lui avait offert Abraha.

Dans sa route vers Mekka, Abraha avait rencontré un important troupeau de chameaux ; deux cents têtes, une fortune : il les confisqua pour nourrir ses soldats. Ils appartenaient tous à Abd al-Mouttalib.

Lorsque, après plusieurs jours de marche dans le désert, il fut aux abords de Mekka, Abraha convoqua un de ses séides et lui dit :

— Va à Mekka et demande à parler au caïd de la ville. Quand il te recevra, tu lui diras qu'Abraha n'est pas venu faire la guerre. Et qu'il se présente à eux dans le but unique de raser la Kaaba avec ses éléphants. S'ils ne s'opposent pas à mes desseins, je ne verserai pas le sang de leurs hommes et je n'emporterai pas leurs femmes et leurs enfants en captivité. Si les Mecquois renoncent à se mesurer à mon armée, ramène avec toi quelques-uns de leurs seigneurs en gage de leur bonne volonté.

L'homme se rendit à Mekka et demanda à voir

le seigneur de Qouraysh. On lui indiqua la demeure d'Abd al-Mouttalib. Il se présenta devant sa demeure, le fit mander à un jeune garçon qui ouvrit la porte. Le gamin, sans un mot, retourna dans la maison. Il entendit des paroles, une sorte de dispute, puis les voix se turent ; et il vit sortir un vieil homme, de grande taille, le visage en lame de couteau.

— Parle et ne me fais pas perdre mon temps.

L'émissaire délivra le message de son roi.

Abd al-Mouttalib le regarda pendant quelques instants puis rentra chez lui. L'envoyé du roi ne sut comment interpréter le départ d'Abd al-Mouttalib. Il s'apprêtait à repartir quand il vit la porte s'ouvrir à nouveau. Le vieil homme se présenta avec ses fils : ils étaient nombreux et encore plus rébarbatifs que le caïd à la barbe blanche.

Il dit, cérémoniel en diable :

— Nous ne voulons pas faire la guerre au roi Abraha. Nous n'en avons pas les moyens. Nous ne sommes que de paisibles commerçants. La Kaaba est la maison de Dieu. Il appartient à Dieu de la protéger. S'il permet à Abraha de la détruire, nous ne l'empêcherons pas.

L'émissaire lui demanda de le suivre chez le roi pour lui répéter ces paroles. Abd al-Mouttalib mit de l'ordre dans ses affaires et partit avec ses fils.

Abraha les reçut avec tous les honneurs dus à leur rang. Pour complaire à Abd al-Mouttalib, il le fit même asseoir à ses côtés sur un tapis damascène. Abd al-Mouttalib ne put quitter des yeux le bel ouvrage dont les motifs entrelacés racontaient les travaux et les jours, la vie et la mort, les épousailles et les naissances.

Devant le silence du vieil Arabe, le roi demanda à un interprète de lui répéter son offre, à savoir la destruction de la Kaaba contre la vie sauve pour tous les Mecquois.

Abd al-Mouttalib sortit de son silence :

— Donne-moi ce tapis.

Étonné, Abraha dit :

— Par Jésus, tu viens me parler d'un vulgaire tapis et tu ne me dis rien du temple qui abrite ta religion et celle de tes ancêtres. Je compte le détruire et en disperser les pierres dans le désert. C'est ta seule demande, vieil homme ?

Abd al-Mouttalib caressait la tapisserie en laine peignée.

— Rends-moi mes chameaux !

— Vieil homme, tu m'as plu quand je t'ai vu, tu m'as déplu quand je t'ai entendu.

Abraha ne comprenait pas la manière de penser du caïd de Mekka. Il tournait autour du principal sujet au lieu d'aller à l'essentiel. Soit, il le suivrait jusqu'au bout de sa réflexion : on apprend autant de ces sauvages que des meilleurs.

— Tu tiens plus à ce tapis et à tes chameaux qu'au temple de ta ville ! Je ne te comprends pas. Tu sembles pourtant un homme de raison. Les poils de ta barbe sont blancs et tu as de grands enfants. On m'avait parlé de vous, les habitants de Mekka, mais je ne m'attendais pas à tant de folie.

— Je suis le maître de mes chameaux. Quant à la Kaaba, elle a un maître qui saura la défendre.

— Il ne pourra rien contre moi.

— C'est votre affaire, à toi et à lui ! Donne-moi mes chameaux !

— Magicien !

Abraha lui rendit les bêtes ; pour conjurer le sort, il lui offrit même le tapis sur lequel ils s'étaient assis. Abd al-Mouttalib, satisfait, lui proposa alors un tiers de la fortune de Qouraysh s'il renonçait à détruire la Kaaba et repartait avec ses armées.

— Je détruirai la Kaaba ! Les Arabes ont souillé mon église ! Mes lascars souilleront la leur !

L'église d'Abraha s'élevait de la terre de Sanaa, et ses dimensions marquaient les esprits avant de captiver les regards. Ses murs épais étaient décorés de marbres envoyés par Héraclius, le roi des nazaréens. Des bois précieux recouvraient certaines parois intérieures.

La porte en bois de santal ouvrait sur une allée grande et large bordée de colonnades d'or. Suivait une salle carrée aux voûtes chargées de mosaïques parsemées d'étoiles et de saphirs. Plus loin, on entrait dans un édifice plus petit où s'élevait une coupole où de grandes croix, serties de rubis et de céramiques, étaient peintes en relief. Au centre, sous la voûte, un médaillon de marbre reflétait la lumière du soleil et de la lune, qui éclairait, de jour comme de nuit, le dôme sublime. Au centre, et sous la coupole, une chaire s'élançait vers le ciel ; de bois d'ébène incrusté d'ivoire et de nacre, offerte par le Négus, elle affirmait la puissance de Dieu. Des marches d'argent s'élevaient vers le sommet.

— Je n'ai que faire de ton église ! Je ne l'ai jamais vue. Mes chameaux, et fais ce que bon te semble. Tu as une armée, des hommes en grand nombre, et tu es puissant comme Chosroes ! Qu'importe un pauvre Arabe et ses chameaux qui seront dispersés entre ses fils quand la mort viendra le prendre ?

Las, le roi du Yémen mit fin à la rencontre.

Abd al-Mouttalib revint avec ses chameaux, son tapis de Damas et prévint les siens qu'Abraha avait rejeté leur offre et s'apprêtait à fondre sur la ville sainte pour détruire le sanctuaire. Il conseilla au peuple de Qouraysh de quitter Mekka et de se réfugier sur les collines environnantes. Les hommes et les femmes se cachèrent et attendirent l'arrivée d'Abraha. Et on sait comment le maître de la Kaaba, Dieu lui-même, protégea son bien et permit la naissance de mon bien-aimé dont les paroles ne cessaient d'emplir l'alcôve où nous nous enlacions, lui et moi, pendant que les mots établissaient un chemin entre nos deux corps à l'âme déliée.

— N'as-tu jamais observé cette tapisserie, mon amour ?

Il me montra le damas qu'il avait hérité de son grand-père. Il n'avait rien perdu de son éclat ; et ses camaïeux charmaient encore l'œil. Il le caressa à son tour comme sans doute le faisait Abd al-Mouttalib quand il recevait ses amis.

— Oui, je l'ai fait, Abou al-Qassim.

Je l'appelai ainsi : le père de Qassim ; je savais qu'il gardait toujours un fond de tendresse pour notre fils défunt.

Mohammad ajouta :

— Alors tu n'ignores pas que Dieu est le plus grand Tapissier, et que le monde est Son œuvre, ainsi que le ciel et la terre, et que vous-mêmes en êtes les fils entrelacés. Il suffit au grand Tapissier d'entrelacer deux fils pour que vos vies soient liées, d'en ôter un second pour qu'une vie arrive à son terme.

— La tienne aussi est suspendue à un fil ?

— Oui, nos vies ne valent rien en tant que telles, elles ne valent que parce qu'elles participent de la même trame.

— Je te comprends, Abou al-Qassim.

— Moi seul m'asseyais sur son tapis damascène. Quand mes oncles, par respect pour leur père, voulaient m'en empêcher, Abd al-Mouttalib les arrêtait.

« Laissez-le, je vous en conjure. Il est promis à une haute destinée. »

Ainsi, il pouvait le serrer contre lui et lui caresser le dos pendant les heures chaudes de la journée quand les Mecquois s'abstenaient de tout labeur pour préserver leurs forces ; ils se retiraient dans leurs cours et, en compagnie de leurs enfants ou de leurs femmes, ils s'endormaient allongés sur des coussins, à l'ombre d'un oranger.

— Abd al-Mouttalib me traitait toujours comme un de ses fils, même si parfois je m'endormais le ventre vide et me réveillais affamé au point d'aller boire toute l'eau de Zamzam.

Quand vint le moment de la mort, Abd al-Mouttalib réunit ses fils et leur demanda de prendre soin de Mohammad et de lui donner le tapis

sur lequel ils se retrouvaient si souvent. Mohammad n'avait alors que huit ans et avait perdu son
père à la naissance et sa mère à l'âge de six ans.
Deux de ses oncles étaient de la même mère que
son père : al-Zubayr et Abou Tâlib. Le sort dé-
signa Abou Tâlib, le plus pauvre des deux. Il
conserva le cadeau d'Abraha et le transmit à son
neveu quand il eut atteint l'âge de raison. Ce fut
son seul héritage, mais quel legs ! Quand il demanda ma main, il me l'offrit en guise de dot ; je
refusai l'ouvrage et acceptai l'homme tant je le savais attaché au souvenir de son grand-père. Quand
Mohammad mourra, j'espère qu'on l'enveloppera
dans ces fils entrelacés, comme les doigts de nos
mains amoureuses.

Mohammad me raconta aussi comment, avec son oncle, il partit pour le Châm, accompagnant la caravane qui allait de Mekka à Bosra, sur le chemin de Damas. Il avait douze ans et supplia Abou Tâlib de l'emmener avec lui ; il céda.

Arrivés à Bosra, ils s'arrêtèrent au campement des caravanes. Un vieil ermite, Bouhayra, vivait dans une cabane construite de ses mains. Quand il aperçut la caravane et Mohammad et Abou Tâlib, il se dépêcha de préparer à dîner. Il envoya ensuite un émissaire pour inviter les Qourayshites à sa table. Les Qourayshites s'étonnèrent :

— Par Dieu, Bouhayra, es-tu malade ?

On le prenait pour un fou ; ces Arabes ne comprenaient pas pourquoi le prêtre vivait seul dans une demeure de planches mal équarries, ouverte à tous les vents. Ils ne comprenaient pas non plus cette religion qui mangeait le cœur de Bouhayra au point de lui ôter le sommeil et de l'abandonner à ses vertiges.

L'homme, la nuit, entendait des voix qui l'appelaient. Sans doute les vents qui fouettaient les étendues pierreuses et s'immisçaient entre les planches de sa bicoque. D'ailleurs, l'ermite professait une foi absurde pour les hommes du désert. L'amour d'un Dieu unique certes, mais partagé en trois entités, Son fils, mort sur la croix, et le Saint-Esprit, une sorte de djinn qui devait tourmenter le pauvre hère quand un jeûne trop prolongé le plongeait dans un demi-sommeil. Ils riaient souvent en évoquant entre eux Bouhayra.

Seul Mohammad ne comprenait pas les rires de ses compagnons. Il essayait d'imaginer à son tour ce Dieu unique et seul, mais partagé entre deux autres entités ; lui non plus ne comprenait pas. Non pas l'immense solitude de l'être unique, cela il le ressentait dans sa chair, lui l'orphelin, mais ce partage entre ce fils qui frappait son imagination au point de le faire rêver la nuit d'une immense croix de bois sur laquelle on le hissait et cet Esprit saint qui tourmentait les moines solitaires.

Regard perdu vers les confins, le vieil homme finit par répondre en levant la main sur l'assemblée des caravaniers.

— Non. Je vous invite tous. Du seigneur à l'esclave, venez tous vous asseoir à ma table.

Les yeux du moine brillaient comme ceux d'un homme pris de boisson.

— Bouhayra, nous nous sommes souvent arrê-
tés devant ta porte et jamais tu ne nous as conviés
à manger quelque chose.

— Aujourd'hui vous êtes mes invités.

Ils se présentèrent tous à l'exception de notre
Messager, jugé encore trop jeune pour prendre
part au festin du prêtre Bouhayra.

— Gens de Qouraysh, leur dit-il lorsqu'ils s'approchèrent de sa maison. Je vous ai tous invités.

— Bouhayra, il ne manque qu'un jeune orphelin qui garde nos montures.

— Vos chamelles se garderont bien toutes
seules !

L'un des convives alla vite chercher Mohammad et revint avec lui chez le prêtre érémitique.

Pendant tout le repas, Bouhayra ne cessa d'ob-
server le jeune Mohammad au point que celui-ci
en conçut de la gêne. À la fin du dîner, quand
tous les convives s'en allèrent, Bouhayra s'approcha du Messager et lui demanda s'il pouvait lui
poser quelques questions. Le jeune homme répondit par l'affirmative, sans doute curieux de
voir cet homme s'intéresser à un jeune orphelin
que personne dans sa tribu ne considérait plus
qu'une brebis.

— Mohammad, rêves-tu quand le sommeil
tombe sur tes yeux ?

Il rêvait. De la fin des temps, de la mort des
caravanes, de la nuit éternelle, il rêvait. Et de
bien d'autres choses encore. Il passait ses jours et

ses nuits en songes étranges. La solitude ne lui pesait plus. Il l'avait apprivoisée pendant ses errances de berger et, maintenant, il s'apprêtait à connaître de nouvelles aventures en accompagnant ses oncles pendant leurs pérégrinations.

— Et de quoi sont faits tes songes, Mohammad ?

— De merveilles, mon seigneur.

Il les appelait ainsi : ses merveilles. Elles lui tenaient lieu de compagnie et l'encourageaient à ne pas perdre espoir. Il se savait perdu, lui l'orphelin, le pire destin avec celui d'une femme sous la coupe de son père ou de son mari. Il appartenait à tous et à personne à la fois. Il dépendait du bon vouloir de son oncle, Abou Tâlib, qui jusqu'à présent s'était montré clément avec lui, plus par fidélité à la mémoire de son père que par un quelconque attachement paternel. À moins que son amour ne fût masqué par les convenances qu'un homme de son rang se devait de préserver. Il ne parvenait pas encore à discerner les motivations des uns et des autres ; mais il apprenait vite. Il y parviendrait un jour, il en était sûr.

Le vieux moine le regardait avec la fixité du fennec. Il prit sa main dans la sienne et la serra.

— Ne m'appelle pas ainsi, Mohammad. Appelle-moi Bouhayra comme le font ton oncle et le reste de ton clan. Parce que tu es un Qourayshite, n'est-ce pas. Un Qourayshite comme eux.

Il appartenait à leur clan, mais il n'était pas

comme eux. Ils lui avaient fait ressentir toute sa différence ; c'était un orphelin sans aucun bien sur cette terre ; il n'épouserait que la femme qui voudrait de lui. Cela il le comprenait à son âge. Il avait bien saisi aussi que la branche de la tribu de son père, les fils de Hâshim, n'étaient plus les seigneurs de Mekka, et que lui, Mohammad, n'était pas le maître chez lui et ne le serait jamais.

Pourtant, il n'en concevait aucune amertume, comme si cet abandon de la Providence lui avait réservé un sort après tout assez enviable. Il pouvait agir à sa guise, penser seul puisque personne ne lui prêtait d'attention ni ne lui demandait son avis d'ailleurs. C'est à peine si on l'écoutait jusqu'à ce jour. Jusqu'à Bouhayra qui attendait ses réponses comme un homme assoiffé en quête d'un puits sur la route millénaire des caravanes.

— Je ne suis qu'un orphelin.

— Cela est bien, Mohammad, dit Bouhayra qui se souvenait que le fils de Maryâm avait aussi perdu son père avant sa naissance.

— Mais je suis pauvre, Bouhayra, et je dépends de mon oncle, Abou Tâlib. Je dépendrai toujours de l'aumône des compatissants.

— Dieu subviendra à tes besoins, Mohammad. Il subviendra à tous tes besoins, je te le garantis. Veux-tu rester avec moi, je t'enseignerai les Écritures, la parole des anciens prophètes ?

Il avait entendu parler de ces hommes que les riches marchands de Mekka moquaient pour leur prétention à la vie future sous le regard d'un Dieu unique. Rien ne comptait pour eux hormis les richesses présentes, la fortune accumulée dans leurs belles demeures, et la vie, la vie qu'ils chérissaient comme ces femmes qu'ils couvraient de bijoux et pour lesquelles leurs poètes mouraient dans les vapeurs du vin et de l'encens. Lui n'aimait que l'encens et la myrrhe, il y avait toujours été très sensible.

Il détestait les poètes. Leurs poèmes n'avaient aucun sens. Il les écoutait comme tous les jeunes Arabes quand ils se produisaient devant la Kaaba pour quelques pièces d'or et pour complaire à leurs maîtres bouffis d'orgueil. Il suffisait d'avoir de l'argent pour se procurer les louanges d'un poète. L'argent permettait tout dans cette vie ; oui, mais après, quand la vie aurait quitté le corps du plus puissant Mecquois, à quoi pouvait-il bien servir, cet argent ?

— Je dois repartir avec les miens.

— Avant de repartir, peux-tu me montrer ton dos, Mohammad ?

Le Messager de Dieu fit glisser sa chemise devant le prêtre. Et celui-ci put voir, entre les omoplates, la marque de la prophétie. Il se signa en hâte et lui demanda de remettre son habit.

— Quels songes peuplent tes nuits, Mohammad ?

— Souvent, je vois un cheval blanc, avec de grandes ailes. Je sens qu'il m'appelle, mais je n'ose le suivre. Il me fait peur. Alors je me réveille en sursaut.

Mais il commençait à l'apprivoiser, ce cheval tout blanc qu'il appelait al Bourâq quand il se présentait à son esprit, la nuit. Au début, il en avait eu peur, mais à présent il aimait à le regarder évoluer devant lui, dans les brumes du rêve. C'était une grande monture blanche, au panache flamboyant, qui se découpait sur le bleu des cieux.

— Suis-le, Mohammad, n'aie pas peur de cette monture. Elle saura où te conduire.

— J'ai peur, mon seigneur. Parfois je rêve aussi que je m'élève dans les cieux, porté par une grande force. Et alors, je pleure et me réveille en criant.

— Il ne faut pas avoir peur, mon fils. Va me chercher ton oncle.

Abou Tâlib se présenta devant le prêtre.

— Prends soin de ton neveu.

— C'est mon fils.

— Ne mens pas, cet enfant avait un père avant toi !

— Oui, mon frère. Il est mort pendant la grossesse de sa femme.

— Je le sais. Prends soin de lui. Ton neveu est promis à un destin exceptionnel.

— Quel destin, Bouhayra ?

— Tu n'en sauras jamais rien, Abou Tâlib. Tu mourras dans ton ignorance. Je te demande seulement de veiller sur Mohammad. Tu m'as compris ?

Abou Tâlib promit au vieil homme de s'occuper de son neveu. Il le jura, lui, l'homme sans religion, Hanif comme l'était Abd al-Mouttalib. Le moine regarda ensuite repartir la caravane qui emportait le jeune prophète. Il pouvait à présent mourir, se dit-il en refermant la porte de sa cabane. Il pouvait jeûner jusqu'à tomber en poussière.

Abou Tâlib s'inquiétait pour l'avenir de Mohammad ; il vint me trouver et me proposa de me louer les services de Mohammad. Celui qui deviendrait un jour le Messager de Dieu était connu pour sa loyauté et son honnêteté et l'affaire fut promptement conclue.

J'envoyai Mohammad au Châm avec un jeune homme du nom de Maysara. Ce dernier, un proche, épiait mon bien-aimé pour mon compte : Mohammad fut parfait. Il avait appris d'Abou Tâlib à bien gérer le commerce d'une caravane.

Il savait vendre et acheter, ce qui n'est pas la chose la plus aisée si l'on veut bien considérer que la plupart des hommes vendent ce qu'ils ne possèdent déjà plus et achètent ce qu'ils ne détiendront jamais. Et ils se demandent ensuite pourquoi ils sont si pauvres, et se lamentent, les fous !

Enchanté, Maysara me raconta ce qu'il avait vu et je me félicitai d'avoir engagé Mohammad.

Je vivais accompagnée de mes enfants et de mes servantes dans une immense demeure blanche. J'avais été mariée deux fois ; la première avec Abi Hala al-Tamimi, qui m'avait donné deux enfants, Hind et Hala, avant de mourir ; j'épousai en secondes noces Atiq, le fils d'Abed al-Makhzoumi, qui me donna une fille. Lui aussi tomba malade et mourut et je me retrouvai seule dans une grande demeure, à la tête d'une belle fortune.

La maison comme toutes celles des Qourayshites aisés comprenait de nombreuses pièces en enfilade qui couraient toutes autour d'un grand patio où poussaient des fleurs rouges et bleues et des palmiers élancés vers l'azur, palmes sectionnant le soleil.

La salle principale, où j'avais l'habitude de recevoir mes invités, donnait sur la cour. De grandes tentures étaient tendues sur un auvent les jours de fortes chaleurs.

J'invitai Mohammad et son oncle à me rendre visite quand ils revinrent du Châm. J'avais convié mon cousin Waraqa, un chrétien de Mekka. Il aimait beaucoup Mohammad ; ils se rencontraient souvent sur les marchés, pendant les pèlerinages, et écoutaient ensemble les conteurs nazaréens et juifs qui narraient des histoires fabuleuses.

Et ce fut sous ce même auvent que j'interrogeai ce jeune et vigoureux Mecquois qui n'avait pas de parents mais qui semblait hors d'atteinte des hommes, et aussi des femmes ; ce qui était un bien pour moi ; je n'aurais pu supporter l'un de ces coqs qui se glorifiaient de leurs nombreuses épouses ou captives.

C'était comme si les êtres et le temps n'avaient pas de prise sur Mohammad et glissaient au loin comme des navires du Yémen. Et pourtant j'étais, que Dieu me pardonne, belle à damner.

— Prends place, Mohammad. Je veux voir le visage de celui qui sert si bien mes intérêts. Et toi aussi, vieil homme vénérable, assieds-toi près de ton neveu. On va vous apporter de quoi boire et manger.

J'avais convié Abou Tâlib pour que Mekka ne se mette pas à bruisser de rumeurs blessantes sur mon compte.

Waraqa demanda :

— Voulez-vous un peu de khamr ?

Mohammad déclina l'offre. Il ne supportait pas l'alcool. Il n'aimait pas s'étourdir et perdre le contrôle de ses gestes.

Je me levai et dis :

— Apportez-nous du lait et du miel !

Je vis le visage du Messager s'ouvrir comme une fleur au point de l'aube. Je fus contente de cette première victoire ; les autres suivraient, j'en étais certaine.

Une jeune servante apporta un plat de cuivre qu'elle posa sur la petite table.

— Abou Tâlib, tu prendras bien un peu de khamr ?

L'homme aussi intimidé que son neveu accepta l'offre de Waraqa en relevant le menton. Déjà sa barbe s'emplissait de fils blancs. Il la portait courte, comme il était d'usage à l'époque quand on n'était pas un devin ou un poète assommé par le soleil autant que par les litres d'arak ingurgités pour inviter l'inspiration à banqueter.

Souvent, cela ne donnait que des vers insipides sur la beauté d'une telle, la fougue d'une autre, la noblesse d'une monture et autres fadaises comme le vent qui souffle et la nuit qui tombe. Parfois, mais cela était rare comme la pluie sur Mekka, un poète surgissait des sables et des lunes et venait ébranler du feu de ses mots le ciel et la terre.

Quand on interrogeait mon bien-aimé sur les poètes, il balayait la question d'un revers de la main avant d'ajouter qu'ils brûleraient tous en enfer, et particulièrement Imrû al-Qays, qui avait planté sa poésie dans le flot des flammes de la Géhenne, ainsi parlait-il du plus illustre des poètes. Et si quelqu'un avait le culot de citer tel autre barde qui par ses mots et son courage portait haut la vertu des Arabes, il ajoutait avec une moue dépréciative que ces hommes ne savaient pas de quoi ils parlaient et il demandait l'explication d'un vers particulièrement obscur. Ce qui était étrange, c'est qu'il les connaissait tous, ces vers, ces poèmes et ces poètes dénigrés, si obscurs, si infernaux et hérétiques fussent-ils. Il pouvait citer de mémoire une ode composée bien avant l'expédition d'Abraha, soit avant sa naissance pendant l'année de l'Éléphant.

Plus tard, il eut beaucoup à souffrir d'une sorte de concurrence de ces fous qui se disaient à leur tour prophètes et cherchaient ainsi à le ridiculiser. Certains — Al-Nadr ibn al-Harîth fut l'un d'eux — poussèrent l'affront jusqu'à imiter des parties du Coran en le singeant pendant ses grandes inspirations, quand il fallait le recouvrir d'un voile, ou la nuit quand il s'agitait sur sa couche et se réveillait le visage et le corps mouillés, les yeux encore hagards d'avoir vu tant de merveilles et de s'être entretenu avec Jibrîl.

Abou Tâlib ne refusa pas un second verre d'arak ; il l'accepta de bonne grâce, même si le mot grâce n'était pas ce qui venait en premier lieu à l'esprit concernant cet homme. C'était un être de grande taille, aux épaules voûtées, aux membres solides et grêles. Il portait une barbe fine et noire qui ne blanchirait jamais, même à la veille de sa mort. Sa peau, bistre, tannée, avait été cuite et recuite par le soleil et les stations dans le désert. Il conduisait lui-même son troupeau de chameaux et de chèvres pendant les longues périodes où il disparaissait de Mekka. De caractère, il était franc mais non dénué de ruse. Il avait pris en charge Mohammad enfant et avait aussi usé à son gré des quelques biens de l'orphelin octroyés par le grand-père, Abd al-Mouttalib, à son décès. Mais il ne s'était jamais déchargé de son fardeau moral à son encontre ; plus tard, il lui accorderait sa pleine et entière protection sans marchandage.

Pendant ce temps, Mohammad buvait du lait et goûtait au miel en regardant vers le ciel de peur de porter atteinte à ma pudeur, ou tout simplement de crainte devant une personne qui semblait presque aussi grande que lui.

— T'ai-je déplu, Mohammad, pour que tu ne lèves tes yeux sur moi ?

— Non, au contraire.

Comment le lui dire ? Pouvait-il même imaginer le lui dire ?

Alors il me parla de son voyage et des choses vues en chemin. Il évoqua le long bercement du chameau auquel il fallait prendre garde au risque de se retrouver cul par-dessus tête. Et je me mis à rire pendant que ses grands yeux noirs emprisonnaient les miens.

Il me contait les marchés à Damas où les soieries s'échangeaient contre mille épices bariolées. C'étaient des noms improbables qu'il se plaisait pourtant à dire pour charmer mes oreilles où des mèches noires flottaient comme des plumes de paon sous la brise.

Conscient du pouvoir de ses mots, oh cela, il le savait depuis toujours, il pouvait en user pour complaire à son auditoire, que Dieu me pardonne, notre bien-aimé possédait un charme redoutable et il savait prendre dans ses rets un auditeur pour ne jamais plus l'abandonner.

Il avait une voix. Une voix telle que personne n'en connut de par le monde. Une voix d'une amplitude et d'une douceur infinies. Enfin une voix qui ne vous quittait pas jusqu'à l'heure de la mort. Cette voix se chargea d'emplir mon cœur.

Un serpent se prélassait à l'intérieur du clos sacré de la Kaaba et effrayait tant les Qourayshi- tes qu'ils n'osaient plus déranger sa sieste. Cette créature aimait chauffer ses écailles contre la pierre brûlante.

Un jour — personne ne s'y attendait —, un oiseau de proie tomba du zénith et enleva le rep- tile. Les Qourayshites y virent un signe et s'en- hardirent au point de commencer à amasser les briques. On enleva une adobe, puis deux, et on les reposa aussi vite. On craignait encore je ne sais quel djinn protecteur ou goule tutélaire.

Mais un homme imposant, dans la pleine force de l'âge — il approchait de la cinquantaine —, avança vers le mur, une pelle à la main, et dit avant de commencer :

— Dieu, ne te méprends pas. Nous ne te vou- lons aucun mal.

Cet homme s'appelait al-Walid ibn al-Mou- ghîra ; c'était l'un des hommes les plus riches de

Mekka, du clan des Makhzoum. Son fils, Khalid ibn al-Walid, était déjà connu pour sa fougue et son courage. Il les tenait de son père sans doute.

— S'il est frappé d'un mal quelconque, nous renoncerons à notre projet et nous rebâtirons ce qui a été détruit. S'il ne lui est fait aucun mal, alors Dieu nous permet de poursuivre le travail.

Mohammad charriait à présent de gros cailloux en compagnie de son oncle Abbas. Il s'était endormi légèrement inquiet en pensant à al-Walid, mais un songe le lava de toute angoisse. Il vit le grand oiseau revenir et poser le serpent sur sa poitrine. Celui-ci plongea dans sa poitrine. Il ne ressentait aucune douleur. Il était calme quand il recevait des songes. Une grande et douce chaleur diffusa à partir de son cœur vers tous ses membres. Sa tête se renversa et son corps commença à s'élever dans les airs. Le serpent ressortit en abandonnant une fleur de palme qui se mit à grandir à même sa poitrine ouverte. Quand elle arriva à maturité, quand les fruits du palmier se mirent à surgir dans la lumière, Mohammad se réveilla.

Il me raconta son rêve ; je le trouvai beau et de bon augure, je le lui dis. Il m'embrassa. D'abord sur la joue, puis il posa ses lèvres sur les miennes. J'ouvris ma bouche et il joua avec ma langue. Il caressa mon sein comme je le lui avais appris ;

avant moi, il n'avait pas connu de femme et ne savait donc comment s'y prendre. J'avais dû dompter la fougue de sa jeunesse et l'amener à préparer mon corps avant la réunion de nos sexes. Il effleura mon sein des doigts, puis l'embrassa ; sa main poursuivit sur mon ventre, mes cuisses, pendant que je m'ouvrais à lui, n'attendait plus que la joie qui nous emplirait de grandes promesses. Nous étions mariés depuis dix années et il ne manquait pas un matin, ou une nuit, sans qu'il me prenne dans ses bras avec toute la pudeur que je lui connaissais. Parfois j'en riais et je lui lançais :

— Abou al-Qassim, cesse de rougir ! Je ne suis plus pour toi une terre inconnue !

— Je ne me souviens plus d'avoir pris ce chemin, Khadija.

Et il se mettait à rire.

Ce matin-là une vie nouvelle commençait pour lui ; il le savait. Il m'embrassa une dernière fois, se lava, s'habilla et sortit pour bâtir la Kaaba.

Il rejoignit son oncle Abbas et commença à transporter les pierres sous le soleil écrasant de Mekka. Comme il faisait effroyablement chaud, ils enlevèrent leurs chemises. Ils ne les remettaient que lorsqu'ils croisaient d'autres Qourayshites. À un moment de la journée, Mohammad s'effondra devant son oncle. Celui-ci se précipita vers lui. Il était étendu sur le dos et regardait le ciel.

— Comment vas-tu ?

Il observait l'azur sans dire mot. Ses yeux ne cillaient pas et Abbas vint lui faire de l'ombre de peur qu'il ne s'aveugle. Mohammad l'écarta et se releva. Mais cette fois il remit sa chemise et ne s'en défit plus. Abbas lui-même dut porter la sienne s'il voulait continuer à travailler aux côtés de Mohammad.

— Pourquoi, Mohammad, t'es-tu recouvert ?

— J'ai vu l'œil de Dieu. J'ai caché ma nudité comme avant moi Adam et Ève.

— Et Abbas a-t-il vu quelque chose ?

Abbas n'avait rien vu. Il n'avait pas su voir. Il en est ainsi de la plupart des hommes, ils ne savent pas voir. Ils n'entendent rien. Et ne disent rien non plus.

Les pires des bêtes au regard de Dieu sont les sourds
*   et les muets qui ne comprennent rien.*
Si Dieu avait reconnu quelque bien en eux
Il aurait fait en sorte qu'ils entendent ;
mais, même s'Il les avait fait entendre,
ils se seraient détournés
et ils se seraient éloignés.

Et c'est ainsi que les deux hommes, sous le regard de Dieu, poursuivirent leur labeur comme me le racontait mon bien-aimé, ici, à Mekka, sous un ciel cette fois recouvert par la nuit qui s'approchait à grands pas. Des flammes rouges, adoucies par le vent, peignaient sur la voûte céleste des voiles échevelées, emportées sous l'orage et la pluie par des cavaliers.

La Kaaba édifiée, il fallut encore placer la Pierre noire dans un des coins de la bâtisse. Les clans se divisèrent pour savoir qui aurait le privilège de la porter et de l'enchâsser. On faillit même en venir aux mains quand entra Mohammad.

— C'est Mohammad, le probe. Qu'il nous départage. C'est le descendant du gardien des lieux saints. Nous l'agréons pour décider qui d'entre nous portera la Pierre noire.

— Apportez-moi une djellaba.

On fit ce qu'il demandait. Il étala le vêtement sur le sol et posa la Pierre noire en son centre.

— Que chaque faction prenne la robe par un bout. Soulevez-la ensemble afin qu'elle ne glisse pas.

Ils la portèrent jusqu'à la place qui lui était réservée dans l'édifice. Alors Abou al-Qassim prit lui-même la Pierre noire et la déposa dans son alcôve. Il rebâtit de ses mains le mur au-dessus de la Pierre.

Mohammad venait d'avoir trente-cinq ans.

Abou al-Qassim approchait de la quarantaine. Il aimait en ce temps se réfugier pendant de longues périodes à Hirâ. Il y demeurait des jours et des jours sans voir personne. Il s'enfermait dans une grotte où il méditait, seul, perdu au milieu du silence. Parfois, il prenait avec lui un parchemin, qu'il lisait et relisait.

À d'autres périodes, il partait en compagnie de Waraqa et gravissait le mont Arafat. Les deux hommes restaient debout, à midi, au sommet de la colline, sur le plateau aride qui se déroulait entre les cieux et la terre, accentuant le vertige provoqué par la montée et l'ardeur solaire. Alors ils priaient jusqu'à la tombée de la nuit ; et Mohammad avait forgé ses propres mots pour se présenter en pleine lumière ; ressassés à l'infini, ils le portaient dans l'azur, son corps et son âme se diluant comme de la teinture.

Comment décrire mon cousin Waraqa ? C'était l'ami de Abd al-Mouttalib, quand le vieil homme était en vie ; il connut donc Mohammad dès son âge tendre ; il l'aimait comme un fils. Étrange faculté de Mohammad d'être aussitôt adopté par les hommes et les femmes de bien. Waraqa, homme sec et de grande stature, était prêtre de la communauté nazaréenne de Mekka. Les nazaréens croyaient que le fils de Maryâm, Jésus, était le Messie annoncé par la Torah ; sa mort sur la croix n'était qu'une occultation voulue par Dieu ; et le Messie reviendrait à la fin des temps pour affirmer la gloire de Dieu.

À la différence des nazaréens du Châm, les nazaréens de Mekka pratiquaient la circoncision, le jeûne et l'interdiction de manger du porc, comme les gens du Livre ; surtout, les nazaréens refusaient, comme me l'apprit Waraqa dans ma jeunesse, de convertir les hommes n'appartenant pas à la lignée d'Abraham ; Mohammad, par Ismaël, ainsi que tous les Arabes faisaient partie de la descendance du premier Prophète de Dieu.

Quant aux nazaréens du Châm, dont le roi était Héraclius, Waraqa considérait qu'ils étaient dans l'erreur ; ils associaient le fils de Marie à Dieu et à l'Esprit saint et ne pratiquaient plus les rites judaïques fondés par Abraham, puis par Moïse et son frère Aaron. Pour Waraqa, Jésus était un grand prophète, un homme immense annoncé par la Torah, mais il n'était pas de nature divine comme le colportaient ces nazaréens hérétiques : Mohammad en était convaincu lui aussi.

Ces nazaréens de Damas et Byzance avaient altéré le message de Dieu.

Mon bien-aimé, je le répète encore, savait écrire. Et Waraqa lui apprit même à lire l'hébreu. Sinon comment aurait-il pu commercer avec tous les marchands du monde ? Comment aurait-il pu s'instruire des croyances des nazaréens et des gens du Livre ? Mohammad était d'une intelligence et d'une curiosité telles que jamais il n'aurait accepté d'en savoir moins que les autres hommes.

Il lisait donc pendant ses voyages, dans les campements, aux abords des villes étrangères. Quand il revenait à Mekka, après quelques jours de repos consacrés à sa vie parmi les siens, il repartait, seul cette fois, pour une autre sorte de périple. Il gravissait la colline après une longue marche dans la nuit, trouvait un endroit à l'abri du regard de l'homme et de la morsure du soleil, et il méditait quand il ne lisait plus ses parchemins qu'il achetait pendant ses voyages à l'autre bout du monde.

Au début, je ne comprenais pas pourquoi un homme qui avait acquis la richesse et les honneurs se dépouillait de tous ces attributs pour rejoindre les ténèbres sur la colline de Hirâ et s'ensevelir de silence.

Waraqa me rassurait et m'expliquait la raison de ces disparitions dans la solitude glacée de la nuit.

— Mohammad cherche sa voie, Khadija. Tu ne dois pas l'en détourner.

Puis il ajoutait :

— En vérité, l'homme abandonné sur terre, dépositaire d'une vie brève et douloureuse, s'est interrogé sans cesse sur son état à partir d'un certain âge. Mohammad, lui, s'interrogea très tôt sur notre destin de créatures vouées à la dispersion. Nous sommes des grains de sable que charrient les tempêtes.

Nous n'étions rien, et rien ni personne ne nous sortirait un jour de l'oubli définitif. Le silence serait bien notre dernière demeure et cela, Mohammad ne cherchait pas à se le cacher. Il voulait savoir pourquoi Dieu avait abandonné les Arabes, qui n'avaient pas de Livre, quand d'autres peuples sur la terre dormaient entre ses bras.

— Alors il commença à m'interroger en ouvrant les yeux dans la nuit, quand tout le monde dormait à Mekka. Mais notre Dieu, Khadija, ne lui convenait pas encore. Il le voulait arabe, pour les Arabes.

N'avons-nous pas ouvert ton cœur ?
Ne t'avons-nous pas débarrassé de ton fardeau
*   qui pesait sur ton dos ?*
N'avons-nous pas exalté ta renommée ?

Le bonheur est proche du malheur.
Oui, le bonheur est proche du malheur.

Après la mort d'al-Qassim, puis de nos deux autres fils, Mohammad se perdit en contemplation. Il s'absentait parfois pendant de nombreux jours, s'occupant à nouveau des caravanes qu'il avait délaissées. Abou Bakr et lui reprirent la route du Châm ; et lorsqu'ils revenaient, je ne le voyais que quelques heures à peine. Il m'embrassait, embrassait ses filles, s'enquérait de la marche de la maisonnée puis repartait en emportant un sac et quelques vêtements. Il marchait dans le désert, la nuit surtout, et s'arrêtait à l'aube pour regarder le soleil se lever. Quand il faisait trop chaud, il gagnait une grotte et s'y reposait en attendant la fin du jour. C'est à cette époque, maintenant révolue, qu'il me raconta cette histoire sur son enfance.

À sa naissance, Mohammad avait été confié à Halima. Chaque année des Bédouins venaient à Mekka pour proposer leurs femmes comme nourrices aux enfants des riches gens de Qouraysh. La coutume voulait que les enfants qui grandissent parmi les nomades deviennent des hommes vigoureux. La rudesse du désert ne pouvant que les fortifier.

À vrai dire, Amina, la mère de mon bien-aimé, avait eu beaucoup de peine à trouver une femme qui voulût bien s'occuper d'un orphelin. Les tribus, en se chargeant des enfants, espéraient par la suite recevoir une compensation financière ou, pour le moins, une forme de reconnaissance que n'octroyait que l'honneur attaché aux plus riches familles de Mekka en général, et de Qouraysh en particulier.

Il se peut aussi que le grand-père de Mohammad, Abd al-Mouttalib, fût pour beaucoup dans la décision de Halima d'allaiter Mohammad. Le grand-père, gardien du temple, avait coutume d'installer son petit-fils à l'ombre de la Mosquée et cela valait bien les prestiges attachés à la fortune.

— Ainsi je fus emmené par Halima. Et je grandis en plein désert dans la tribu des Banou Layth ibn Bakr.

Mohammad ajouta :

— Nous étions de tout jeunes enfants et nous jouions parfois, loin du campement, escaladant les parois du ravin, dégringolant sur la pierraille et le sable.

Le soleil dardait ses rayons sur la terre.

Trois hommes s'approchèrent du jeune garçon : ils portaient une bassine dorée pleine de glace qui le fascinait.

Ils étaient au milieu du désert et la glace était un prodige. Seuls ses voyages lointains lui apportèrent plus tard la preuve que l'on pouvait conserver la neige des cimes.

— Je te crois, ô mon bien-aimé. Tu as parcouru la terre jusqu'au Châm et bien au-delà.

— Oui, Khadija, certaines montagnes sont si hautes que la glace, froide et brillante, y est emprisonnée pendant des siècles puisque les hommes la prélèvent pour conserver certains aliments et parfois la consomment comme une friandise, comme nous les dattes qui fusent sur nos palmiers et que nos ancêtres entretiennent depuis des siècles. J'ai beaucoup voyagé dans ma jeunesse. J'ai accompagné les caravanes de mon oncle, puis les tiennes, Khadija.

— Nous étions sales, les visages maculés de poussière. L'un des hommes se saisit de moi et m'entraîna à l'écart. Les autres gamins, effrayés, regagnèrent le fond du ravin.

— Et toi, tu n'as pas eu peur ?

Il avait ressenti une peur immense, la dernière de sa vie :

« Comme je gémissais, un de mes jeunes compagnons s'enhardit et revint dire à mon ravisseur de me libérer. "Laisse-le, laisse-le. Il n'est pas des nôtres. C'est le fils d'un seigneur de Qouraysh.

C'est un orphelin, ne le tue pas. Il ne te rapportera rien. Prends-moi à sa place. Tue-moi à sa place." » Mais les hommes ne leur répondirent pas. Et les enfants, courageux et espiègles comme le sont les fils des Arabes, coururent et s'éparpillèrent dans le désert. Ils partaient sans doute à la recherche des membres de leur tribu, ces Layth ibn Bakr qui me recueillirent et dont l'une des filles, Halima, fut ma nourrice.

« L'homme qui me tenait par la main m'étendit sur le sol. Il n'usa pas de violence si je m'en souviens bien. Il me fendit la poitrine et le ventre. Je ne ressentis rien. Il sortit délicatement mes entrailles. Je les voyais palpiter, chaudes et vives, entre ses mains. Il posa l'intérieur de mon ventre dans la bassine dorée et commença à les laver avec la glace.

« Le deuxième homme s'approcha à son tour et plongea sa main dans ma poitrine. Il en sortit mon cœur. Il l'ouvrit et en tira un caillot noir qu'il jeta au loin. Ensuite il prit un anneau lumineux et le colla tout contre mon cœur qui palpitait à présent dans la lumière éternelle de la sagesse et de la prophétie. Il remit ensuite l'organe à sa place en ma poitrine.

« Le troisième homme s'approcha de moi et passa sa main sur ma poitrine et sur mon ventre. Par Dieu, je cicatrisai à l'instant. Il me releva et dit à ses compagnons de me mettre en balance avec dix des gens de mon peuple. Ils le firent et je pesais plus lourd que les dix. Ils me mirent en balance avec cent. Le verdict tomba, identique. Ils me mirent en balance, moi l'enfant, avec mille et je pesais toujours plus. Alors il dit à ses compagnons :

« "Laissez-le. Même si vous le mettiez en balance avec tout son peuple, il pèserait plus lourd." »

« Alors ils me serrèrent contre leurs poitrines et dirent :

« "Ô bien-aimé, sois sans crainte. Si tu connaissais la félicité qui t'est destinée, tu irais sans peur." »

« Et ils repartirent.

« Quand ma nourrice, alertée par mes petits camarades, s'en vint me rejoindre, elle me découvrit seul, assis sur une dune. Quand elle me questionna, je lui racontai l'histoire des trois hommes qui avaient posé dans la balance universelle mon cœur et mon âme. »

Il se tut, en proie à une grande tristesse ou, pire, à de l'incertitude. Cette expérience ne le rassurait pas. Elle inaugurait, pour lui, sa folie présente. Je le pris dans mes bras, et les mots surgirent de sa bouche.

« La vérité, Khadija, si la vérité existe, est que moi seul voyais ces hommes ; les autres enfants avaient pris peur en pensant qu'un djinn m'avait envoûté, me voulant tout le mal que ces esprits perfides concoctent dans les marmites de l'enfer. Mais mes pensées étaient claires et mon cœur pur, et les hommes me tenaient la main quand Halima vint m'interroger sur ce prodige.

« Je lui montrai alors le désert, pensant qu'elle voyait ce que seuls mes yeux percevaient : trois hommes comme des mages ou des rois qui parlaient à l'enfant de choses dont il n'avait pas encore connaissance.

« On commença alors à murmurer autour de moi que j'avais perdu la raison et Halima décida de me conduire chez un devin.

« "Laissez cet enfant parler !"

« Mes parents adoptifs se turent et je racontai mon histoire à l'homme à la longue barbe noire et sale qui me regardait fixement.

« Quand j'eus fini, le devin me prit dans ses bras et s'exclama :

« "Malheur aux Arabes ! Malheur aux Arabes ! Tuez ce garçon ! Tuez-le ! Si vous le laissez croître, il vous fera abjurer votre religion. Il s'opposera à vous ainsi qu'à la religion de vos ancêtres. Il vous apportera une nouvelle religion."

« Et il cracha sur le sol en invoquant Dieu et ses associés.

« Quand il me demanda mon avis, je lui répondis que les choses s'étaient passées ainsi puisque des témoins les avaient validées. Il se pencha vers moi et effleura mon front avec sa main droite.

« Khadija, Dieu t'a mise sur mon chemin. Tu es un présent du ciel. »

Quand il annonçait cela, je ne savais s'il fallait le prendre au sérieux. Alors je riais parce qu'il aimait la joie et ses manifestations. C'est pourquoi il adorait les enfants prodigues en éclats. Et ainsi, lorsqu'il vit pour la première fois Zayd ibn Haritha, il conçut pour lui un grand amour.

Non !...
Je jure par cette cité !
— et toi, tu es un habitant de cette cité —
Par un père et ce qu'il engendre !
Nous avons créé l'homme misérable !

Pense-t-il que personne ne pourra rien contre lui ?
Il dit :
« J'ai dévoré des masses de richesses ! »
Pense-t-il que personne ne l'a vu ?

Ne lui avons-nous pas donné
deux yeux,
une langue et deux lèvres ?

Ne lui avons-nous pas montré les deux voies ?
Mais il ne s'engage pas dans la voie ascendante !

Comment pourrais-tu savoir
ce qu'est la voie ascendante ?

C'est :
racheter un captif ;
nourrir, en un jour de famine,
un proche parent orphelin,
un pauvre dans le dénuement.

C'est être
au nombre de ceux qui croient ;
de ceux qui s'encouragent mutuellement à la
*   patience ;*
de ceux qui s'encouragent mutuellement
*   à la mansuétude :*
tels sont les compagnons de la droite.

Mais ceux qui ne croient pas à nos Signes
*   seront les compagnons de la gauche :*
un feu se refermera sur eux !

Zayd ibn Haritha avait à peine huit ans quand sa mère l'emmena rendre visite à sa tribu, les Kalb. Sur le chemin, la caravane fut assaillie par des Bédouins qui le capturèrent et le vendirent à Hakim ibn Hizam, homme de Qouraysh, qui emmena l'enfant à Mekka en même temps que d'autres garçons.

Comme je lui rendais visite et que j'étais sa tante paternelle, il me fit le présent de Zayd, qui me plut tout de suite. Lorsque Mohammad le vit, il le voulut pour lui. Je ne m'étais pas trompée en le choisissant, il avait l'âge qu'aurait eu al-Qassim si Dieu lui avait prêté vie. Je l'offris à mon bien-aimé.

Comme beaucoup de tribus venaient en pèlerinage à Mekka, des membres des Kalb reconnurent Zayd et informèrent ses parents qu'il se trouvait dans la ville sainte. Haritha, le père de Zayd, vint en personne avec ses amis pour réclamer le retour de son fils. Il demanda aux gens de

Mekka où se trouvait son fils Zayd, homme libre vendu comme esclave. On lui répondit qu'il se trouvait en la possession de Mohammad ibn Abd Allah. Quand il questionna sur le lieu où l'on pouvait rencontrer mon bien-aimé, on lui indiqua la Mosquée, soit la Kaaba, endroit où il se rendait de plus en plus fréquemment, comme s'il ressentait le besoin d'assumer la charge de son clan, les Banou Hâshim.

D'ailleurs, et cela était parfois étrange, Mohammad concevait des sentiments ambivalents à l'endroit de la Mosquée ; il la révérait mais, dans le même temps, rejetait tous les cultes qui s'y rattachaient. Souvent il m'expliquait que Dieu n'avait pas besoin de maison sur cette terre, hormis celle de Jérusalem, et que toute la terre, ainsi que les cieux, les monts et les mers, lui appartenaient. Il ajoutait qu'il révérait l'endroit où Abraham abandonna Ismaël et sa mère, Agar, avec pour seul viatique une outre d'eau et un régime de dattes. Cette histoire ancienne le laissait rêveur ; et il pensait que tout avait découlé, depuis les origines, de cet abandon dans le désert. Et l'orphelin, Ismaël, délaissé par son père, ressemblait à l'orphelin Mohammad, abandonné par un père qui préféra les ombres de la mort aux chatoyances de la vie. C'était sans doute la volonté de Dieu, même si, plus tard, Abraham revint achever son œuvre à Mekka en construisant la Mosquée en compagnie de son fils, Ismaël. Si étrange que cela paraisse, et je ne l'ai compris que depuis peu, Mohammad se recueillait à la Kaaba dans l'espérance du retour d'Abraham, son père spirituel.

Y croyait-il ? Pensait-il, un jour, rencontrer le Fondateur ? Oui, sans doute, puisqu'il ne cessait de parler du lieu comme d'un endroit habité par l'Esprit. Et il eût presque voulu que la maison n'existât plus pour laisser place au seul souffle de Dieu, c'est ainsi qu'il m'en parlait, le souffle où l'âme de Dieu venait le visiter, il en était certain, à l'endroit même où Haritha, le père de Zayd, le salua en ces termes :

— Je m'incline devant le descendant de Abd al-Mouttalib et de Hâshim. Je salue le digne héritier de la famille qui révère la Mosquée de Dieu, soulage l'homme malade et nourrit le pèlerin. Je viens chercher notre fils, qui est dans ta maison. Puisses-tu nous le rendre et fixer pour cela une rançon équitable.

— Je vais appeler Zayd et lui demander ce qu'il pense de ta requête, Haritha des Banou Kalb. S'il est en accord avec ta volonté, je l'autorise à te rejoindre. S'il choisit de rester en ma maison, je ne saurais l'en empêcher, et toi-même ne saurais le faire. Qu'en penses-tu, Haritha ?

— Tu es un homme sage, Mohammad, et je n'ai pas de crainte d'obéir à la volonté de Dieu si Zayd choisit de rester avec toi.

Mohammad appela Zayd et lui demanda s'il connaissait l'homme qui s'était adressé à lui.

— Cet homme est mon père.

— Quant à moi, tu me connais. Choisis entre lui et moi.

— Je ne choisirai personne d'autre que toi, Mohammad.

Haritha s'écria :

— Malheur à toi, tu préfères l'esclavage à la liberté !

Zayd ajouta :

— Oui, je le sais, père. Pardonne-moi, mais j'ai vu en cet homme quelque chose que je ne peux qu'aimer.

Alors Mohammad annonça à tous les gens de Mekka qui s'étaient pressés pour voir la rencontre :

— Soyez les témoins que Zayd est le fils que j'ai toujours voulu. Je serai son héritier comme il sera le mien si je venais à disparaître.

Son fils affranchi et adopté, Haritha repartit apaisé.

Quand mon bien-aimé reçut les premières paroles de Dieu, Zayd fut l'un des premiers à croire en lui. Pouvait-il en être autrement ? Nous qui le connaissions, pouvions-nous ne pas le suivre sur le chemin de la vérité ? Cet homme que j'avais épousé sans le connaître réellement s'était révélé être un homme sincère et digne. Il ne mentit jamais, ne fit de mal à personne qui ne lui en avait d'abord fait. Il n'éleva jamais la voix contre quiconque, homme, femme, enfant ou esclave.

Il ne s'entourait que des gens selon son cœur et fuyait ceux qui le rebutaient. Il venait pour apaiser les conflits et ne se montrait jamais arrogant quand il parvenait à ses fins. Il arrivait toujours à ses fins, toujours, et cela relevait d'une sorte de miracle accompli dans le calme et qu'il renouvelait à chaque jour passé sous le soleil, et cela sans précipitation, avec une foi solide en l'avenir.

— Nous sommes appelés à mourir. Personne n'échappera à ce destin. Alors pourquoi se contenter de peu quand on peut le plus ? Il s'agit de vivre en accord avec soi. Et si nous sommes appelés à devenir de bons et braves marchands, devenons les meilleurs marchands de Mekka et du Châm. Si nous sommes appelés à devenir de bons et braves époux, devenons les meilleurs amants du monde et construisons les meilleures maisons pour y abriter nos familles. Si nous sommes appelés à devenir de bons et braves bergers, devenons ces hommes solitaires qui de l'aube au couchant guident leurs troupeaux sur tous les chemins de la terre. Si nous sommes appelés à devenir des soldats de Dieu, devenons les meilleurs soldats et ouvrons le chemin de Jérusalem afin d'y établir la foi véritable.

Pourtant, cette mort qu'il ne craignait plus

pouvait prendre ceux qu'il aimait. Elle lui avait bien dérobé al-Qassim, lui volant sa descendance sur la terre. Que serait-il devenu quand la nuit aurait enveloppé son âme ? Quand son corps, entré dans les ténèbres, aurait fini par pourrir et tomber en poussière ? Qui se souviendrait de Mohammad ibn Abd Allah, mon bien-aimé, mon époux ?

Abou Tâlib s'était appauvri et voûté encore plus. Il avait emprunté de l'argent à son frère Abbas et ne parvenait plus à le rembourser. Pour le soulager de son fardeau, Mohammad lui demanda de lui confier un de ses fils. Abou Tâlib lui remit Ali, qui n'avait que dix ans. Quand mon bien-aimé, qui adorait Ali, reçut la visite de l'Ange et commença ses prières pour la gloire de Dieu, sans en parler à quiconque, je le suivis à mon tour parce que je n'ignorais rien de ses sentiments et, même, je les approuvais. Nous priions souvent dans notre pièce, ou dans la cour de la maison, le matin. Nous nous prosternions deux fois par jour, à l'aube, moment où l'Ange s'était manifesté, et le soir, quand le soleil laissait place à une nuit piquetée d'étoiles.

Quand Ali nous vit nous prosterner devant Dieu, il nous demanda ce que nous faisions ainsi. Mohammad lui répondit :

— Nous nous prosternons devant Dieu qui a

87

accepté de nous révéler Sa religion comme Il l'a révélée à tous Ses prophètes. Je t'appelle à Dieu, Ali. Je te demande de nous rejoindre dans notre foi et de rejeter les croyances de Mekka.

Ali répondit :

— Je ne prendrai pas de décision avant d'en avoir parlé avec mon père. Je n'ai jamais entendu parler de ta religion, Mohammad.

— Soit, avertis Abou Tâlib. Il a le droit de savoir. Il te sera toujours de bon conseil.

Quand Ali se coucha, il ne put trouver le sommeil. Cela faisait déjà plus de trois années qu'il vivait dans notre maison. Et il avait appris à aimer son père adoptif pour ses qualités humaines, sa probité et l'affabilité qu'il marquait en toutes circonstances. Ali s'était senti abandonné par son vrai père, qui avait tenu à garder auprès de lui son frère 'Aqîl, qui était à n'en pas douter son fils préféré. Cela avait blessé le petit Ali, qui ne trouvait grâce auprès d'Abou Tâlib.

Mohammad avait su apaiser cette douleur parce que lui-même n'avait jamais eu de père bien qu'il considérât Abou Tâlib comme une sorte de protecteur aux vagues attributs paternels ; il savait aussi s'en écarter par le caractère et l'intelligence, par la mesure en toutes choses, aussi bien dans son amour des biens terrestres que dans le partage des sentiments, ce qui — Ali ne manquait pas de le constater tous les jours — avait fait défaut à son géniteur, Abou Tâlib.

Ainsi Mohammad ne lui préférait jamais Zayd, qui était plus âgé pourtant. De même, jamais il ne rabaissait Zayd pour lui complaire. Il grandissait ainsi dans l'ombre de Zayd mais n'était jamais étouffé par sa présence. Il obtenait autant d'attention que les autres membres de notre étrange famille. De même, jamais Mohammad ne marquait de préférence entre ses filles et ses fils adoptifs. Ali vint après Zayd remplir le cœur de Mohammad sans le chasser pour autant. Al-Qassim ne s'était estompé, en apparence, du cœur de mon époux que pour accueillir d'autres garçons, qui arrivaient toujours au sortir de l'enfance, cet âge merveilleux de toutes les aventures de l'esprit et du corps. Mon époux aimait la jeunesse et ses promesses.

Quand Ali finit par s'endormir, les choses lui parurent plus claires. Il ne désirait plus prendre l'avis d'Abou Tâlib. Ce dernier avait-il jamais sollicité le sien ? Dans le fond, il le méprisait pour son incapacité à aimer.

Le lendemain, il alla voir Mohammad et lui dit :

— Que m'as-tu proposé hier, ô mon père ?

Et il s'agenouilla devant lui. Mohammad le releva et lui répondit :

— Je te propose, mon fils, de témoigner qu'il n'y a de divinité que Dieu et que je suis son prophète, moi, Mohammad.

— Je témoigne de tout ce que tu viens de dire, Mohammad. Tu es bien le prophète du Dieu unique.

— Ne parle à personne de ta nouvelle foi.

Ali jura de tenir cachée sa conversion à la religion du Dieu unique. Ce qu'il fit jusqu'au jour où Abou Tâlib nous trouva en prière. Il s'approcha de nous et demanda ce que nous faisions là, agenouillés sur la terre, le front baissé.

— Mon oncle, nous prions, répondit Mohammad. C'est la religion de Dieu et Il m'a ordonné de la transmettre à Ses serviteurs. Rejoins-nous dans cette voie juste et droite. Tu es le plus digne de me suivre et de m'apporter ton aide.

Abou Tâlib refusa ; il n'abandonnerait pas la religion de ses ancêtres. Il craignait de perdre sa charge de protecteur de Mekka et des lieux saints. C'était un homme dur, qui refusait de jeter le discrédit sur les coutumes des Arabes. Il tenait son pouvoir de son père, Abd al-Mouttalib, mort dans la religion des Hanifs, et lui-même refusait de rompre ce lien qui, par-delà le temps, le reliait au passé légendaire des gardeurs de troupeaux. Il n'émit pourtant aucune réserve après que Mohammad lui eut expliqué la nouvelle religion, l'unique religion de Dieu et des prophètes qui depuis Abraham, fondateur de Mekka, se sont succédé sur la terre jusqu'à donner naissance à Mohammad, le prophète des Arabes. Mohammad alla même jusqu'à lui réciter des versets de la parole de Dieu, que nous appelons Coran, le nouveau Livre révélé, inaltéré.

— Mon neveu, il n'y a pas de malveillance dans vos actes. Et je te comprends bien. Ta voie est celle tracée par Dieu. Mais je refuse de renier la religion de mes ancêtres. Et, de même que je ne saurais abandonner la croyance de Abd al-Mouttalib, je ne pourrais t'abandonner, toi mon neveu qui m'as été confié par ce même Abd al-Mouttalib sur son lit de mort. Une promesse est une promesse. Va en paix, Mohammad. Et toi aussi, Ali, va en paix avec ton nouveau père en religion.

Rien n'y fit donc, même les belles paroles de Dieu, inscrites en lettres lumineuses et claires. Et jusqu'à présent, à l'heure où se profile ma mort, après une vie de fatigues et de bonheurs, j'apprends qu'Abou Tâlib, entré en agonie, refuse toujours de devenir musulman. Que Dieu le protège et le garde ! Il fut pour Mohammad son plus fidèle soutien après moi ; il ne se délia jamais de son serment. L'eût-il voulu, il ne l'aurait pu. S'il avait abandonné la religion des Arabes, il n'aurait pu protéger son neveu, Mohammad. C'est ainsi. Les Qourayshites lui obéirent, de mauvaise grâce, certes, mais ils lui obéirent parce qu'il restait l'un des leurs en refusant d'abjurer la vieille coutume des Bédouins.

Abou Tâlib fut bien le gardien des jours de mon bien-aimé, dût-il le payer d'une damnation et d'un châtiment éternels. Je crois qu'il le sut toujours. Sa fidélité envers son père, qui lui enjoignit de protéger Mohammad quoi qu'il advînt, le fit renoncer à la nouvelle religion et à son salut. Il se sacrifia pour le bien de l'islam naissant.

Que Dieu lui en soit gré dans la mort et dans l'éternité !

Oui ma vie fut longue et semée de douleurs. Il me semble que j'ai rempli la mission que m'avait assignée Dieu. J'ai veillé au bonheur de Mohammad. Je lui ai apporté tout le réconfort que j'ai pu. Je l'ai enrichi, je lui ai donné des enfants, et je l'ai soutenu quand personne ne croyait en lui. Je vais bientôt mourir et j'ai peur pour lui et sa mission. Ali et Zayd sont maintenant grands et je prie pour qu'ils lui viennent en aide. Je prie aussi pour que son ami Abou Bakr le soutienne. Mais que peuvent deux jeunes hommes et un chamelier sans fortune et sans pouvoir contre la force ignare des Abou Jahl et Abou Lahab qui ont juré la perte de mon amant ? Que peuvent les musulmans contre les gens de Qouraysh ?

ABOU BAKR

Quand je vis Ali sortir de chez lui en pleurant, mon âme se mit à crier. Je sus que mon bien-aimé était mort. Je n'osai approcher de sa porte, j'eus peur pour la seconde fois de ma vie, moi, Abou Bakr.

La première, c'était il y a bien longtemps quand je faillis fuir en Abyssinie avec d'autres musulmans. Depuis, ma vie s'est écoulée comme un fleuve de tumulte, au point que regardant en arrière je ne reconnais plus l'homme qui avait grandi dans la foi du Dieu unique, accompagné de son ami, Mohammad.

Ce matin, peu avant midi, il a rendu son âme à Dieu, je le sais, je n'ai pas besoin d'interroger Ali qui ne parvient plus à retenir ses larmes ; déjà les hurlements des femmes montent vers l'azur comme une clameur accusatrice.

Omar ibn al-Khattab agrippait la manche d'Ali.

— Tous ces hypocrites disent que Mohammad est mort !

Devant le visage fermé d'Omar, Ali préféra garder le silence. Il étouffa un sanglot et se détourna ; à la fin, il s'échappa comme un enfant que l'on accuse de vol ; il abandonna Omar qui criait.

— Mohammad n'est pas mort ! Vous m'entendez ! Il n'est pas mort !

Une foule de plus en plus importante se pressa autour de lui. Il tira son sabre, prêt à l'abattre sur le crâne du premier qui oserait le contredire.

— Il n'est pas mort ! Il est allé visiter Allah ! Comme Moïse ! Comme Jésus ! Il reviendra. Dans trois ou quarante jours, il reviendra, vous m'entendez !

Il leva son sabre dans le soleil.

Le sabre, le soleil, la mort, je me dis ça, moi, Abou Bakr : le soleil le sabre la mort, les trois motifs qui reviendraient souvent dans la vie de Mohammad. Et maintenant la mort recouvre le soleil et le sabre.

— J'arracherai la langue de ceux qui disent qu'il est mort ! Je leur couperai les mains et les pieds !

Je le laissai à sa colère ; je passai devant lui et il ne me vit pas ; je crois qu'un voile noir était descendu sur ses yeux.

J'entrai dans la maison ; je remarquai Aïcha ; elle pleurait. La tête de mon bien-aimé reposait sur ses genoux. Je le regardais comme si je ne devais plus le revoir. C'était lui qui ne serait plus jamais lui sous le soleil mort. J'entendis le sifflement d'un sabre ; mon âme se fendit pendant que je m'approchais de la forme sur les genoux de ma pauvre fille, le corps allongé dans les ténèbres, oui déjà, dans la nuit sous le soleil de midi qui brillait dehors de son bel éclat sur le sabre levé d'Omar, plein de colère et de fureur, le soleil.

Je m'agenouillai et relevai la couverture qui le couvrait. J'apposai un baiser sur sa bouche, puis je l'entourai de mes bras : je serrai très fort. Après un long moment, je relâchai mon étreinte.

Je sortis de la chambre, abandonnant Aïcha à sa douleur. Alors je la plaignis parce qu'il lui resterait toute une vie à parcourir seule. Ô ma fille, combien d'années sur le chemin de l'absence ? Elle savait son sort de veuve éternelle, elle qui était si jeune. Dix-huit ans, le début d'une existence pour toute autre personne, la fin de l'espérance pour elle. Plus personne ne pourrait jamais l'épouser, je me répétais ça, moi, Abou Bakr, pendant que mon ami dormait pour les siècles des siècles.

Omar hurlait à présent sur les passants qui murmuraient de plus en plus fort que Mohammad était mort.

Je posai ma main sur son épaule.

— Tais-toi, Omar ! Dieu a dit à Mohammad : « Te voilà mort, et eux aussi sont vraiment morts. »

— Je n'ai jamais entendu ce verset.

— Eh bien, je le porte à ta connaissance.

Je le laissai et m'avançai vers la foule fluide et trouble comme la mer sous le soleil et la mort.

— Que ceux qui adoraient Mohammad sachent qu'il est mort. Que ceux qui adoraient Dieu sachent que Dieu est vivant et ne meurt jamais.

Je leur annonçai cela, moi Abou Bakr, son ami le plus intime. Je les vis se taire, tous, et pleurer en silence. Une foule immense gémissait devant la maison de mon bien-aimé pendant que mon cœur achevait de se briser comme s'il se fût éteint, emportant avec lui le sabre d'Omar, le soleil et la mort.

J'allai me réfugier dans la Mosquée. Je m'assis sous le palmier où il avait coutume de se reposer quand le soleil menaçait. Un voile noir recouvrit mes yeux. C'était donc cela, la mort ?

Un homme entra dans la mosquée :

— Les Ansars se sont réunis et prêtent serment à Saad ibn Oubâda. Ils sont dans le vestibule des Sâida.

Les Ansars, gens de Yathrib, nous avaient accueillis après notre fuite de Mekka. S'ils désignaient l'un des leurs à la succession de Mohammad, nous verrions sans doute la fin de l'œuvre de celui-ci.

Je me levai et courus vers Omar. Il s'était tu, enfin. Son regard perdu. Le sabre traînait par terre. Je l'empoignai.

— Allons chez les Sâida !

Arrivés dans le vestibule, nous vîmes Saad allongé sur une civière et recouvert d'une couverture. Malade, son visage était blafard. Je me dis qu'il ne convenait pas de remplacer un mort par un demi-mort.

— Votre mérite, ô Émigrants, est immense, dit Saad. Mais à présent que Mohammad est mort, nous voulons reprendre la direction de Yathrib qui nous revient de droit ancestral. Si vous désirez vous associer, désignez l'un des vôtres. Les deux hommes dirigeront ensemble cette nation.

Nous étions bien les Émigrants qu'il convenait d'écarter du pouvoir, selon Saad et sa tribu, les Sâida.

— Si vous agissez ainsi, il y aura une guerre civile !

J'étais encore troublé par la mort de Mohammad et j'avais répondu sans me tourner vers l'homme allongé. Quand je me tus, je m'aperçus que j'avais dû hurler : les visages s'étaient refermés.

Une rumeur parcourut l'assistance. Nombreux étaient les Ansars et nous n'étions que deux, gens de Qouraysh, proches de Mohammad : des Émigrants.

— Vous savez que Mohammad a dit que la fonction de présider appartient aux Qourayshites. Laissez le pouvoir aux Qourayshites.

Il fallait ruser et jouer sur l'amour que portaient ces hommes à Mohammad. Ces sentiments ne seraient plus que des souvenirs dans quelques heures, refroidis comme ses membres.

— Mais qui garantira nos droits ? demanda Saad.

Il revivait, il renaissait. Il s'était assis sur sa couche et son visage s'était coloré. Le feu du pouvoir se répandait dans ses membres, tendait ses muscles, trempait ses nerfs, embrasait son corps.

— Désignons Omar, dis-je. C'était le plus proche ami de l'Envoyé de Dieu. Il vous traitera comme Mohammad.

— Désignons Ali, dit Saad. C'est le cousin du Prophète et c'est son gendre aussi. Il est le premier d'entre les Qourayshites et le descendant de Hâshim, comme Mohammad.

— Ali est trop jeune !

Omar aimait Ali, j'en étais certain, pourtant il jalousait sa jeunesse et sa fougue ; peut-être même la craignait-il.

Il comprit vite que, si la situation se prolongeait, elle risquait de nous échapper et de dégénérer en conflit. Déjà les partisans de Saad se massaient autour de sa couche tandis que les partisans d'Ali s'interposaient entre nous.

Omar prit mon bras et le tendit devant tout le monde.

— Abou Bakr, étends la main et reçois notre serment d'allégeance, car tu es un respectable Qourayshite.

De lui-même, Omar ne se serait jamais avancé seul et n'aurait jamais proposé de conduire les musulmans, qu'ils soient gens de Mekka ou de Yathrib.

— Non, Omar, c'est à toi de tendre la main et de recevoir ma *bay'a* !

Omar me saisit la main avec violence et me jura fidélité comme s'il en allait de sa vie. Les Ansars devant cette étrange comédie, ou ce drame, comprirent qu'il se jouait là quelque chose qui dépassait les anciennes coutumes de succession au sein des tribus.

Pourtant, le rituel ne changeait pas en apparence. Honteux d'avoir pu discuter la succession, ils se précipitèrent vers moi et me serrèrent la main, la baisant comme jadis celle de Mohammad.

Quand les gens de Yathrib apprirent que leur ville avait changé de maître, ils se précipitèrent dans le vestibule des Sâida. Nombreux, ils piétinèrent la civière de Saad.

— Prenez garde, vous allez écraser ce pauvre Saad ! hurla un homme dans la foule.

Omar lui répondit, le visage en feu :

— Qu'on tue cet hypocrite ! Il a voulu jeter la discorde parmi les musulmans !

En entendant cela, je fus soulagé de ce que ce ne fût pas Omar qui avait pris la succession de Mohammad. Lui aussi était encore trop jeune bien que cinquantenaire. Quant à Ali, il s'enferma dans la chambre de Mohammad et n'en sortit pas de la journée ni de la nuit qui suivit. Il ne me prêta pas serment.

Quand il le sut, Abou Sofiâne alla le voir. Cette fois, Fatima ouvrit la porte qu'elle tenait close depuis la mort de son père, mon bien-aimé Mohammad. Et le vieil Abou Sofiâne, qui avait été l'ennemi de l'islam pendant toutes ces années, prit Ali dans ses bras et l'embrassa sur le front.

— Ali, pourquoi abandonner le pouvoir à Abou Bakr, qui est de la famille des Tâmim, la plus faible d'entre les Qourayshites ? Je vais constituer une armée et la faire venir pour changer cela ! Le pouvoir n'échappera pas à la tribu des Oumayya !

— Abou Sofiâne, il y a longtemps que tu es l'ennemi de l'islam.

Ali se détourna de lui.

Quand j'appris la réaction d'Abou Sofiâne, je nommai Yazid, son fils aîné, gouverneur du Châm ; pour l'instant, cette région ne représentait que quelques arpents de terre que nous disputaient les Byzantins.

Mais j'avais bel et bien accordé une faveur au plus grand ennemi de l'islam, au fils de l'homme qui avait dirigé les troupes mecquoises à la razzia d'Ohod où est mort l'oncle de Mohammad, Hamza.

Abou Sofiâne vint me donner son *aman* le soir même. Il n'avait pas emporté l'adhésion d'Ali, mais il obtenait du nouveau calife beaucoup plus pour les siens. Cette affaire provoqua ma brouille définitive avec Ali qui, du haut de sa jeunesse et de son intransigeante foi, me jugea indigne et renégat, sans doute avec raison. Il fallut l'intervention brutale d'Omar pour qu'il vienne se soumettre à notre pouvoir. Omar, lui, ne plaisantait jamais. Il défonça la porte de la maison de Fatima, entra en hurlant, et ressortit avec Ali, son sabre lui tenant lieu d'arbitre des élégances.

Que Dieu me pardonne ! La conduite des hommes prend souvent des chemins tortueux.

Que les deux mains d'Abou Lahab périssent
et que lui-même périsse !

Ses richesses et tout ce qu'il a acquis
ne lui serviront à rien.

Il sera exposé à un feu ardent
ainsi que sa femme, porteuse de bois,
dont le cou est attaché par une corde de fibres.

Après l'affaire chez les Sâida, je revins à la Mosquée. Les palmiers jetaient des ombres sur les visages, aussitôt balayées par le vent qui soufflait sur Yathrib, emportant les feuilles frissonnantes et le soleil en un étrange et triste ballet.

Les portes des chambres où vivaient les femmes de Mohammad restaient closes. À l'intérieur, des lamentations s'élevaient, troublantes et sauvages. Les hommes qui étaient encore là finirent par s'en aller. La Mosquée se trouva vide.

Je m'approchai alors du *minbar*. Je caressai la petite estrade en ébène où il prenait place, les jambes repliées, le dos droit, le menton relevé. Pendant dix années, chaque vendredi, il avait gravi devant nous les six marches qui conduisaient au faîte de cette échelle. À la fin, ses jambes ne lui permettaient plus de monter sur ce socle ; la maladie le consumait ; je pris sa place pour conduire la prière. C'est lui qui me le demanda ; et j'acceptai. Il ne faisait plus de doute qu'il me désignait comme son successeur. Avait-il besoin de mots pour cela ? Mohammad privilégiait les actes, non les palabres.

Il y a bien longtemps, en un autre lieu, quand l'islam était encore un étranger, Mohammad était monté seul sur une des collines qui dominaient Mekka. C'était un homme dans la pleine force de l'âge. Il ne laissait aucune prise à la maladie, non, pas encore.

— La période de doute est terminée, Abou Bakr.

Il n'était pas mort, et le soleil caressait son visage clair, le soleil sans la mort, sans le sabre. Il venait d'atteindre l'âge de quarante ans. Il n'avait encore tué personne. Personne ne l'avait insulté, ne lui avait déclaré la guerre, ne l'avait exilé. On ne lui connaissait qu'une femme, une seule : Khadija. Sa fidélité était proverbiale. Il ne buvait pas, mangeait avec frugalité, parlait peu. Il se dominait en toutes circonstances. Il avait été pauvre, orphelin, il s'était constitué une famille et ne manquait de rien. Lui et moi étions encore de jeunes hommes heureux. L'innocence faisait partie de notre vie, et nous nous en remettions à Dieu quand les soucis s'amoncelaient.

— Ne crains-tu pas, mon ami, la jalousie des Qourayshites ?

— Le temps de l'erreur est terminé, Abou Bakr.

— Tu devrais peut-être attendre un peu. Les gens ne sont pas prêts à entendre. Ils ne renonceront pas à leurs privilèges pour te suivre.

Cela faisait bien trois années que Dieu lui avait ordonné d'être Son Messager. Et trois nuits auparavant, après un long silence pendant lequel il crut devenir fou, l'Ange était revenu et lui avait dit :

— Avertis tes proches !

Ce furent ses seules paroles, et Mohammad ressentit une grande tristesse à la suite de cette injonction. Il lui fallait maintenant partager son secret. Se proclamer l'Envoyé de Dieu et assumer cet état. Il n'y avait plus d'échappatoire ; son destin était scellé.

Le lendemain, il sortit de chez lui, couvert d'une simple tunique de lin, une épaule découverte. Il marcha lentement vers l'aube ; et sa silhouette, point noir à l'horizon, disparut dans la fournaise naissante. Ébloui par le feu du ciel, je peinais à le suivre.

Arrivé au bas de la colline, il se retourna vers moi et me demanda de m'arrêter. Il graviraît seul les marches de son calvaire.

Arrivé au sommet, Mohammad lança :

— Gens de Qouraysh ! Venez entendre la parole de Dieu.

Et les Mecquois d'accourir en nombre au bas du monticule où s'était hissé le Prophète, le sourire aux lèvres. Quand ils furent rassemblés, ils lui demandèrent :

— Mohammad, pourquoi nous appelles-tu si tôt ?

— Je vois galoper des cavaliers à l'aube, me croyez-vous ?

Tous répondirent qu'ils ne mettaient pas en doute sa parole tant il était connu pour sa sagesse et son penchant à dire la vérité.

— Je dois vous prévenir de l'imminence d'un terrible châtiment si vous ne dites après moi : « Il n'y a d'autre dieu que Dieu, et Mohammad est le Messager de Dieu. »

— Il n'y a donc pas de chevaux à l'horizon !

— Mensonges !

— Balivernes !

— Nous n'avons pas de temps à perdre !

— Nous avons notre Dieu !

— Le fils de Maryâm ! Moïse et Aaron ! L'Esprit du Dieu incarné dans le fils !

— « Il n'y a d'autre dieu qu'Allah, et Mohammad est le Messager de Dieu. »

— Quel châtiment, Mohammad ? demanda un vieil homme qui se tenait en équilibre sur sa canne.

— Sachez que vous mourrez et reviendrez à la vie. Votre châtiment, si vous ne vous en remettez pas à Dieu, sera la Géhenne et ses flammes éternelles.

Le vieil homme se courba encore plus.

— Vos corps se consumeront dans le brasier !

Ces mots provoquèrent l'effroi de la foule, qui se tut longuement sous le soleil rouge brûlant comme les flammes de l'enfer qui nous attendait tous si nous ne suivions pas mon bien-aimé et son Dieu.

Ce silence fut brisé par Abou Lahab.

— C'est pour nous dire cela que tu nous as rassemblés ? Puisses-tu périr dans la journée ! Ce sont des idées étrangères, venues du Châm et de tes moines pouilleux !

Et les gens de Mekka se mirent à rire et se détournèrent de Mohammad. Plus tard, Mohammad reçut les paroles de Dieu concernant Abou Lahab.

Quand la porteuse de bois, sœur d'Abou Sofiâne et femme d'Abou Lahab, connut la révélation la comparant à une bête de trait, elle se dirigea vers la Kaaba, munie d'un pilon. Elle cherchait Mohammad pour l'assassiner. Sur son passage, les gens répétaient les versets pour se moquer d'elle et attiser sa colère. Dans une grande fureur, elle courut alors vers le sanctuaire où nous nous tenions, Omar et moi. Elle chercha Mohammad et ne le vit pas. Pourtant il était avec nous, mais Dieu avait jeté un voile sur ses yeux, ou alors elle avait fait semblant de ne pas l'apercevoir pour ne pas exercer sa vengeance et risquer la mort en retour.

Nous étions assis contre le mur de la Kaaba, elle se précipita sur nous.

— Où est Mohammad ?

La colère la défigurait, sa main tremblait.

— Où est ce menteur, ce poète qui dit des vers pour se moquer de moi ?

— Ce ne sont pas des vers, ce sont les paroles de Dieu !

Nouveau converti, Omar n'aimait pas que l'on mette en doute la parole de Dieu.

— Tais-toi, fils de Schamla ! Je ne t'ai pas parlé.

Elle se tourna vers moi.

— Par les étoiles, Mohammad est un poète comme je le suis moi-même.

Quelques années plus tard, Khadija et Abou Tâlib moururent à cinq jours d'intervalle, abandonnant Mohammad sans protection. Son oncle paternel, Abou Lahab, avait pris la tête du clan des Abd al-Mouttalib, succédant à Abou Tâlib.

Abou Lahab, qui, le jour où Mohammad décida d'appeler les siens à rejoindre l'islam, s'était dressé comme Satan contre son Seigneur. Abou Lahab son ennemi ne lui accorda pas sa protection.

La même année, dite de la tristesse, nous quittâmes Mekka pour notre hégire. Nous devînmes des Émigrants et des fuyards, accueillis par les

Ansars de Yathrib qui acceptaient de remettre le destin de leur cité entre les mains d'étrangers en échange d'un Dieu unique et d'une vague promesse de mettre un terme à leurs querelles.

À Mekka, Abou Jahl, chef des Makhzoum, était un autre de ces amants de la Géhenne, où il périra pendant une éternité en avalant des braises en guise de nourriture.

Il se prit de passion pour les ordures qu'il déversait devant la porte de Mohammad. Au point qu'un jour, Hamza, l'oncle de Mohammad, le surprit dans ses œuvres. Il lui arracha des mains son sac de déchets et le lui retourna sur le crâne.

Un jour, le caïd des Makhzoum vint s'asseoir près d'Abou Sofiâne pendant la prière de Mohammad.

— Voici donc le prophète de ton clan !

Il le dit sur un ton de mépris. Abou Sofiâne était aussi un descendant des Qoussay, mais d'une branche plus puissante et plus riche que celle des Hâshim. Bien qu'il refusât d'adhérer à notre religion, il évitait, autant que possible, de prendre part à la querelle qui nous opposait aux Qourayshites les plus intransigeants. Pourquoi ne se mêlait-il pas encore de ce combat ? Il observait sans doute les adversaires, en bon stratège, avant de se décider pour l'un ou l'autre camp. Il se peut aussi qu'il tenait en estime Mohammad, avec lequel il avait tissé des liens d'amitié. En revanche, Hind, sa femme, haïssait Mohammad. Elle et la sœur de son mari, la femme d'Abou Lahab, avaient poussé Abou Sofiâne à exiger de ses fils la répudiation de leurs épouses, les filles de Mohammad.

Abou Sofiâne se déclarera notre ennemi en prenant la tête de l'armée de Qouraysh à Ohod, deux années après l'hégire. En attendant, Abou Sofiâne respectait le désir d'Abou Tâlib de protéger Mohammad.

— Tu t'étonnes qu'un prophète soit issu de notre tribu ? Et s'il l'était d'un clan plus faible ? Cela t'étonnerait-il tout autant ? demanda Abou Sofiâne.

— Je m'interroge sur un homme si jeune qui prétend guider des hommes aussi âgés et pleins de raison.

Mohammad, perçu comme un intrus, bousculait la hiérarchie traditionnelle à Mekka. Il était jeune quand les plus influents étaient âgés et parés de leurs gloires passées, militaire et commerciale. Il était pauvre, ou de richesse récente pour être plus juste, quand les autres étaient pourvus à la naissance, leurs pères n'ayant pas eu le mauvais goût de mourir avant leur venue au monde. Son clan avait perdu de sa splendeur pendant que s'affirmait l'importance des Makhzoum et des Abd al-Châms, d'où était issu Abou Sofiâne. Ces hommes n'acceptaient pas d'abandonner leur pouvoir à un orphelin qui prétendait être inspiré par un Dieu dont ils ne voyaient pas l'utilité.

Et Allah sait pourtant que Mohammad est Son Messager, et que l'islam est la religion des Arabes et non ces pratiques ridicules qui visent à conférer du pouvoir à des images et à des statues ! Ou encore à des Mères ! Je me demande souvent si ce qui a poussé Omar à nous rejoindre, après une période où il fut aussi notre plus grand ennemi, n'était pas cette haine des femmes, et donc des Maryâm, Maria, qui devaient le tourmenter autant que le tourmentait sa sœur qui s'était convertie à l'islam.

Bien entendu, tous ces conflits me paraissent lointains à présent, et je n'ai que faire d'un Abou Jahl dont la mort à la razzia de Badr fut un des plus grands bienfaits de Dieu. Mais, avant Badr, Abou Jahl tenta de nous humilier de toutes les manières possibles et imaginables.

GLORIFIE le Nom de ton Seigneur, le Très-Haut,
qui crée et qui forme harmonieusement les
*   hommes ;*
qui fixe leurs destins
et qui les dirige.

C'est lui qui fait pousser les pâturages
et qui les transforme ensuite en fourrage sombre.

Nous te ferons bientôt réciter le Coran
et tu n'oublieras
que ce que Dieu voudra te faire oublier.
— Il connaît ce qui est apparent et ce qui est
*   caché —*

Nous te faciliterons l'accès au bonheur.
Fais entendre le Rappel
car il est bon de se souvenir.

Celui qui redoute Dieu y réfléchira,
tandis que le réprouvé s'en écartera.
Il tombera dans l'immense Feu
où, ensuite, il ne mourra pas
   et ne vivra pas.

Heureux celui qui se purifie ;
celui qui invoque le Nom de son Seigneur
et celui qui prie.

Vous préférez la vie de ce monde
alors que la vie dernière est meilleure
et qu'elle durera plus longtemps.

Ceci est contenu dans les Livres anciens :
les Livres d'Abraham et de Moïse.

Mohammad était de taille moyenne, vigoureux, l'esprit clair et la parole alerte. Il avait le verbe coloré, la sentence magistrale. Quand nous étions encore de jeunes hommes, je cherchais à le divertir en l'emmenant chez les veuves. Il se dérobait chaque fois. Je le vis même s'endormir sur le seuil de l'une d'entre elles pourtant pourvue par le Seigneur des plus beaux appas. Quand je le réveillai au matin, il me dit :

— Abou Bakr, tu me laisses coucher à la belle étoile ?

Je m'excusai, confus de le voir emmitouflé dans son burnous blanc ; il avait subi les redoutables morsures du froid.

— Tu plaisantes ! Sans toi je n'aurais pas goûté à ce plaisir.

Je lui souriais.

— De quel plaisir parles-tu donc, Mohammad ? Tu n'es pas entré chez cette femme ! Elle t'aurait réchauffé les membres, pourtant.

118

— Celui de dormir sous l'immensité, recouvert d'un manteau, comme les mendiants et les bêtes. J'avais l'impression, Abou Bakr, de retrouver mes jeunes années.

— Tu les aurais sûrement retrouvées en jouant à la bête à deux dos !

Il avait gardé de son enfance chez les Bédouins une grande nostalgie. Il m'en parlait souvent avec des larmes dans les yeux. Il ajoutait que tous les prophètes avaient ainsi erré dans les campements, gardant les chèvres ou les chamelles d'un seigneur du désert. Il aimait par-dessus tout l'évocation des temps anciens, quand les hommes dépêchés par Dieu parcouraient la terre. Il me parlait de Moïse, le roi des juifs, de Maryâm et de son fils, Jésus, de la famille Imrane. Il préférait évoquer la mère du Messie. Elle incarnait pour lui la mère qu'il n'avait pas connue, ou si peu, puisqu'elle était morte quand il avait six ans.

Mohammad connaissait toutes ces histoires. Tous ces prophètes anciens. Quand nous traversions les pays pour vendre et acheter nos marchandises, il s'arrêtait parfois pour parler avec un de ces hères que nous autres, Arabes, méprisions. Lui ne dénigrait jamais personne. Il prenait même garde d'écouter les plus faibles. Ces hommes abandonnés sur les chemins du monde le fascinaient.

Souvent, il s'arrêtait au bord d'une route pour parler avec un vieux sage que j'avais pris pour un bandit de grand chemin. Il me disait alors : « Regarde son visage », et je ne voyais qu'une face mangée par la crasse et la barbe. Je le lui disais, il secouait la tête et courait rejoindre le lascar. Il ne revenait souvent que plusieurs heures après, la mine réjouie.

— Tu vois bien, Abou Bakr, tu ne devrais pas juger les hommes à leur mine. Cet homme m'a raconté des histoires étonnantes, dont l'une concerne Alexandre aux deux Cornes.

— Je n'ai jamais entendu parler de cet homme.

— Ce fut le plus grand homme de l'histoire du monde.

— Pourquoi deux cornes ? sa femme...

Je me mis à rire sous l'œil navré de Mohammad.

— Il portait sur sa tête le destin du monde. Et pour cela, il avait besoin de deux cornes.

Je ris de plus belle. J'avais tort. Alexandre aux deux Cornes fut un grand guerrier, qui naquit à l'autre bout de la terre pour conquérir le monde. Il se rendit jusqu'en Inde, me raconta Mohammad. Il renversa le trône des Perses et détruisit tant de villes qu'il faudrait toute une vie pour les dénombrer toutes.

— Un jour, Abou Bakr, tu prendras possession d'un empire. Nous prendrons possession des deux empires, le Châm et la Perse où vivent les adorateurs du feu et les polythéistes.

Je ne voulus le croire, nous étions encore de jeunes Arabes, et notre univers se réduisait à

Mekka. Et qu'était donc notre ville, à l'échelle du monde ? Nous voyagions, et les cités où nous nous arrêtions pour vendre l'encens du Yémen, ou du bois de santal d'Abyssinie et des esclaves, surpassaient en beauté et en opulence notre humble cité. Mais ces splendeurs n'oblitéraient pas l'imagination de Mohammad. Contrairement à nous, Mohammad aspirait aux mêmes gloires, avec la force réalisatrice d'un Alexandre. Sous son crâne, il levait des armées et les mettait en marche ; elles dévalaient le monde d'orient en occident ; elles portaient en leur sein la parole unique d'un Dieu à naître et conquéraient Jérusalem pour rebâtir le Temple de Salomon.

Mohammad songeait aussi à un cheval blanc qui le portait aux confins de la terre. La cavale s'approchait d'une lumière dont la lueur était aveuglante, plus intense que mille soleils.

J'espérais qu'il ne partageait pas ses songes avec d'autres que moi. J'avais peur qu'on ne le prît pour un fou, tourmenté par ses djinns. À Mekka, ce genre de réputation était fatale. Moi je le croyais parce qu'il s'entretenait de ses visions avec moi ; il me les dépeignait dès qu'elles advenaient. Il n'en parlait même pas à Khadija, qui était sa femme, et sa plus fidèle conseillère pourtant. Khadija qui l'avait pourvu en richesses quand il s'interrogeait encore sur son devenir, lui l'orphelin dont les rêves immenses ne passaient pas la porte étroite d'une pauvre vie. Elle l'avait comblé tant et si bien que ses chimères partirent à la conquête du ciel.

Le soir, parfois, il m'invitait dans sa maison. Ses filles et sa femme s'étaient endormies et nous demeurions là, dans la cour, allongés sur un matelas de laine. Des coussins recouverts de soieries nous soutenaient le dos et la nuque. Nous regardions les étoiles.

Sur Mekka, le silence s'appesantissait, lourd comme une couverture noire. Nous mangions parfois des dattes et nous buvions du lait. C'était avant le Message, bien avant l'hégire, je ne me souviens plus très bien. Mohammad venait d'avoir des enfants et de perdre un fils ; il avait trente ans comme le Messie, qui mourut bien jeune si l'on mesure l'existence d'un homme au nombre d'années passées sur cette terre. Une vie dépend beaucoup de son accomplissement et non de sa durée. Si les rêves d'un être se réalisent tous, alors celui-ci aura vécu mille fois plus qu'un autre. Pour peu que ces songes fussent beaux et grands, il perdurera jusqu'à la fin des temps dans la mémoire des hommes.

Je sais, moi, Abou Bakr, premier calife de l'islam, je sais que je resterai dans la mémoire des hommes comme celui qui accompagna Mohammad. Je resterai comme son premier et seul Ami, jusqu'à la fin des temps, quand l'islam sera redevenu l'étranger qu'il a commencé par être.

Au ciel, les étoiles brûlaient comme des lampes sous le vent. Nous cherchions à les dénombrer. Nous nous comportions ainsi comme des gamins perdus sous l'immensité opaque d'une énigme.

— Ne ressens-tu rien, Abou Bakr ?

— Le silence et le vide qui m'angoissent.

— Sous le manteau nocturne, siège la Présence. Je La sens, Abou Bakr. Elle palpite contre les étoiles. Un jour, Elle se confiera à moi.

Je ne fus donc pas surpris quand, un matin, il vint m'annoncer qu'il était le Messager de Dieu venu pour délivrer sa parole. Il récita alors quelques versets où il était question d'une étoile.

— Je t'appelle à Dieu par la raison, Abou Bakr. Dieu est la vérité. Je te conjure d'aller à Dieu. Dieu est unique et n'a pas d'associé. Je t'appelle à l'adorer.

Avant de lui répondre, je m'en retournai chez moi. Pendant toute une nuit, je m'interrogeai sur mon ami. Je me demandais si ces rêves ne l'avaient pas emporté sur des rives lointaines, où il s'était échoué comme une felouque sur un banc de sable inhospitalier.

Par le ciel et par l'astre nocturne !
Comment pourrais-tu savoir
ce qu'est l'astre nocturne ?
C'est une étoile qui brille d'un vif éclat.

Un gardien se tient
auprès de chaque âme.

Que l'homme considère donc ce avec quoi il a
     été créé.
Il a été créé d'une goutte d'eau répandue
Sortie d'entre les lombes et les côtes.

Oui, Dieu a le pouvoir de le ressusciter
le jour où les secrets seront dévoilés.
— L'homme ne trouvera, alors,
     ni force, ni défenseur —

Par le ciel qui fait revenir la pluie en son temps !
Par la terre qui se fend !
Voici, vraiment, une Parole décisive,
et non pas un discours frivole.

Ma nuit fut traversée de songes. Celui d'Alexandre s'imposait à mon imagination avec plus de force que les autres. Je voyais dans la geste du conquérant une préfiguration du destin qui nous conduirait sur toutes parts de la terre. J'imaginais mon ami, Mohammad, guidé par un Dieu unique semblable à celui qui avait inspiré le Grec dont les livres racontaient la vie et s'échangeaient sur les marchés damascènes avec la même âpreté qu'une mesure d'épice venue du pays de Sîn.

Mohammad avait emporté de haute lutte un livre contant la vie sur terre et dans l'éternité d'Alexandre aux deux Cornes. Ce surnom lui venait d'une ancienne légende qui lui attribuait un pouvoir immense sur le Monde ; il portait celui-ci sur sa tête et pour complaire à son Seigneur immolait des béliers sur de grands bûchers où venaient se repaître ses compagnons. Dieu lui avait parlé par l'intermédiaire d'une vierge et lui avait octroyé la vie éternelle. Était-il parmi nous ? Secondait-il quelque roi illustre du pays des Roûms, ou encore plus, de l'antique pays de Pharaon ?

Quand j'interrogeais mon bien-aimé, il me répondait que l'homme existait aussi sûrement que le soleil. Et si je lui demandais s'il ne mettait jamais en doute cette présence surnaturelle, il ajoutait qu'il ne comprenait pas pourquoi douter d'un prodige quand la vie en recèle à foison. Il inférait que notre amitié était en soi un miracle puisqu'elle avait lieu entre deux hommes qui n'avaient rien en commun, que les situations séparaient au départ. J'étais riche à ma naissance ; il ne l'était devenu qu'après son mariage avec Khadija. Nous avions le même âge ; lui était un rêveur impénitent alors que je restais un homme perspicace et pratique. Il était juste, j'étais prudent ; il se confiait souvent, j'étais secret comme une femme.

— Mohammad, si tu ne veux point me courroucer, arrête de nous comparer ainsi.

Il se mit à rire.

— Et de plus, tu es orgueilleux, Abou Bakr.

Mais je ne me fâchais point ; je le savais taquin et, sans aucun doute, ne pensant jamais à mal.

Le lendemain, j'allai le trouver et lui prêter allégeance, à lui et à Dieu ; mais si je ne l'avais pas connu lui, je n'aurais pas cherché à connaître son Dieu. Paroles graves pour un calife, j'en ai conscience, mais je détruirai ces pages éparses avant de mourir. Il ne faut pas qu'elles tombent entre des mains jalouses. Bien entendu, j'ai appris à aimer Dieu, seul, sans jamais me référer à l'ami fidèle. Mais là, je m'avance un peu trop, et je me mens sans doute. Aussi je comprends — je suis un homme et un homme se doit de tout ressentir — la *ridda*, cette révolte des tribus arabes qu'il me faut mater si je ne veux pas voir l'œuvre de Mohammad tomber en poussière et les hommes se détourner de Dieu, comme ils se détournèrent d'Alexandre.

Je comprends ces tribus qui avaient prêté allégeance à un homme plus qu'à un Dieu et qui maintenant que l'homme a disparu cherchent à se défaire d'un Dieu qu'ils n'avaient jamais admis en leur cœur.

— La foi, Abou Bakr, la foi véritable n'est pas nécessaire à l'homme. Celle-ci est l'offrande que fait Dieu à sa créature pour lui complaire. Il t'a permis de croire en lui ; il me l'a permis aussi. Il ne peut verser à l'humanité entière cette obole. Dieu est généreux pourtant. Mais un cœur qui brûle ne sera pas ranimé si Allah ne le souhaite pas. Si, par mon exemple, je peux ressusciter les cœurs de mes amis, j'aurai accompli ma mission. Et si je joins à cette Mission le message même de Dieu, alors je pourrai mourir en homme de cœur. Me comprends-tu, Abou Bakr ?

Comme je te comprends, mon ami, dont le corps est à présent froid mais dont le cœur palpite encore. Tu nous as donné une force et une vigueur incomparables. À présent, nous agissons sous le regard de Dieu.

Et pour que ce Dieu vive, je dois les combattre de toutes mes forces, même si je n'ignore pas que cette guerre est douteuse. Qu'il est difficile d'assumer la charge de Mohammad ! Je suis un vieil homme qui aspire au repos auprès de son ami et que les querelles mesquines épuisent. On ne pouvait confier le pouvoir à un enfant, on ne pouvait le confier à Ali. Pourquoi Fatima ne peut-elle le comprendre ? D'après elle, j'ai trahi les mots de Mohammad qui désignaient son mari, Ali. Si elle dit vrai, alors mon ami se trompait car un homme peut se méprendre sur ses intentions, fût-il le Messager de Dieu. Ici même, à Yathrib, il lui arrivait d'être contredit par des croyants sincères et de se plier à leur raisonnement.

Pourquoi Fatima ne comprend-elle pas qu'un enfant — il a certes plus de vingt années — ne peut assurer le devenir d'une nation, l'observance d'une foi exigeante quand les périls sont innombrables ?

Les femmes sont cause de nos malheurs. C'est ce que ne cesse d'ailleurs de marmonner, du matin au soir, Omar ibn al-Khattab, qui leur voue une haine absolue. La méchanceté d'Omar me pousse à penser que j'ai tort de voir en elles nos ennemies. Elles sont les gardiennes des paroles de Dieu.

Elles connaissent mieux que nous le Coran. Mohammad les aimait, lui. Et si mon bien-aimé les appréciait tant, c'est bien qu'il y avait une raison qui échappe encore à Omar ibn al-Khattab.

J'avais présenté Saad ibn Abi Waqqâs à Mohammad. Son grand-père, Ohayb ibn Manaf, était l'oncle paternel d'Amina, la mère du Messager de Dieu. Cela ne manqua pas de les rapprocher. L'homme était encore très jeune mais fasciné par la personnalité de notre bien-aimé. Il embrassa l'islam. Une des forces de la religion naissante — ce fut sans doute la plus grande — était liée au charisme de Mohammad. Tous les jeunes hommes de Mekka le vénéraient. Ils l'aimaient comme un père, ou comme un frère pour la plupart. Il savait attirer à lui les meilleurs jeunes gens de Mekka ; Saad était l'un d'eux bien qu'âgé d'à peine dix-sept ans.

Quand Saad épousa publiquement notre religion, sa mère déclara qu'elle s'abstiendrait de toute nourriture et de toute boisson jusqu'au retour de Saad à l'ancienne croyance des Arabes. Quand, épuisée, la mère de Saad entra en agonie, son fils vint lui rendre une ultime visite. Celle-ci espérait ainsi faire fondre le cœur de son fils pour lui faire abjurer la nouvelle foi.

Saad s'approcha de la couche où elle gisait et attendit. Dans la maison, les volets avaient été fermés : il régnait un silence de sépulcre.

Quand la pauvre femme se mit à gémir et à se retourner sur son matelas, Saad s'approcha du baldaquin, souleva le dais de soie et se pencha sur le visage de sa mère.

— Par Allah, ma mère, si tu possédais cent âmes et si ces âmes mouraient les unes après les autres, je n'abandonnerais pas ma religion.

Comme ses oncles et ses tantes étaient présents, un grand murmure désapprobateur se fit entendre.

— Mange si tu veux. Ou ne mange pas, ajouta Saad.

Il se releva et sortit. Eh bien, savez-vous, sa mère mangea.

Quand, un après-midi, les musulmans furent pris à partie par des Qourayshites qui leur lançaient quolibets et crachats, Saad se leva, empoigna un fémur de chameau qui traînait par terre et l'écrasa sur le visage d'un de nos ennemis. Ce fut le premier sang à couler pour l'islam. D'autres batailles, d'autres guerres verraient couler beaucoup plus de sang. À l'heure où j'inscris ces mots, celui-ci se répand sur toute l'Arabie, se déverse sur la Perse qui commence à s'ouvrir à nos troupes, et Saad ibn Abi Waqqâs guerroie toujours pour l'amour de Dieu et de Son Prophète bien que l'un soit mort et l'autre vivant. C'est maintenant un homme d'âge mûr qui, au lieu de brandir un os, préfère abattre son sabre sur le visage apeuré de ses ennemis. Comme le glaive de l'islam, Khalid ibn al-Walid, mon meilleur général, Saad parcourt l'Iraq et s'apprête à envahir le Châm. Que Dieu lui prête vie !

C'était cette force d'âme que Mohammad insufflait à ses compagnons. Mais Saad, d'une noble famille, ne risquait rien à Mekka. Personne n'eût osé alors porter la main sur lui. Il n'en allait pas de même des plus faibles, indigents ou esclaves qui rejoignaient notre religion.

Esclave d'Abyssinie, Bilal gardait les idoles de la Kaaba. Souvent quand nous allions prier, Mohammad et moi, nous le rencontrions sur notre chemin. Il nous interrogeait alors sur notre croyance et nous lui répondions avec une grande précision ; Mohammad s'adressait à lui de noble façon, ainsi qu'il en avait coutume. Bilal n'avait jamais été traité avec autant de déférence, et pour cause : son maître ordonnait, il obéissait.

Quand, à son tour, Mohammad l'interrogeait sur les images et les statues qui peuplaient le sanctuaire et qui prenaient des formes différentes, Bilal répondait qu'elles ne s'adressaient jamais à lui en particulier. Certains hommes paraissaient s'en repaître comme si elles leur chuchotaient à l'oreille ; à lui, elles tenaient d'autres discours ; plus durs, plus cinglants ! Mohammad se mettait à rire et demandait à Bilal si ces figurines de bois ou de pierre avaient amélioré son sort. Si lui, Bilal, en priant devant les icônes, avait recouvré la liberté par exemple. La réponse était un non prononcé d'une voix retentissante.

Un jour que Mohammad et Ali priaient ensemble dans l'enceinte sacrée, Bilal se jeta sur l'Envoyé de Dieu et lui baisa la main.

— Que fais-tu, Bilal ?

— J'embrasse la main de mon Seigneur.

— Bilal, c'est la religion de Dieu que tu dois embrasser.

Et Bilal devint le premier musulman noir.

Bilal appartenait toujours à Oumayya ibn Khalaf qui haïssait Mohammad et l'islam. Quand il apprit la conversion de l'Abyssin, il enragea. Il ordonna à son esclave d'abandonner sa religion sur-le-champ.

— Je ne crains pas ma foi. Et n'ai nulle intention de l'abjurer. Je suis ton serf mais je reste libre de choisir ma croyance.

Loin de convaincre Oumayya, ces paroles le rendirent fou. Il humilia et tortura son esclave pendant de nombreux jours ; il l'emmena dans le désert où il l'étendit, à midi, sur une pierre que le soleil chauffait à blanc depuis le matin : son dos se consuma et garda pour toujours une vilaine plaie dont le dessin évoquait les contours de sa couche ignoble. Autre douceur, il apposa sur sa poitrine une roche de deux quintaux et le fouetta jusqu'à ce que les bras lui en tombent. Le sang coulait sur le sable qui le buvait avide comme une gorge surgie des gouffres infernaux. Entre les cris, les insultes, les coups qui pleuvaient, Bilal répétait le mot « unique ».

— Dieu est unique. Il est unique.

Mohammad, apprenant les tourments de Bilal, nous rassembla et nous dit :

— Si l'un de vous peut acheter et affranchir Bilal, il aura complu à Dieu et à Son Messager.

Je me levai et partis immédiatement rencontrer Oumayya. Quand je le vis, je lui demandai à combien il estimait la vie de l'Abyssin.

— Neuf pièces d'argent. Donne !

Voilà quel était le prix fixé pour un musulman à Mekka. J'achetai Bilal.

Quand nous nous sommes réfugiés à Yathrib, nous avons construit la première mosquée pour nous rassembler et prier. Et Mohammad, désirant appeler à la prière en se démarquant des juifs et des nazaréens, songea à la voix de Bilal, qui était d'une beauté et d'une puissance exceptionnelles. L'Abyssin se hissa sur un des murs de la mosquée et chanta pour les musulmans. Cet appel bouleversa nos cœurs et raffermit notre foi.

Plus tard, le muezzin de Mohammad prit part à la razzia de Badr ; il tua Oumayya ibn Khalaf, son ancien maître. Quand il revint parmi nous, il n'éprouva aucune joie ; je le vis même pleurer : les larmes de l'ancien esclave coulèrent longtemps.

Quand beaucoup plus tard nous entrâmes victorieux à Mekka, il grimpa sur le toit de la Kaaba. Son chant retentit sur tout Mekka. Et il fut aussi le seul avec Mohammad à pénétrer dans l'enceinte sacrée pour détruire les idoles qu'il avait gardées pendant sa jeunesse.

Quand notre bien-aimé rejoignit notre Seigneur, Bilal vint me voir.

— Abou Bakr, je t'en prie, accorde-moi de ne plus appeler à la prière.

— Pourquoi, Bilal ? Ta voix est la plus belle et personne ne le fera jamais mieux que toi.

— Cela me rappelle trop Mohammad. Je saigne encore à chaque mot que je lance vers vous. Je sais alors qu'il n'est plus là pour les entendre.

— Il doit les entendre encore. Tu es libre d'aller où bon te semble, Bilal.

De ma vie, Bilal n'appela plus à la prière.

Je sens mes forces décliner. Cela fait deux années que je conduis les affaires des hommes en sus de celles de Dieu. Celles des hommes sont redoutables. Les tribus arabes sont à présent matées. Moussaylima, le faux prophète, s'est tu à jamais.

Si l'Arabie est maintenant heureuse, la maison de mon ami est un champ de ruines. Fatima est morte six mois après son père sans jamais me recevoir. Aïcha et moi fûmes empêchés d'assister aux funérailles par Ali. Ali, muré dans son orgueil, commence à fédérer autour de lui tous les déçus de mon califat. Comme chacun le sait, régner c'est décevoir. Quand je pense à ces premiers temps où nous agissions comme des frères que rien ni personne n'aurait pu séparer, j'en pleure de dépit.

J'ai maintenant compris que nous ne retrouverions plus jamais ces premières années de l'islam quand tout le monde à Mekka conspirait à notre perte. Pourtant la nation puissante qu'appelait Mohammad est à présent dressée comme une jument, ou sur le point de l'être ; elle s'ébroue et piaffe d'impatience. Elle s'apprête à s'élancer sur le champ du monde.

L'univers entend son hennissement, ses sabots qui martèlent le sol. Si Dieu le veut, et Dieu ne va jamais contre Ses propres desseins, nous ferons régner l'islam sur la terre.

Alexandre ! ton rêve s'est incarné à nouveau !

Si Mekka n'avait pas été aussi réticente au début, nous aurions gagné une décennie. Mohammad lui-même aurait pu porter la parole de Dieu au Châm et en Iraq. Il aurait vu de ses yeux s'effondrer les empires.

Quand nous en parlions ensemble, il me disait que le temps était la mesure de la création et que l'homme participait de cette mesure ; en aucun cas il ne disposait comme le marchand de son bien puisqu'il était lui-même l'or et le blé échangés sur le marché de la vie.

— Il faut savoir attendre. Une vie ne suffit pas. Sache, Abou Bakr, que le grain ne meurt jamais. Une fois en terre, celle-ci poussera l'arbre vers le ciel.

C'était après le pèlerinage de l'Adieu. Il venait de m'inviter à conduire la prière à sa place. La fièvre le taraudait hormis à quelques moments de la journée, le matin le plus souvent où il me faisait appeler par Aïcha qui le veillait la nuit et le jour.

Un matin Aïcha vit Fatima au chevet de son père. Ils discutaient mais elle ne les entendait pas. Puis Fatima se tut et pleura ; puis elle se tut à nouveau et rit. Aïcha lui demanda la raison de ces différentes humeurs.

— Mon père m'a annoncé qu'il allait mourir. Alors je me suis mise à pleurer. Il m'a dit ensuite que je serais la première à le rejoindre. Je me suis mise à rire, heureuse de le revoir bientôt.

— Ainsi, Abou Bakr, j'agis sur vous tous. Par mes paroles, j'irrigue la terre qui vous élèvera vers le zénith.

— Et si tu venais à mourir avant, Mohammad ?

— Dieu ne meurt jamais, Abou Bakr.

À mon tour, je m'apprête à quitter cette terre, cette lumière qui emplit mes yeux ; mon cœur bientôt s'aveuglera. Je ne goûterai plus aux plaisirs innocents, manger un fruit, aimer une femme, regarder un enfant ; ma langue ne bougera plus dans ma bouche contre mes dents ; ma main, mes pauvres doigts ne se lèveront plus pour caresser, ou protéger mon regard du soleil éblouissant ; il fera nuit jusqu'au Jugement. Si nos prières sont véridiques, alors nous nous éveillerons d'entre les morts, et je reverrai mon bien-aimé Mohammad. Que le temps, alors, m'aura paru long ! mais le temps, lui-même, n'existera plus. Pendant une éternité sans mesure, je serai absent, comme mon

cher ami. Certes, ses paroles et le Coran l'invo-
quent à nos mémoires sans cesse, mais je ne peux
lui parler ni entendre sa voix et je comprends
Bilal qui ne souffre plus de convier les musulmans
à la prière depuis que Mohammad est enterré dans
sa chambre, à l'endroit même où il a rendu son
dernier souffle, sur les genoux de ma fille.

Lorsque le ciel se rompra
et que les étoiles seront dispersées ;
lorsque les mers franchiront leurs limites
et que les sépulcres seront bouleversés :
toute âme saura
ce qu'elle a fait de bien et de mal.

Ô toi, l'homme !
Comment donc as-tu été trompé
au sujet de ton noble Seigneur
qui t'a créé puis modelé
et constitué harmonieusement :
— car il t'a composé dans la forme qu'il a
     voulue —

Bien au contraire !
Vous traitez de mensonge le Jugement
alors que des gardiens veillent sur vous :
de nobles scribes
qui savent ce que vous faites.

Oui, les hommes bons seront plongés dans les
        délices
et les libertins dans une fournaise
où ils tomberont le Jour du Jugement
sans pouvoir y échapper.

Comment pourrais-tu savoir
ce que sera le Jour du Jugement ?

Encore une fois :
comment pourrais-tu savoir
ce que sera le Jour du Jugement ?

Ce Jour-là,
la Décision appartiendra à Dieu !

Notre religion comptait une quarantaine de fidèles, pour la plupart des affranchis et quelques gens de bonnes familles mecquoises ; Mohammad et moi étions les plus âgés, tous deux nés l'année de l'Éléphant.

Un matin, Mohammad vint me trouver. Je montais une caravane pour le Châm où j'allais vendre des marchandises acquises au Yémen.

— Abou Bakr, tu ne dois pas partir. Dieu m'a ordonné d'avertir les miens.

— Commence par les membres de ton clan.

Il les convia donc chez lui à dîner. Ses oncles Abou Tâlib et Abou Lahab se rendirent à son invitation ; ils ne se parlaient plus à la suite d'un différend. Abou Lahab, ce chien, s'était jeté sur son frère Abou Tâlib et l'avait renversé. Il le frappait au visage quand Mohammad saisit Abou Lahab par les épaules et le lança violemment contre un mur.

— Nous sommes tous les deux tes oncles ! Pourquoi prends-tu le parti d'Abou Tâlib ?

Mohammad aimait Abou Tâlib comme un père ; il ne supportait pas qu'il fût maltraité en sa présence. Il avait agi selon son cœur. Il ne sut donc quoi répondre à Abou Lahab qui lui en garda rancune au point de contrarier son neveu à la moindre occasion. C'est en grande partie pourquoi il fut cet adversaire acharné de l'Envoyé de Dieu et de sa religion. Ainsi pensait-on à cette époque. Pour ma part, je crois que l'homme était guidé par le diable et éperonné par sa femme, la porteuse de fagots, qui ne supportait pas de voir un orphelin grandir au point d'éclipser son mari.

Ce soir-là étaient présents ses deux autres oncles, Hamza et Abbas qui était un homme timoré, sans grand caractère. Hamza, lui, était connu pour ses éclats. Il vivait au grand air, sur le mode des anciens Arabes, pleins de fougue et de folie, allant d'un campement à l'autre à la poursuite du gibier qu'il chassait du matin au soir. De retour à Mekka, quand il ne provoquait personne en duel à la suite d'une monumentale beuverie, il déclamait des vers lestes sur une de ces courtisanes qui s'attachaient à ses habits comme certains insectes à la laine d'une chamelle. Personnage coloré, il aimait néanmoins son neveu dont le caractère tempéré, à l'opposé du sien, le séduisait. Ali aussi était là, encore dans l'enfance. Et c'est Ali qui se plaît à raconter ce qui va suivre pour peu qu'on le lui demande.

Quand ils eurent tous mangé et bu à satiété,

Mohammad se leva pour faire son annonce ; il fut interrompu par Abou Lahab.

— Il nous a servi un repas ensorcelé pour nous convertir à ses vues !

Puis il se tourna vers Mohammad.

— Nous sommes de ton clan, oncles et cousins rassemblés ici. Parle-nous de ce qui te préoccupe, mais ne parle pas de ton message. Ton clan ne pourra s'aliéner tous les Arabes. Nous avons dilapidé nos biens et la fortune des Abd al-Manaf. Notre puissance, nous la tenons de la garde de la Kaaba et des pèlerinages qu'effectuent les Arabes à Mekka pour honorer leurs dieux. Mohammad, tu veux abolir cette religion qui nous enrichit. Je m'y opposerai de toutes mes forces. Et si nous ne parvenons à t'arrêter dans ta folle aventure, ce sont les autres clans de Qouraysh, soutenus par le reste des Arabes, qui arrêteront ta course vers le néant.

D'après Ali, Mohammad resta sans voix, confondu par la logique d'Abou Lahab. Quand les convives partirent, il s'isola pendant plusieurs jours, et moi-même je ne pouvais le voir quand je me présentais chez lui. On me répondait qu'il était souffrant et ne recevait personne.

Quelques jours plus tard, Mohammad s'adressa à Ali.

— Abou Lahab a pris la parole à ma place et m'a empêché de leur dire ce que j'avais sur le cœur.

Et il les invita une seconde fois.

Il leur dit :

— Le berger ne ment pas aux siens. Par Allah, unique et sans associé, je ne vous mentirais pour rien au monde. Je suis le Messager de Dieu. Hommes du clan Abd al-Mouttalib, je ne connais personne qui ne vous annonce une aussi bonne nouvelle. Je ne connais pas de jeune Arabe qui ne vous appelle à d'aussi grandes réalisations dans cette vie et à la félicité après la mort. Dieu m'ordonne de vous convier à l'aimer. La mort est comme le sommeil dont on se réveille. Dieu vous promet l'éternité. Qui d'entre vous me soutiendra ?

Personne ne répondit, personne. Alors Ali se leva. C'était encore un enfant frêle, aux jambes grêles et tordues, aux yeux chassieux. Il souffrait alors d'une maladie qui l'empêchait d'ouvrir ses paupières en plein jour. C'était un enfant difforme et non le bel homme qui maintenant se dresse du haut de ses vingt ans pour me défier sur le terrain de la foi et du pouvoir. D'ailleurs, je ne prête qu'une oreille distraite à ce que l'on rapporte sur ses propos. Je le crois à moitié à présent qu'il cherche à fédérer ses amis qui l'idolâtrent comme ils n'ont jamais osé le faire avec l'Envoyé de Dieu. Mohammad, lui, fuyait les hommes qui le berçaient de belles paroles ; il craignait les hypocrites qui répandaient des calomnies sur son compte après l'avoir cajolé en public à l'instar de cet Abdallah ibn Oubayy qui prit la défense des juifs de Qaynouqa à Yathrib et accabla ma fille Aïcha pendant l'affaire du collier au point même que Mohammad faillit la répudier et mettre un terme à notre grande et belle amitié. Que Dieu nous garde des entreprises de tels hommes !

Mais, aujourd'hui que le soleil se couche sur Yathrib, je suis prêt à croire ce que rapportent Ali et ses partisans sur la seconde rencontre de Mohammad et de son clan. Voilà ce que dit Ali après le refus des autres membres de la famille.

— Messager de Dieu, je te soutiendrai et je serai ton représentant sur terre.

— Assieds-toi, Ali, tu n'es qu'un enfant.

Mais Ali répéta par trois fois son vibrant appel. Et c'est alors que Mohammad céda et annonça :

— Ali est mon légataire et mon représentant. Écoutez-le et obéissez-lui.

Pour ces paroles, prononcées ou non, j'endure mes dernières années comme un enfer sur la terre. Fatima pousse Ali à les répéter à qui veut l'entendre. Dès qu'Abou Bakr prend une décision qui déplaît à la majorité, on exhume ces mots de Mohammad pour accroître le prestige d'Ali aux dépends du mien. Seul Omar, fidèle à la foi originelle, celle d'un Dieu sans associé, d'essence divine ou humaine, me soutient dans mon combat pour affirmer la nation de l'islam. Mais Omar est intransigeant, fanatique et il me fait peur autant que Fatima et son imbécile de mari. C'est pourtant mon seul soutien, je ne peux compter sur Othmane dont la lâcheté et la mollesse sont proverbiales.

En revanche, Ali et ses adeptes omettent la suite du récit de cette soirée.

Après Ali, Abou Tâlib, son père, se leva.

— Comme j'aimerais, Mohammad, t'accompagner sur ce difficile chemin. Nous t'avons écouté et nous avons été touchés par tes paroles. Poursuis donc ta marche. Je jure de te protéger et de te défendre jusqu'à mon dernier souffle. Ainsi personne, ici, ou dans les autres clans, ne lèvera la main sur toi, je te le promets. Ou alors cet homme, ou ce clan, encourra ma colère et la colère de Hamza.

Hamza se dressa à son tour et jeta un regard lourd de reproches sur Abou Lahab qui, effrayé, n'osa le dévisager.

— En revanche, Mohammad, je ne puis renier la religion de Abd al-Mouttalib, ajouta Abou Tâlib. Je mourrai comme il est mort.

Mon ami venait d'obtenir sa première victoire : la protection pleine et entière de son clan, et par extension du reste de Qouraysh et de ses familles. Abou Tâlib, en parcourant la moitié du chemin qui eût pu le conduire à l'islam, garantissait ainsi le respect de la tradition religieuse des Arabes et ne pouvait être accusé par les ennemis de Mohammad d'adhérer à la nouvelle croyance. Sa parole comptait encore et personne au nom des lois du sang n'eût osé verser celui de Mohammad sans l'aval d'Abou Tâlib qui, malgré sa pauvreté, conservait le prestige plein et entier des gardiens de la Kaaba.

Quand Abou Lahab, qui comprenait que la victoire lui échappait, se leva pour dire que tout cela était grave et qu'il fallait surtout ramener Mohammad à la raison, Abou Tâlib lui assena :

— Par tous les dieux de Mekka, nous le protégerons tant que nous vivrons. Et cela te concerne aussi !

Et quand les convives se levèrent, ils se pressèrent autour d'Abou Tâlib pour plaisanter avec lui.

— Mohammad ne t'a-t-il pas ordonné d'écouter ton fils et de lui obéir ?

— Mohammad peut se tromper ; il n'en demeure pas moins notre neveu et notre fils.

Voici les paroles omises par les partisans d'Ali. Abou Tâlib a eu raison contre son jeune et bouillant fils. S'il était devenu musulman ainsi que le lui demandait son fils, il n'aurait pu protéger Mohammad. La conduite des hommes ne répond pas toujours à la foi naïve des enfants. Quand les musulmans auront compris cela, ils accompliront des miracles sur cette terre.

Aux Thamoud,
nous avons envoyé leur frère Salih.
Il dit :
« Ô mon peuple !
Adorez Dieu !
Il n'y a pas pour vous d'autre Dieu que lui.
Une preuve de votre Seigneur vous est parvenue :
Voici la chamelle de Dieu ;
— c'est un signe pour vous —
Laissez-la donc manger sur la terre de Dieu ;
ne lui faites pas de mal,
sinon un châtiment douloureux vous saisirait. »

Ils coupèrent les jarrets de la chamelle,
ils désobéirent à l'ordre de leur Seigneur
et ils dirent :
« Ô Salih !
Apporte-nous ce que tu nous promets,
si tu es au nombre des envoyés. »

Le cataclysme fondit sur eux,
et, le matin suivant,
ils gisaient dans leurs demeures.

Salih se détourna d'eux et il dit :
« Ô mon peuple !
Je vous ai fait parvenir le message de mon
      Seigneur ;
j'ai été pour vous un bon conseiller,
mais vous n'aimez pas les conseillers. »

Quand les Qourayshites s'aperçurent que Mohammad ne renoncerait pas à sa prédication, ils lui dépêchèrent le beau-père d'Abou Sofiâne, Outba ibn Rabîa, pour tenter de trouver un accord qui préserverait leurs intérêts. Outba était une vieille bique timorée, ce qui est assez rare pour être dit, tant il est connu que ces animaux sont d'habitude d'un naturel capricieux et rebelle. Grand, dégingandé, il avait la sécheresse et la souplesse de ces hommes qui atteindraient sans mal l'âge que l'on dit grand. Soucieux de convenances, superstitieux, il n'avait jamais défié personne à Mekka. Sa fortune, que l'on disait considérable, le protégeait de toute entreprise malveillante. Il entretenait de nombreux clients qui lui étaient dévoués corps et âme. C'était aussi un père qui obéissait à sa fille, Hind, et craignait son beau-fils, Abou Sofiâne. Néanmoins, il entretenait de bons rapports avec Mohammad qu'il traitait avec beaucoup d'aménité.

Outba vint s'asseoir à côté de Mohammad. Le grand mur de la Kaaba les protégeait du soleil qui, à Mekka, était toujours redoutable.

— Mon cher neveu, tu es un Qourayshite de la plus noble lignée. Tu es un descendant de Qoussayy, du clan des Hâshim ; et pourtant tu trahis les tiens, tu leur causes tourments et malheurs. Tu as rompu les liens sacrés de la tribu. Tu as dénigré nos valeurs, tu te ris de nos songes, de nos croyances. Tu te moques de nos ancêtres. Neveu, écoute-moi, je vais te proposer plusieurs choses. Tu pourras y réfléchir et me dire ce que tu en penses.

— Je t'écoute.

— Dis-moi, mon cher neveu, de toi ou de ton père, Abd Allah, qui est le plus digne d'éloges ?

Mohammad ne répondit pas. Il se contentait de regarder Outba, un sourire étrange sur les lèvres.

— Dis-moi, mon cher neveu, de toi ou de ton grand-père, Abd al-Mouttalib, qui est le plus digne d'éloges ?

Mohammad se taisait.

— Si tu penses être plus digne qu'eux, dis-le, mon cher neveu. Ainsi nous n'ignorerons plus le fond de ta pensée.

Mohammad, toujours, souriait à Outba.

— Mon cher neveu, si tu vises la richesse, nous t'enrichirons. Si tu souhaites te hisser à notre rang, nous te laisserons nous dominer. Si tu veux être le roi des Arabes, nous t'élèverons jusqu'au trône et nous te servirons. Si tu te trouves dans l'incapacité de repousser les visions que les djinns t'imposent, nous te soignerons pour qu'ils te laissent en paix.

Les Qourayshites pensaient confondre mon ami en le gavant de belles paroles. Ils désiraient le corrompre et annoncer à tout le monde qu'il était un imposteur qui recherchait la richesse et la gloire de ce monde. Mais Mohammad était déjà riche, Khadija l'avait bien doté. Quant au pouvoir, Mohammad le tenait de Dieu, instance qui échappait même à l'imagination d'Outba ibn Rabîa.

— As-tu fini de parler ?

— Oui, mon cher neveu.

Et Mohammad récita :

Ha. Mim.
Voici la Révélation de celui qui fait miséricorde,
Du Miséricordieux.
Voici un Livre
dont les Versets sont clairement exposés ;
un Coran arabe, destiné à un peuple qui comprend ;
une bonne nouvelle et un avertissement.

Mais la plupart des gens se détournent
et ils n'entendent rien.

Ils disent :
« Nos cœurs sont enveloppés d'un voile épais

qui nous cache ce vers quoi tu nous appelles ;
nos oreilles sont atteintes de surdité ;
un voile est placé entre nous et toi.
Agis donc, et nous aussi, nous agissons. »

Et Mohammad de marquer une pause. Il regarda Outba, droit dans les yeux, avant de reprendre sa récitation du Coran.

Dis :
« Je ne suis qu'un mortel semblable à vous.
Il m'est seulement révélé
que votre Dieu est un Dieu unique.
Allez droit vers lui et demandez-lui pardon ! »

— Cher oncle, tu as entendu ce que j'avais à te dire. Maintenant, à toi de voir.
— C'est ta dernière parole, Mohammad ?
Notre bien-aimé ne prit même pas la peine de lui répondre. Outba attendit quelques instants puis se leva et partit. C'est ce que me raconta Bilal, qui avait assisté à toute la scène ; il avait vu Outba se décomposer sous la parole de Dieu. Quand Mohammad en vint au châtiment que réservait Dieu aux mécréants, Outba pressa le pas sans se retourner. Ce qui fit bien rire Bilal, révélant ainsi sa présence à Mohammad.
— Alors, Bilal, on écoute ce que l'on ne devrait point entendre ?

— Ô mon Seigneur, n'est-il point donné à l'homme d'entendre la parole de Dieu ?

Mohammad se mit à rire et se leva pour embrasser Bilal, qui le surplombait de toute sa hauteur de descendant du Négus.

Plus tard, Outba de retour chez ses amis se trouva bien confus quand Abou Jahl l'interrogea sur son ambassade auprès de Mohammad.

— Je lui ai proposé la richesse et le royaume, comme nous en étions convenus.

— Et qu'a-t-il répondu ?

— Par Dieu, je n'ai rien compris.

— Il t'a parlé en arabe, pourtant !

Abou Jahl marchait devant l'assistance des Qourayshites, lion encagé et affamé que les réponses de Outba ne sustentaient pas.

— Oui, mais je n'ai rien compris.

— Il n'a rien compris !

— Sinon que le châtiment de Dieu s'abattrait sur nous comme sur les gens de Thamoud. Et j'ai aussi entendu des paroles qui ne sont pas celles d'un fou, ni d'un devin. Des paroles qui, un jour, je vous le dis, retentiront sur le monde. Laissons cet homme suivre sa voix et tenons-nous à l'écart. Si les Arabes le tuent, nous en serons débarrassés par d'autres. S'ils ne le tuent pas et qu'il l'emporte sur eux, alors sa gloire nous recouvrira, nous, gens de Qouraysh.

Outba avait raison, contre le temps et contre tous les Abou Jahl et Abou Sofiâne. Pourtant, ce fut la ligne dure qui l'emporta et Qouraysh déclara la guerre à Mohammad. Au point même que Mohammad dut se cacher des incroyants pour ne pas tomber sous leurs coups. Et nous dûmes prendre le chemin de l'Exil et traverser le désert et nous implanter dans une ville étrangère, que nous appelions Yathrib en ce temps-là, pour échapper aux persécutions et à la mort. À présent, tout cela est loin, et le triomphe et la gloire de Mohammad sont universels, ou en passe de le devenir ; les Qourayshites, les enfants, les neveux des Abou Jahl et Abou Sofiâne, les familiers des Khalid ibn al Walid, derniers convertis et premiers combattants de l'islam conquérant, ces hommes représentent maintenant l'avenir de notre religion.

Je comprends la colère d'Ali et de Fatima, la déception de nos alliés médinois, les Ansars, mais je ne peux rien contre le mouvement de l'histoire. À la mort de mon bien-aimé, nous sommes sortis de l'enfance, nous avons quitté le royaume de Dieu pour entrer dans celui des hommes. Nous sommes maintenant soumis aux mêmes lois qui régissent les êtres vivants depuis la naissance du monde. Il nous faut conquérir ou périr, et toutes les forces sont les bienvenues, même celles qui nous combattaient il y a moins d'une décennie. Mais la plupart, enfermés dans leurs souvenirs, ne l'acceptent pas. Ils veulent faire revivre ce qui est mort. Ils pensent que Dieu parle encore aux hommes par l'entremise d'Ali. Quelle hérésie, s'ils y pensent ! Dieu s'est tu à la mort de Mohammad.

Les gens de Thamoud s'étaient réfugiés dans les montagnes et vivaient dans des grottes. Et Dieu leur dépêcha Salih pour qu'ils reviennent à la religion unique. Incrédules, les gens de Thamoud demandèrent à Salih un signe de Dieu.

Salih leur répondit :

— Quel signe ?

Ils lui indiquèrent un rocher et lui dirent :

— Salih, fais donc surgir de cette pierre une chamelle, enceinte de dix mois. Si tu y parviens, nous te croirons et nous suivrons ton Dieu.

Salih implora Dieu et la chamelle se dégagea de la roche. Elle était pleine comme ils le souhaitaient. Et, de plus, elle était d'une taille inaccoutumée.

Quand ils virent le prodige, les gens de Thamoud se dédirent et retournèrent à leurs idoles.

Salih leur dit :

— Regardez cette chamelle. Elle est puissante et grande. Elle a besoin de boire souvent. Un jour ce

sera elle qui boira dans votre puits et le lendemain ce sera vous.

La chamelle buvait toute l'eau du puits et le lendemain l'eau était revenue. Elle mit bas et tous les jours les gens de Thamoud allaient la traire et boire son lait qu'elle fournissait en quantités importantes. Ainsi ils connurent des jours d'abondance.

Lorsque s'installaient les chaleurs estivales, la chamelle se dirigeait vers les collines où il faisait plus frais. L'hiver revenu, elle redescendait dans la vallée. Pendant ce temps, les troupeaux des gens de Thamoud parcouraient le chemin inverse, par peur de l'étrange animal ; ils dépérissaient sous l'ardeur solaire ou le froid aiguisé des sommets. Alors les gens de Thamoud se précipitèrent sur la chamelle et la tuèrent.

De peur, le chamelon s'enfuit dans les collines.

Salih apprenant la nouvelle dit :

— Si vous retrouvez le chamelon, peut-être vous épargnera-t-il le châtiment qui vous est réservé.

Les gens de Thamoud prirent peur et décidèrent de tuer Salih, pensant ainsi éloigner d'eux le maléfice.

Salih passait ses nuits dans un sanctuaire hors de la ville. Il n'en sortait que pour prêcher les personnes qu'il rencontrait sur son chemin.

Quand la nuit vint, neuf hommes se cachèrent dans une grotte non loin du sanctuaire ; ils attendaient que Salih s'endorme pour l'assassiner. Mais les parois de la caverne s'effondrèrent et les hommes périrent sous l'amas de roches.

Quand les gens de Thamoud accusèrent Salih d'avoir tué les neuf hommes, celui-ci leur répondit :

— Rentrez chez vous, ô gens de Thamoud, et profitez des trois jours qui vous restent à vivre. Le premier jour, vos visages jauniront, le deuxième, ils rougiront et, le troisième, ils noirciront comme le sont vos cœurs.

Et ainsi périrent les gens de Thamoud. Ils eurent le temps de s'envelopper dans un linceul.

Je craignis pour ma vie, moi Abou Bakr, si étrange que cela paraisse. Les persécutions contre les musulmans étaient quotidiennes. Je rachetai le plus d'esclaves que je pus pour les affranchir afin qu'ils ne subissent plus les violences de leurs maîtres. Chaque jour, nous entendions dire que tel homme, telle femme, subissait la colère de son seigneur en raison de sa religion. Mohammad décida qu'il fallait permettre aux musulmans de quitter Mekka pour l'Abyssinie où le Négus, connu pour sa foi en l'Unique, ne les persécuterait pas. Une première vague de Mecquois rejoignit le pays des essences précieuses. Parmi eux, se trouvaient Othmane ibn Affân et Ruqayya, la fille de Mohammad. Ruqayya, la plus belle femme de Mekka et la plus courageuse : un jour que son père se trouvait pris à partie dans l'enceinte sacrée de la Kaaba et que ses détracteurs se pressaient autour de lui au point de l'étouffer, elle se jeta dans le cercle des adorateurs d'idoles et parvint à le soustraire avant qu'ils ne l'écrasent.

Mohammad l'avait donnée en mariage à Othmane pour affirmer leurs liens ; et Othmane était devenu musulman par amour pour elle. Une deuxième vague partit pour l'Abyssinie, elle comptait Djaafar ibn Abou Tâlib, frère d'Ali, et son épouse, Isma aux mains tatouées. Elle est mienne à présent. Quand je prends ses doigts dans ma paume pour les caresser, je vois les lignes qui s'enchevêtrent sur sa peau douce. Alors, je ne peux m'empêcher de penser à ma jeunesse, quand nous sortîmes pour la première fois de Mekka. Je dis nous mais, en vérité, seuls les plus fortunés purent s'offrir le voyage vers l'Abyssinie. Et Isma faisait partie de cette première hégire.

C'est durant sa vie à la cour du Négus qu'elle étudia les sciences magiques qui lui permirent de soigner les musulmans ou, quand il était trop tard, de les soulager et de les préparer à la mort. Quand Mohammad sombra dans un long sommeil, lui qui n'avait pas dormi pendant vingt ans, elle lui cuisina une potion à l'aide d'une huile ambrée. Elle la lui fit boire et il se réveilla aussitôt. Il se plaignit de ce qu'on lui avait fait avaler une étrange mixture. Mais les femmes, elles, furent heureuses de le voir conscient ; la fièvre était retombée. Pourtant, il se rendormit, le front lourd et humide, la bouche pleine de songes et de délires.

— Promets-moi, Isma, de laver mon corps

quand Dieu et Mohammad m'auront rappelé à leurs côtés.

Elle se jeta sur moi et me couvrit de pleurs et de baisers entremêlés. Son cœur de sorcière refusait ma mort, elle qui avait vu disparaître ses époux successifs, mourir sa meilleure amie, Fatima, et le père de celle-ci, l'Envoyé de Dieu.

Quand Mohammad rendit son dernier souffle, c'est Ali qui fit sa toilette et l'enveloppa dans son linceul. Quand vint le tour de Fatima, ce fut Isma qui la couvrit pour la mort. Elle interdit à ma fille, Aïcha, l'épouse de mon bien-aimé, d'entrer dans la chambre où l'on veillait le corps de Fatima. Blessée, Aïcha vint me voir pour me dire tout le mal que la mort de Mohammad avait apporté chez les musulmans. Je la pris dans mes bras, ses longs cheveux reposaient sur mon bras, et je la consolai du mieux que je pouvais.

Quand Isma vint me rejoindre dans notre alcôve, je lui demandai pourquoi elle avait refusé l'entrée de ma fille.

— Fatima ne le voulait pas. Ni toi ni Aïcha. Ce furent ses dernières volontés, et je ne pouvais les enfreindre sans craindre le châtiment de Dieu.

Je me mis à souhaiter alors que la mort vienne vite. Combattre les ennemis de l'islam, je le faisais tous les jours, mais je ne m'attendais pas à être abhorré par ceux-là mêmes que je protégeais. Je l'aimais pourtant comme ma propre fille, et Ali comme mon fils, et pour prix de cet amour, j'avais reçu une obole amère. Dieu, je n'ai pas décidé la mort de Mohammad ! De même, je n'ai pas cherché à lui succéder. Omar et Othmane m'ont choisi en accord avec les Ansars et les Émigrants. Pourquoi Ali ne s'est-il pas prononcé à ce moment-là ? Il a préféré rester seul dans sa maison, méditant sur la mort et la vie sans doute ! Qu'attendait-il de nous ? Que nous allions le supplier de prendre la succession de Mohammad ?

Isma s'approcha de moi et me prit dans ses bras. Je sentais contre moi son corps de femme palpiter, plein de vie et de douceur. La femme au ressac bienveillant me calmait.

— Je vais bientôt rendre mon âme à Dieu, mon cher amour.

Je sentais bien venir ma fin. Mes jambes ne me portaient plus, mes pensées se faisaient plus lentes, mes paroles moins assurées. J'étais las de tous les combats. Ceux que j'infligeais me répugnaient, ceux que l'on m'infligeait chaque jour m'épuisaient. J'avais combattu pour l'amour de l'islam Tolayha, les Tay, les Fezara. Toutes ces tribus qui ne reconnaissaient plus mon pouvoir, ni celui de Dieu ; je les ai matées avec l'aide de Khalid ibn al-Walid ; Khalid, le plus grand guerrier de l'islam.

Khalid ibn al-Walid.

Ensuite ce fut au tour des Ghatafân, et de Selma, leur reine ; une musulmane qui apostasia à la mort de son frère et qui fut l'une des amies d'Aïcha, sa plus proche conseillère : Khalid, pendant la bataille, l'égorgea de sa propre main.

Une autre femme se dressa contre l'islam : Sadjaa. Au point même qu'Omar se sentit renforcé dans sa haine contre tout le règne féminin. Elle aussi se voulait prophétesse, chrétienne, renégate qui se pensait en lien avec Dieu, comme si, à la mort de mon bien-aimé, il eût fallu que la terre supportât encore de nouveaux envoyés de Dieu. Ce fut une épidémie de Messies ! Tous cherchaient la gloire de Mohammad et prétendaient recevoir leurs ordres du Très-Haut.

La religion de Sadjaa, singulière, empruntait à la chrétienne et à la musulmane : le Messie, Jésus, était l'esprit de Dieu mais n'était pas son fils, contrairement aux nazaréens ; elle maintenait les cinq prières par jour, interdisait la fornication, tolérait le vin et la viande de porc que Dieu nous a interdits.

Sadjaa rejoindrait Moussaylima, autre prétendant à la prophétie et à la succession de Mohammad. Moussaylima professait l'interdiction de tout commerce avec les femmes. Il était permis de les rejoindre au lit jusqu'à l'obtention d'un enfant, puisque telle était la loi de la nature, mais, ensuite, il était inutile de poursuivre toute relation charnelle. Quelle étrange religion ! Ces deux personnes se marièrent dès leur première rencontre et ne se firent point prier pour consommer leurs épousailles.

Moussaylima aurait dit en la voyant :

— Je suis prophète, tu es prophétesse. Qui empêchera notre mariage ?

La nuit de noces achevée, les deux prophètes se séparent et ne concluent pas d'autre accord. Il semble que Moussaylima ait pris peur. Sadjaa finit par retourner à Mossoul d'où elle venait ; on dit même qu'elle est devenue musulmane depuis. Quand à Moussaylima, Khalid finit par le tuer après la bataille du Clos de la mort. Le Yémama lui appartenait à présent.

Après sa victoire écrasante sur Moussaylima à la bataille du *Clos de la mort*, Khalid voulut s'installer au Yémama, le pays de son adversaire. La contrée était belle, fertile et fournie en richesses innombrables, ce qui ne manquait pas de plaire à notre guerrier. Il décida d'épouser la fille de Maddjaa, l'un des complices de Moussaylima.

Maddjaa exigea la dot exorbitante d'un million de dirhams ! Khalid prit sur le butin et paya. Il consomma ses épousailles dans un luxe inouï pour nous alors que son armée pansait encore ses blessures ; et comme le butin n'avait pas été partagé comme le voulait la coutume instaurée par Mohammad, des soldats se plaignirent. Un ami d'Omar, Zayd, fils d'Amrou, poète de son état, lui envoya ces vers :

Fais parvenir au prince des croyants un message
*   venant d'un conseiller sincère*
qui ne veut pas tromper.

Il a épousé la jeune fille en payant tout un million de dirhams,
tandis que les illustres cavaliers de l'armée souffraient de la faim.

Et Omar, tenant enfin son rival, s'écria :

— Ne vois-tu pas, Abou Bakr, comment agit Khalid ? Comment il dissipe l'or des musulmans ? De mémoire d'homme, jamais un fils d'Adam, jamais un roi, n'a donné à une femme une dot d'un million de dirhams ! Comment peux-tu, Abou Bakr, garder le silence sur un forfait pareil ? Malheur à Khalid qui porte la responsabilité du sang de tant de musulmans ! À cette bataille du *Clos de la mort*, douze cents hommes sont morts pour l'islam. Émigrants, Ansars, tous amis de Mohammad, et mon frère ont quitté cette terre ! Khalid est responsable de leur misérable fin ! Il faut le rappeler, lui reprendre son butin et ne plus jamais lui confier la direction des hommes.

Je me levai en feignant la colère :

— Maudit soit Khalid ibn al-Walid ! Maudits soient son orgueil et sa soif de richesses ! Mais cette victoire a été importante pour les musulmans. Si je démets Khalid, ils seront découragés et nos ennemis se réjouiront. Nous ne voulons pas les démoraliser, Omar. Nous ne voulons pas que les ennemis de l'islam se frottent les mains en disant de nous : regardez comment ils traitent les meilleurs d'entre eux !

Pour une fois, Omar fut d'accord avec moi quant à cette triste affaire de corruption.

En dépit de son caractère, Khalid était bel et bien l'homme de la situation ; son arrogance était largement contrebalancée par son génie militaire. Et je sais, moi qui m'apprête à quitter ce monde, je sais qu'Omar me succédera et que lui aussi aura besoin d'un chef de guerre de la trempe de Khalid ibn al-Walid.

Mais voilà que je m'exalte et que j'oublie mon propos. Moi aussi, Abou Bakr, je craignis pour ma vie. Je me décidai à partir pour l'Abyssinie ainsi que nous l'avait prescrit Mohammad. Je montai sur ma chamelle et me dirigeai vers la sortie de Mekka. Après cinq ou six nuits de marche, je me reposai pendant une journée entière. Je me préparais à repartir quand un homme que je connaissais vint vers moi. Il se nommait Ibn al Doughinna, et était le seigneur d'al-Ahabîsh, tribu alliée de Qouraysh.

— Où te diriges-tu, Abou Bakr ?

Je lui expliquai les raisons de ma fuite.

— Un homme de ta trempe, Abou Bakr, n'a nul besoin de fuir. Généreux avec les faibles, constant en amitié, tu honores les liens du sang, accueilles les étrangers et remplis ton rôle de père et d'époux comme un vieil Arabe. Tu es un des gardiens de la tradition, Abou Bakr.

— J'ai choisi mon Dieu, et Qouraysh ne me le pardonne pas.

— Au diable Qouraysh ! Je me porte garant pour toi. Je serai ton protecteur auprès des gens de Qouraysh.

Ainsi je rebroussai chemin avec Ibn al Doughinna, qui se dépêcha de parler aux Qourayshites et de m'accorder sa protection.

L'assemblée des seigneurs de Mekka lui répondit :

— Qu'il adore son Dieu si cela lui plaît. Mais qu'il le fasse chez lui pour ne pas corrompre nos enfants et nos femmes.

J'acceptai le dictat et m'enfermai chez moi où je dirigeais la prière dans la cour de ma maison. Ceux qui passaient près de ma demeure pouvaient m'entendre réciter le Coran, et même m'entretenir avec Mohammad des affaires de ce monde et de l'autre, celui qui nous attendait après la fin de notre existence terrestre. Notre émotion les contaminait, et ils retournaient chez eux pleins de doutes sur la religion de leurs ancêtres. Les seigneurs de Mekka se plaignirent à Ibn al Doughinna de ce que je ne respectais pas tout à fait les termes de l'accord. Al Doughinna vint me voir et me demanda de lui rendre sa parole.

— Je me contenterai de celle de Dieu et de son Prophète !

Bien avant la Révélation, Mohammad et moi conduisîmes une caravane pour commercer avec le Châm. Quand nous arrivâmes dans un village peuplé de nazaréens, Mohammad fut accueilli avec les honneurs tandis que moi-même, Abou Bakr, j'y fus ignoré. Alors Mohammad descendit de sa monture et partit avec eux. Depuis sa première rencontre avec Bouhayra, Mohammad avait lié des rapports étroits avec les moines nazaréens ; de plus il était l'époux de Khadija dont le cousin était Waraka ibn Nawfal, le prêtre de Mekka. Ces moines priaient tous en direction de Jérusalem, vers le Temple éloigné. Il ne se reconnaissait pas dans la pratique des nazaréens de Byzance, qui avaient altéré le message d'Abraham, de Moïse et du Messie, le fils de Maryâm.

Lorsqu'il revint, il se déshabilla et prit des vêtements noirs.

— Viens rencontrer un de ces sages, Abou Bakr.

Tu pourras l'interroger à ta guise sur l'Évangile et sa science occulte.

— Je ne le veux pas.

Mohammad haussa les épaules et m'abandonna en pensant qu'il perdait son temps avec moi. Ô Dieu, j'étais bien incroyant à cette époque. Mohammad devait se demander même comment il pourrait un jour devenir notre Prophète.

C'était peut-être cela la mission : conduire des chameliers sur les chemins de Dieu. Mais les Qourayshites étaient des hommes sans foi, donc la seule vertu était celle du commerçant. Comment briser cette carapace ? Mohammad pouvait dire des milliers de vers, prédire l'avenir des hommes et des bêtes, lire dans les étoiles et sur la terre, mais ignorait la réponse à cette question. Cette impuissance était pour lui source de grand tourment. Ce qu'il savait, en revanche, c'est que le prophète des Arabes lèverait cet obstacle sans peine, ou trouverait la foi pour l'aider à le faire. Et lui, Mohammad, attendait ce signe de Dieu pour se lancer dans la prédication. Il attendait la promesse du ciel qui ne venait pas, qui tardait à tomber sur ses épaules.

Quand il s'éloigna du campement, un vieux chrétien, chétif, habillé de noir, s'approcha de moi.

— Pourquoi refuses-tu de voir ce sage ?

Je considérai un instant le vieil homme.

— Nous ne sommes pas de sa religion.

— Il a des choses extraordinaires à te révéler. Es-tu de Thaqîf ?

— Non, de Qouraysh.

— Va voir ce vieux sage. Il aime les gens de Qouraysh et veut leur bien.

Le vieillard devant mon intransigeance repartit vers son village. Je guettai longtemps le retour de Mohammad ; le soleil se coucha sur le campement et mes hommes et moi nous l'attendions toujours pour repartir.

Mohammad revint, fatigué. Il se déshabilla et s'étendit sur sa couche. Il ne trouva pas le sommeil. Il regardait la nuit à travers les mailles de la tente. Parfois, entre les plis, la lune s'invitait et jetait un rayon sur sa face. Ses yeux brillaient, ouverts sur le vide, et ne cillaient pas. Était-ce une larme qui perlait au coin de ses paupières ?

Le lendemain, Mohammad se leva et erra autour du campement, silencieux. Il sella et harnacha les bêtes, puis revint vers moi.

— Quand partons-nous ?

— Es-tu prêt ?

— Oui.

Nous reprîmes la route et Mohammad, pendant plusieurs jours, ne dit mot. Il passait ses nuits sur sa couche, les yeux ouverts sur l'immensité. Parfois, il se levait sans raison et sortait de la tente. Il vaquait alors autour du campement, ramassant des pierres ou du bois pour préparer le feu. C'est à peine s'il n'effrayait pas les chamelles qui le voyaient d'un œil morne aller et venir sur le sable. Il s'asseyait sous l'éclat lunaire et dessinait sur le sol d'étranges figures géométriques, semblables à celles qu'il avait vues dans ses livres qui traitaient de la science des anciens. Puis il effaçait les cercles et les triangles et retournait sous la tente où il s'allongeait, quêtant en vain le sommeil.

C'était comme la Mission qu'il appelait de ses vœux depuis longtemps et qui se dérobait. Il avait pourtant lu dans les étoiles que le jour approchait où un Prophète serait envoyé à son peuple. Il savait que l'événement aurait lieu de son vivant. Le sable coulait entre ses doigts comme sa vie.

— Abou Bakr, pourquoi ne parles-tu pas ?

Je le regardai comme s'il était devenu fou.

— Tu n'as pas ouvert la bouche depuis trois jours ! Et voilà que tu me fais des reproches.

— Pardon, mon ami, mais j'étais soucieux.

— Par Dieu, de quoi ?

— Je m'inquiétais pour ma vie future.

Mohammad avait perdu la raison. Je venais d'en avoir la preuve. Une vie future ? Quelle folie ! Personne ne vivrait plus que sa seule existence. Cela n'avait pas de sens : plus que sa seule existence. Voilà qu'il disait n'importe quoi. Ni plus ni moins, d'ailleurs souvent un peu moins que plus. Une vie, une seule, c'est plus clair, unique et courte. Et il fallait en profiter, en jouir à chaque instant. D'où l'envie immense qui me prenait d'amasser richesses et honneurs. D'être l'homme le plus craint et le plus respecté de Mekka, avec le temps bien sûr, pour l'instant je n'étais qu'un modeste commerçant. J'achetais des esclaves en Abyssinie, et je les revendais à Mekka. Mohammad, lui, refusait de toucher à une telle marchandise ; il s'en remettait à moi quand nous conduisions ensemble nos caravanes. Il préférait le négoce des parfums et des étoffes ; les senteurs le captivaient ; il aimait l'ambre et le benjoin, le jasmin et la marjolaine.

On me disait beau aussi, ce qui ne gâtait rien. Je comptais de nombreuses conquêtes parmi les femmes de Mekka. Je disposais de quelques captives qui veillaient à me combler.

— Rassure-toi, Mohammad, nous n'avons qu'une vie. Ensuite, le néant.

— Comment peux-tu dire cela, Abou Bakr ? Nous ressusciterons et rendrons des comptes.

— Des comptes ?

— Une partie de nous s'en ira au paradis et l'autre en enfer.

— Et tu iras où, toi ?

Il ne le savait pas. Même les prêtres qu'il consultait pendant ses voyages l'ignoraient. Plus jeune, il avait été comme Abou Sofiâne et comme moi, ne croyant en rien, ne craignant rien. Il aurait pu mourir dans son ignorance. Mais le don de la poésie avait ouvert son esprit aux forces immatérielles. Cela, il ne se l'expliquait pas, pas plus qu'il ne pouvait transmettre cette connaissance pour l'instant. Comment expliquer à un homme dans l'ignorance que le monde qu'il percevait, splendide et mystérieux, n'était pas muet ? Comment lui dire que les mots qui venaient à sa bouche quand il se couvrait de son burnous blanc étaient les mots mêmes de ce monde connu, qui s'étalait sous leurs yeux, et de l'autre, inconnu, masqué par les étoiles qui grouillaient la nuit ?

Nous avions poussé nos caravanes bien loin ; nous nous étions enfoncés dans le Châm, au nord de Damas, la belle cité où s'écoulaient les richesses de l'univers.

Nous avions marché pendant de longues journées, nous nous étions couchés sous les étoiles. Le ciel était encore vide. La clarté du firmament était absolue, neuve, comme si le monde venait d'éclore.

Nous étions les meilleurs amis du monde. Mohammad venait d'avoir un petit garçon qui lui ressemblait comme son reflet dans un miroir ancien. Il était heureux, sa vigueur exceptionnelle, son front clair et ouvert, ses yeux rieurs.

Nous avions tant marché que nos caravanes arrivèrent au bord de la mer. Nous ne nous doutions de rien. Le soleil venait de surgir des derniers festons de la nuit. L'horizon se colorait de rouge à l'horizon. Et la mer, infinie, allait sous le camaïeu du ciel. Nous étions encore jeunes, nous étions heureux, et il était vivant et se dressait à l'aube comme le premier homme sur terre.

Il me regarda et me dit :

— Abou Bakr, as-tu jamais pris un bain dans la mer ?

Je lui répondis que je n'avais jamais vu plus fabuleux spectacle de ma vie. Il saisit ma main et me conduisit au bord de l'eau. Nous nous déchaussâmes et nous déshabillâmes. Mohammad ne craignait pas encore la nudité. Nous entrâmes lentement dans l'eau, toujours en nous tenant par la main, comme deux enfants sous le regard de Dieu.

— Dis-moi, Mohammad, la mort est-elle aussi douce que la mer ?

— Ceci n'est pas la mort, Abou Bakr, ceci n'est pas la mort.

Alexandre fut couronné roi à la mort de son père,
Philippe. À vingt ans à peine, il envahit le pays des
Roûms, puis dirigea ses armées contre les Arabes, qu'il
défit tout aussi vite. Sa puissance acquise, il refusa
d'envoyer l'œuf d'or que les Grecs payaient en tribut
à Darius. Quand le Roi des Perses le lui réclama,
Alexandre aux deux Cornes lui dit :

— J'ai égorgé la poule qui les pondait et je l'ai
mangée.

En réponse, Darius lui offrit une quille, une balle
et une mesure de sésame. Il réprimandait Alexandre
en lui suggérant de jouer avec la quille et la balle et
de lui payer son tribut ; sinon, ses soldats, innombra-
bles comme les graines de sésame, s'occuperaient de lui
et de son royaume d'enfant.

Alexandre lui dit :

— J'ai enfin compris ce que signifient tes présents,
ô noble Darius. J'y vois l'annonce de ma destinée.
J'envahirai la terre avec mes armées, et tu seras mon
esclave.

Il joignit à son courrier une mesure de moutarde dont le piquant préfigurait le goût que laisserait son armée dans la bouche de Darius.

Les deux armées s'affrontèrent et, à la suite d'âpres combats, les Grecs vainquirent les Perses. Avant la fin de la bataille, Alexandre ordonna à ses troupes d'épargner la vie de Darius. Mais deux soldats de la garde personnelle du roi de Perse, pour complaire au vainqueur, se précipitèrent sur leur roi et le transpercèrent de leurs lances.

Avant de rendre l'âme, Darius reçut la visite d'Alexandre. Il lui demanda d'épouser sa fille, Roushank, et de châtier les soldats renégats.

Alexandre crucifia les deux hommes.

— Ainsi sera sanctionné qui frappera son roi et trahira son peuple !

Alexandre soumit la Perse et obtint de son peuple obéissance et fidélité. Il détruisit les temples où l'on adorait le feu et déchira les livres qui proclamaient le culte.

Ensuite, il songea qu'il prenait le soleil par les cornes et qu'il allait d'orient en occident. Quand il demanda à l'oracle ce que signifiait ce rêve, il se vit répondre par Dieu : « Ô Alexandre aux deux Cornes, telle est la vérité de ton songe : "Je fais de toi mon Envoyé à toutes les créatures qui peuplent le Monde, d'une extrémité à l'autre, d'orient en occident. Tu t'y établiras auprès d'elles comme mon Signe." »

Alexandre répondit à son Dieu en ces termes :

— Seigneur, la Mission est au-dessus de mes forces, je ne pourrai l'accomplir seul. Avec quelles forces, avec quelles armées, soumettrai-je les peuples et les nations du Monde ? En quelles langues m'adresser à elles ? Comment les convaincre ? Avec quels arguments si je méconnais leurs parlers ? Avec quelle raison m'imposerai-je à elles ? De quels songes vais-je remplir leurs espoirs ? Ceci est une Mission qu'un homme seul ne peut accomplir.

Le Seigneur lui dit :

— Je te donnerai la force, Alexandre. J'ouvrirai ton intelligence et ton cœur à tous les mystères de ce monde. Tu verras avec mes yeux, tu entendras avec mes oreilles, tu sauras lire sur le cœur des hommes. Tu imiteras toutes les langues du monde. Je tremperai ton âme et ton corps dans le bronze le plus dur. Tu seras l'homme le plus vaillant que la terre eût jamais porté. Je t'accompagnerai où que tu ailles, Alexandre. Je te donnerai le pouvoir sur la lumière et sur les ténèbres. La lumière guidera tes armées, les ténèbres les protégeront. Tu ne craindras plus rien, Alexandre aux deux Cornes.

Ainsi Alexandre conquit le Monde, d'orient en occident, jetant en alternance lumières et ténèbres selon qu'il voulait ouvrir le chemin à ses armées ou ensevelir ses ennemis. Il rassembla tout un peuple en un endroit où il avait dirigé le faisceau de Dieu, plongeant dans l'obscurité le reste du pays. Quand les gens se furent amassés, il leur demanda d'adorer le Dieu unique, plein de raison et de sagesse — les Grecs aimaient par-dessus tout la raison —, et ils l'adorèrent. Quant à ceux qui se détournèrent, les ténèbres recouvrirent leurs champs, leurs routes et leurs maisons. Pris de terreur, ils se réfugièrent près d'Alexandre, nimbé de lumière, et acceptèrent de lui obéir.

Nombre de ces peuples fournirent les soldats nécessaires aux armées d'Alexandre aux deux Cornes. Et Alexandre, plein d'ingéniosité et d'astuce, construisant des bateaux pour traverser les mers, puis les démontant pour les porter avec lui, put ainsi se diriger vers le côté droit de la Terre. Quand il eut conquis tout ce qu'il y avait de nations, un Ange, nommé Raphaël, vint s'entretenir avec lui.

L'Ange était beau et grand ; et d'immenses ailes de toutes les nuances, de toutes les chatoyances, palpitaient dans son dos. Elles s'animaient quand il parlait, se déployant au-dessus de sa tête ; elles instauraient ainsi une ombre propice à la conversation. Sous cette ombre protectrice, Alexandre et Raphaël évoquaient la gloire du Très-Haut.

Alexandre demanda :

— Comment pratiquez-vous l'adoration au ciel ?

— Vos prières ne sont rien comparées aux nôtres. Dans le firmament, il est des Anges prostrés, qui ne se relèvent jamais et passent ainsi une éternité en prière, la tête courbée. D'autres se tiennent debout et entonnent des chants célestes ; ils psalmodieront encore quand la Terre aura disparu et que le dernier des hommes se sera éteint. D'autres encore volent au-dessus du trône céleste pour apporter cette ombre qui nous tient à l'abri de l'ardeur solaire. Des Anges, immenses, d'une magnificence incomparable, soutiennent le trône divin. Ils observent une fixité inhumaine.

À ses évocations, Alexandre pleura. L'Ange lui demanda quelle était la cause de son chagrin.

— J'aimerais pouvoir vivre assez longtemps pour rendre à mon Seigneur toute l'adoration que je lui dois.

— C'est ce que tu souhaites, Alexandre aux deux Cornes ?

— Oui.

— Il existe sur cette terre une source divine. Celui qui en boit l'eau vivra éternellement s'il le souhaite. S'il désire mourir, il peut en faire la demande et le Seigneur lui accordera ce bienfait.

— Mourir est donc un bienfait.

— C'est une bénédiction, Alexandre.

— Je veux boire l'eau de cette source. Je souhaite vivre pour l'éternité et adorer mon Seigneur. Sais-tu où je peux trouver cette source ?

— Je l'ignore, mais il existe sur terre un endroit de ténèbres épaisses où nul homme ne se rend jamais. Il se peut que cette contrée recèle la source.

Alexandre réunit tous ses savants et décida de partir à la recherche de la fontaine. Accompagné d'Al Khidr, un de ses capitaines, il enfourcha une jument vierge capable de voir dans les ténèbres. Al Khidr croisa un torrent. Il jeta une perle dans le flot. Celle-ci, par un enchantement inconnu, s'arrêta à l'endroit où coulait l'eau de jouvence. Celui-ci s'y baigna après *en avoir bu plusieurs gorgées. C'est ainsi qu'Al Khidr devint immortel et parcourt encore le Monde.*

Alexandre, lui, ne rencontra pas le torrent ; il se perdit dans l'épaisse obscurité.

Après quarante jours et quarante nuits d'errance, Alexandre et ses compagnons sortirent des ténèbres. Ils se trouvaient à présent en une étrange région du monde. Une lumière rouge, crépusculaire, maculait l'azur. Ils cheminaient sur des chemins ocre, où se reflétait cette singulière clarté de sang. Ils s'arrêtèrent devant un ksar et Alexandre s'avança vers la grande porte ouverte. À l'entrée, une hirondelle attendait.

— Qui es-tu ? dit-elle en frétillant.

—Alexandre aux deux Cornes.

— N'as-tu pas vu assez de mondes ? N'as-tu pas conquis assez de cités ? Que cherches-tu donc ?

—Je veux comprendre pourquoi je vis et je meurs.

L'hirondelle agita ses ailes.

—Alexandre, le plâtre et l'argile sont-ils répandus sur terre ?

— Oui.

L'hirondelle enfla, devenant trois fois plus grande. Elle occupait un tiers du portail.

—Alexandre, le faux témoignage s'est-il répandu sur la terre ?

— Oui.

L'hirondelle devint encore plus grande, au point qu'Alexandre eut peur.

— *Tes gens ont-ils renié leur profession de foi ? Ont-ils associé d'autres dieux au Dieu unique ?*

Devant la réponse négative d'Alexandre, l'hirondelle reprit sa forme antérieure.

— *Maintenant tu peux monter, Alexandre.*

Et l'hirondelle s'envola. Sous le portail, un escalier reliait le bas du ksar à son sommet. Alexandre gravit l'escalier du palais. Il déboucha sur une terrasse qui lui sembla tout d'abord déserte. Quand son regard s'accommoda, il aperçut, lointaine et chétive, la silhouette d'un homme. Il s'approcha en silence, comme s'il avait peur d'être surpris par cet être de blanc vêtu. C'était un jeune homme dont le visage était levé vers le ciel ; dans sa main, il tenait un cor. Quand il perçut la présence du Grec, il se retourna.

— *Qui es-tu ?*

— *Alexandre aux deux Cornes.*

— *Ô Alexandre, l'heure vient où mon Dieu m'ordonnera de faire retentir ce cor.*

Et il leva bien haut l'instrument dont le vif-argent aveugla Alexandre. L'homme le reposa et prit une pierre dans sa main.

— *Prends cette pierre ! Si elle est rassasiée, tu seras rassasié, et si elle a faim, tu auras faim.*

Alexandre accepta le présent et retourna chez les siens. Il rassembla les savants de sa suite, les informa de ce que l'homme lui avait dit et leur demanda conseil. Ptolémée, le plus digne et le plus sage d'entre eux, apporta une balance et posa la pierre sur un des plateaux. Il demanda ensuite que l'on équilibrât la

185

machine avec une autre pierre. L'objet d'Alexandre était encore plus lourd. On en ajouta une seconde ; le plateau de la balance penchait toujours du même côté. Une troisième, une quatrième, et enfin des dizaines puis des centaines ne changèrent rien à l'affaire. Quand on atteignit le millier, la balance prit une position différente.

Alors, Ptolémée dit à Alexandre :

— Seigneur, ma science s'achève là. Cela est un prodige que je ne peux expliquer. Il s'agit sans doute d'une magie ancienne dont nous ignorons les arcanes.

Al Khidr, qui avait rejoint la troupe, se présenta et dit :

— Je connais le secret de la pierre.

Il la prit des mains de Ptolémée et la posa sur le plateau de la balance, ensuite il prit une pierre quelconque qu'il posa sur l'autre plateau. Il préleva ensuite une poignée de terre et la déversa sur l'objet malicieux. La balance s'équilibra, puis pencha du côté de la pierre mystérieuse. Devant un tel prodige, les gens d'Alexandre s'exclamèrent.

Al Khidr dit :

— Alexandre, Dieu est toute-puissance. Ses sentences sont irrévocables. Il met à l'épreuve ses créatures en les confrontant les unes aux autres. Il peut confronter, s'Il le souhaite, le sage à l'ignorant, et l'ignorant au sage. Ainsi m'a-t-Il confronté à toi, et toi à moi.

Alexandre n'en prit pas ombrage.

— C'est juste, Al Khidr. Mais toi qui es si sage, tu ne m'as pas expliqué la raison de ce prodige.

— Cet objet symbolise tous les bienfaits dont t'a couvert ton Seigneur. Il t'a accordé un pouvoir immense sur la terre. Il t'a permis de découvrir des pays où nul homme avant toi n'avait pénétré. Mais cela ne t'a pas suffi. Tu as cédé à tes mauvais penchants et tu as cherché à devenir Dieu en refusant de mourir. L'homme au cor a voulu dire que les êtres humains ne sont jamais satisfaits tant que la terre n'ensevelit pas leurs corps. Ainsi la pierre s'apaise quand on la recouvre d'un peu de poussière.

Alexandre aux deux Cornes versa des larmes et promit de ne plus jamais rien convoiter jusqu'à sa mort.

KHALID IBN AL-WALID

Un coursier arrive de Yathrib. L'homme descend du cheval et s'approche de moi. Mes hommes se rassemblent autour de nous.

— Abou Bakr va mieux, il envoie douze mille hommes à votre secours. Ne vous inquiétez pas, musulmans, Abou Bakr est vivant !

Quand les hommes se dispersèrent, je m'approchai du cavalier et pris la lettre qu'il me tendait. Avant de l'ouvrir, je lui dis :

— Comment va-t-il ?

L'homme baissa la tête. Il est mort. Abou Bakr est mort.

— Qui lui a succédé ?

— Omar ibn al-Khattab.

Omar n'a jamais pu me souffrir ; il n'accepte pas que la gloire me revienne, en dépit de mon manque de foi, ou de ce qu'il interprète ainsi. Je crois en l'islam et en son Dieu comme je croyais au Dieu de mon enfance à Mekka et que vénéraient les Mecquois avant l'avènement de Mohammad.

191

Plus que tout, je crois en la force de l'homme, en la victoire obtenue sur le champ de bataille ; Mohammad me comprenait mieux que mon père à ce sujet. J'avais pourtant été son adversaire le plus insolent. Je lui avais ravi la victoire à Ohod et j'avais failli le capturer à Houdaybiyya au point qu'il vit des Anges dans le ciel !

— Alors je suis destitué !

— Il a nommé Abou Oubayda à ta place.

— Tu as bien fait de ne rien dire à mes hommes. Ce sont encore les miens jusqu'à la fin de cette razzia.

Seigneur, était-ce pour la gloire, ou pour complaire à Abou Bakr que j'ai fait ces guerres ?

Dieu seul sait que j'ai cherché la mort de toutes mes forces, sur tous les terrains, et ce depuis mon enfance. La plus grande vertu d'un Arabe est de mourir au combat. Ô mort ! mon amie, je t'ai cherchée à Ohod, à la bataille de la Tranchée, à Houdaybiyya où tu t'es défilée. Je t'ai poursuivie à Mouta où tant de musulmans ont péri ! où Dieu lui-même accepta le sacrifice du fils adoptif de son Messager, Zayd. Où il agréa le martyre de Djaafar, le frère d'Ali, et dont les membres furent découpés et le corps fendu en deux pour l'amour de Dieu et de son prophète. Quand je pris le commandement, je pus éviter une défaite cuisante en sonnant la retraite ; ainsi je sauvai l'armée de Mohammad. Encore une fois, ma belle compagne se dérobait.

Plus tard, cette fois pour Abou Bakr, quand l'islam menaçait de s'éteindre pendant la *ridda* des ennemis de Dieu, qui ne reconnaissaient plus le calife de Mohammad, je me suis battu comme un chien enragé ; mais Dieu refusa d'accueillir mon âme damnée en son paradis. Dieu refuse mon martyre !

Omar se méfie de ma puissance et me retire le commandement des musulmans. Vient-il enfin de comprendre que les empires se font et se défont sur les champs de bataille et non au ciel ? Dieu n'a plus cours ici ! Seuls le hasard et la volonté comptent.

À l'inverse d'Omar, Abou Bakr et Mohammad acceptaient cette vérité : pour terrasser son ennemi, il faut déchaîner une plus grande violence que lui ; et mieux vaut être le premier à le faire. Si celui-ci s'est lancé dans la guerre avant vous, attendez que le hasard vous place dans la situation où vous renverserez le cours de la bataille et exercerez à votre tour une force telle que vous l'anéantirez. Saisir le moment propice, voilà la preuve manifeste du génie militaire ! Si on laisse échapper cet instant fugace, il ne reste plus qu'à prier Dieu et ses Anges. À la guerre, il n'est pas donné de seconde chance.

Aujourd'hui, sur la plaine de Yarmouk, je m'apprête à fondre sur le Châm pour l'anéantir. Devant moi, Bosra et Damas ; entre nous, l'armée des Roûms, forte de dizaines de milliers d'hommes ; dans mon dos, quelques centaines d'hommes. Je n'ai pas à me défier de mon armée ; elle est plus forte parce que je suis parvenu à lui inculquer une foi plus grande que celle que lui inspire Dieu. Non, mon seul véritable adversaire, c'est Omar, que Dieu le damne !

Il n'a jamais accepté qu'un gamin le mette à terre, voilà tout. Omar était un homme grand et chauve. J'avais quinze ans et lui vingt. Espiègle et fou, je lui lançai un jour en passant devant lui :

— L'oiseau a fait son nid sur ton crâne, Omar ! Et il y a même pondu un œuf !

Je m'enfuis très vite après l'avoir provoqué. Furieux, l'imbécile s'en alla clamer dans tout Mekka qu'il me tuerait s'il parvenait à mettre la main sur moi.

Mon père, Walid, vint me voir.

— Est-il exact que tu as insulté Omar ?

J'avouai mon crime : je m'étais moqué du futur calife, un garçon plus âgé que moi, plus grand, plus fort, plus déplumé.

— Mon fils, tu dois aller voir Omar et accepter de le combattre. Les Makhzoum ne se défilent jamais.

Omar me défia à la lutte. Le géant escomptait bien démolir le nabot que j'étais. C'était compter sans mon entraînement de soldat. Je montais à cheval avant même de marcher. Les Makhzoum avaient à leur charge l'armement et la cavalerie de Mekka. De père en fils, nous recevions l'éducation de futurs guerriers. Avec mes frères, je passais mon temps à me battre. Affligé d'une petite taille, je savais que mes ennemis me sous-estimeraient toujours, jugeant sur pièces, comme de vulgaires tailleurs, oubliant que les défauts sont toujours compensés par des qualités. J'étais agile comme le diable.

Avant même de m'empoigner par le cou, Omar se retrouva sur le sol, cul par-dessus tête. Un pas de côté, un pied placé au bon endroit, une habile poussée de la main et le géant s'effondra sans avoir pu m'atteindre. J'étais sauf, et fier de mon tour ! J'allais lui sauter à la gorge quand je l'entendis geindre.

— Tu me l'as cassée, sale chien ! Tu as brisé ma jambe !

Il se tenait le genou entre les mains et pleurait de rage et de douleur.

Il était mal retombé, rien de neuf pour un cavalier ; mais une terrible tragédie pour un novice : se faire exécuter de la sorte par un enfant ! quelle humiliation ! Comme il avait averti tout Mekka, celle-ci se moqua de lui pendant quelques semaines. Dès qu'on le voyait approcher, une jambe emmaillotée dans de la charpie, attelée avec du bois de palme, les rires se déchaînaient sur le crâne vierge du blessé. Omar vit blanchir les pauvres cheveux qu'il ne perdit pas.

Depuis, il me hait, il préférerait me savoir mort. Longtemps, il a espéré qu'un combat mettrait un terme à mon existence dans d'ignobles souffrances. En vain, la mort m'exécrait encore plus que lui. Il essaya donc de me brouiller avec Mohammad, puis avec Abou Bakr ; il lança une campagne calomnieuse, m'accusant d'avoir assassiné des musulmans. Je n'ai jamais tué un innocent, moi, même si, je le confesse, j'ai exécuté des adversaires de l'islam en grand nombre. Je n'aime rien tant que les situations claires, les combats justes, les causes pures comme l'eau de zamzam ; et Malîk n'était pas sans tache puisque c'est de lui qu'il s'agit ici. Il s'était allié avec Sadjaa, cette prophétesse de malheur qui prétendait concilier le Coran et l'Évangile. Quelle hérésie ! Comment un homme qui a pu s'unir à une telle femme pour combattre les musulmans et leur calife, Abou Bakr, pouvait-il encore prétendre être des nôtres ? Mon cher et détestable Omar, ce n'était qu'un hypocrite dont j'ai eu le tort d'épouser la femme le jour même de son exécution.

Voilà ce qui te scandalise, Omar : nos épousailles sanctifiées par le sang d'un ennemi de l'islam. Omar a toujours conçu une sainte épouvante de l'amour. Les femmes lui font peur, et il s'en garde comme du diable. Mohammad, qui aimait autant ces adorables créatures que son Seigneur, ne le comprenait pas. Mais il avait besoin d'Omar dont l'intransigeance religieuse et politique l'aidait à contenir ses contempteurs, et ils étaient légion autour de lui. Il se reposait sur Omar quand il s'agissait de châtier un calomniateur ou d'interdire l'ivresse dans les rues de Yathrib. C'est Omar qui confina les femmes et les éloigna du Prophète qui de jour en jour devint plus suspicieux à leur égard.

Quand j'embrassai l'islam à mon tour, Omar vit son pouvoir sur Mohammad décliner, ce qui accrut sa haine envers ma personne. D'autres Qourayshites, plus éminents, rejoignaient le Messager de Dieu en masse ; la force penchait maintenant du côté des musulmans et Omar n'était plus le seul gardien de la foi.

Après la razzia de Mouta, il chercha à me nuire parce que j'avais prélevé un butin important qui, selon la loi, revenait à un autre soldat, en l'occurrence un Yéménite lâche et embusqué qui avait tué le plus valeureux des cavaliers, un chevalier juché sur un beau pur-sang à la robe alezane dont l'armure étincelait sous la clameur du soleil et des armes et des hommes qui se mêlaient comme les blés sous le vent de Satan. Ce fier combattant avait occis nombre de musulmans et, n'était la fourberie yéménite, il serait encore vivant et marcherait dans la lumière de Dieu. Je convoquai donc le Yéménite et lui confisquai son butin. Sur les conseils d'Omar, Ahmad ibn Awf s'en alla se plaindre devant Mohammad.

— Pourquoi as-tu fait cela, Khalid ? demanda Mohammad.

— Le butin était de trop grande valeur pour un homme sans valeur.

— Et tu as estimé qu'il te convenait plus, à toi, Khalid ibn al-Walid.

— Oui, mon Seigneur ! Si tu l'avais vu, juché sur sa cavale fauve, jetant des éclairs sur ses ennemis ! De guerrier à guerrier, ce n'est que justice.

— Je décide de ce qui est juste, Khalid. Ta franchise t'honore et te distingue des flatteurs qui m'entourent. Mais à présent, seule la Loi de Dieu distingue ce qui est bon pour l'homme de ce qui est nuisible pour lui. En ce cas précis, elle dit que le butin revient au vainqueur, quel que soit son état ou sa naissance. Tu dois rendre son dû au Yéménite, Khalid.

Alors Ahmad ibn Awf s'exclama :

— Je t'avais prévenu, Khalid !

— Comment cela, Ahmad ? demanda le Messager de Dieu.

— Je savais que tu lui demanderais de rendre le butin.

— Tu crois connaître beaucoup de choses, Ahmad.

Et le Messager de Dieu se tourna vers moi.

— Khalid, garde le butin ! Ne le rends à personne !

Puis, s'adressant à Ahmad et Omar :

— Allez-vous respecter comme il se doit mes commandants ? Vous ne pouvez profiter de toutes leurs qualités et refuser leurs défauts.

Par les coursiers rapides et haletants !
Ceux qui font jaillir des étincelles ;
ceux qui surgissent à l'aube ;
ceux qui font voler la poussière ;
ceux qui pénètrent au centre de Jama'a !

Oui, l'homme est ingrat envers son Seigneur :
il est témoin de tout cela
mais son amour des richesses est plus fort.

Ne sait-il donc pas qu'au moment
où le contenu des tombes sera bouleversé
et celui des cœurs exposé en pleine lumière,
ce Jour-là
leur Seigneur sera parfaitement informé
de tout ce qui les concerne.

Que de chevauchées depuis la mort de Mohammad ! Trois années sur les routes du monde. J'ai dû combattre tous les ennemis de l'islam après avoir combattu l'islam lui-même. Quelle ironie ! Je suis taillé pour la guerre comme d'autres pour l'amour ou la poésie.

Moi, Khalid, fils de Walid, fils de Moughîra, l'un des plus grands seigneurs de Mekka, ma vie est tissée de luttes sanglantes. Je n'ai jamais perdu une bataille, même à Ohod quand je guerroyais aux côtés des ennemis de l'islam ; je réussis alors à tourner ce qui s'annonçait comme une défaite pour nous en un éclatant triomphe. C'est, je crois, ce qui marqua durablement Mohammad, et qui me permit de survivre par la suite. Ma valeur c'est la mort que je porte au bout du glaive.

Mais il n'y aurait jamais eu de bataille à Ohod si Mohammad n'avait été contraint de quitter Mekka après la mort de son oncle, Abou Tâlib.

Quand ce dernier entra en agonie, je fus de ces

tentateurs qui lui rendirent visite. J'étais avec mon père, qui lui aussi s'approchait de la tombe.

Nous entrâmes dans la maison du mourant. Nous suivîmes une jeune et belle femme en caftan, une de ses nombreuses nièces qui s'occupait de lui ; elle se dandinait dans la lumière, la croupe solide et parfaite comme celle d'une jument.

Nous traversâmes une cour aride et lumineuse avant de pénétrer dans sa chambre obscure. Le contraste entre la clarté du jour et la pénombre à l'intérieur de la pièce m'aveugla pendant un long moment ; je ne discernais plus que des taches colorées sur le noir absolu qui avait recouvert mes yeux. En revanche, j'entendais son souffle rauque, sa respiration heurtée, indécise, comme une brise improbable et ténue. Puis mes yeux commencèrent à distinguer les formes autour de moi : une silhouette au fond de la chambre, allongée dans l'obscur renfoncement d'une alcôve, derrière un voile, se détacha. Mon père souleva le dais de tissus qui masquait l'homme sur sa couche.

Le protecteur de Mohammad avait maigri. Une couverture était posée sur ses jambes malgré la chaleur suffocante qui régnait à Mekka en cette saison. Abou Tâlib tenta de s'asseoir. En vain, ses membres se dérobèrent comme s'il n'eût plus exercé la moindre emprise sur ses nerfs en déroute.

— Ne bouge pas, lui dit mon père.

Sans force, sans volonté, Abou Tâlib n'était plus qu'une marionnette dont les fils avaient été sectionnés par un habile magicien, à l'insu même du pantin qui ne traversera plus la scène, enfoncé dans l'abîme du temps.

La poupée de chair et de sang tourna sa face morte et nous dévisagea. Ses yeux, des billes noires, oscillaient dans de trop larges orbites. Une voix sans timbre, éteinte, s'éleva dans les ténèbres comme si le néant, ou l'au-delà, se faisait entendre à travers les mots d'Abou Tâlib.

— Que me vaut la visite du grand Walid ibn al-Moughîra et de son fils, le farouche Khalid ?

Je vis mon père frissonner, lui qui n'avait jamais eu peur de rien, ni de la vie ni de sa fin nécessaire.

La femme, qui nous avait accompagnés à travers la maison, apporta un siège en ébène et le plaça près du matelas du gisant.

— Assieds-toi, je t'en prie.

Mon vieux père se posa devant le visage d'Abou Tâlib. Il se pencha vers lui et lui murmura quelque chose à l'oreille. Abou Tâlib se mit à tousser, de plus en plus fort.

— Tu ne changeras pas, vieux bougre ! Tu me fais rire et j'ai mal ! La mort est une putain, Khalid.

Il s'adressait à moi. Je m'approchai de sa couche à mon tour.

— La mort n'existe pas, Abou Tâlib.

— Tu vois comme les adolescents parlent aux hommes, Walid ?

Mon père me jeta un regard de reproche.

— Ils n'ont plus aucun respect pour ces choses, Abou Tâlib. Pardonne-lui, il ne sait pas ce qu'il dit.

— Ton fils est l'ennemi de Mohammad. Mais je lui pardonne.

Les mois passés, la violence de nos attaques contre Mohammad, les insultes, les vexations, les persécutions vinrent habiter cette obscure alcôve où un homme s'apprêtait à abandonner son neveu, le nouveau Messie, aux hommes de mon acabit, jeunes gens que la mort excitait. J'eus honte de moi.

— Je n'ai jamais porté atteinte à Mohammad, Abou Tâlib.

— Je le sais, Walid. Tu es un homme d'expérience. Contrairement à cet imbécile d'Abou Jahl. Tu sais ce qu'il fait ?

Mon père baissa la tête.

— Il déverse ses ordures devant la porte de Mohammad !

— C'est une honte.

— Qu'en sera-t-il quand je serai mort ? Quels agissements ignobles ?

Mon père ne provoquait jamais Mohammad. Il refusait d'insulter l'avenir. Qui savait ce que deviendrait Mohammad, me disait-il quand je m'emportais contre les musulmans et leur prophète. « Garde ton calme, Khalid, laisse Abou Jahl s'échauffer pour le compte des Qourayshites. Bientôt, Abou Tâlib mourra et Abou Lahab

205

prendra sa place à la tête du clan des Hâshim. Mohammad alors se retrouvera sans protecteur, avec un homme qui le hait à la tête de son propre clan, les Hâshims. Garde ton calme, Khalid, n'insulte pas l'avenir, tu es encore jeune et la vie est longue quoi qu'en disent les imbéciles. »

— Je n'ai jamais cautionné ces agissements, Abou Tâlib, tu le sais. J'ai toujours témoigné un grand respect à ton neveu.

Je ne comprenais pas mon père, je le trouvai lâche sur le moment. À présent je sais qu'il avait raison ; et il voyait en Mohammad par-delà les voiles qui nous le masquaient. Il pressentait l'homme de génie qui changerait notre monde et nous projetterait sur un champ de bataille aux dimensions de l'univers. « N'insulte pas l'avenir, Khalid, l'homme se dérobe à lui-même ; certains puits ne tarissent jamais. » Cet homme dont les visions ouvraient des perspectives infinies ne s'éteindrait pas comme une lampe à huile qui aurait brûlé plus vite et avec plus d'éclat que les autres. Mon père m'enjoignait d'attendre et de voir qui l'emporterait de la force absurde et ignare d'un Abou Jahl ou de celle inquiète et fragile de Mohammad. Cette attente eût sans doute été longue si un fait singulier ne m'avait précipité dans la guerre que menaient certains Qourayshites contre Mohammad.

— Mon fils et moi, nous sommes venus te voir pour apaiser le conflit qui nous oppose à ton neveu. Abou Tâlib, parle-lui. Il t'écoutera. Qu'il cesse de porter atteinte à notre croyance et nous respecterons la sienne !

— Voilà que mon ami Walid s'énerve. Je vais faire venir Mohammad. Tu lui répéteras ce que tu viens de me dire.

Il appela la jeune fille au caftan fleuri qui nous avait fait entrer. Il la chargea de dire à Mohammad de se présenter à nous.

Pendant que nous attendions la venue de Mohammad, Abou Tâlib nous entretenait de sa jeunesse et de son père, Abd al-Mouttalib, dont la richesse passée était légendaire. Il évoqua l'amour que vouait Abd al-Mouttalib à Mohammad. Il se souvenait du vieil homme assis avec l'enfant sur son tapis de haute lisse. Il l'avait acquis à Damas bien que certains Mecquois racontent qu'Abraha l'Abyssin le lui avait offert, mais ce ne sont sans doute que des légendes colportées sur les marchés et amplifiées par les poètes qui pullulaient et bourdonnaient autour de la Kaaba comme des mouches autour d'un pot de miel et dont les noirs essaims fondaient sur le distrait qui leur tendait une oreille. Abou Tâlib se souvenait du bambin qui s'adressait à son grand-père dans une langue d'une pureté inégalée. Au prodige, le grand-père émerveillé répondait en vers.

Chaque fois que Mohammad passait la mesure, Abou Tâlib se souvenait de son père sur cette tapisserie enfantine et de l'amour qui émanait de ce tableau ancien ; et les larmes coulaient sur ses joues et lavaient toute envie de reproche ou de réprimande. Ainsi Mohammad contrôlait-il Abou Tâlib par la grâce d'un souvenir et de la nostalgie qu'il ne manquait pas de provoquer chez lui en embellissant cette improbable et douce jeunesse à travers le prisme déformant de la mémoire. Par ailleurs, Abou Tâlib ne trahirait jamais son père qui lui avait expressément demandé de veiller sur le garçon, au prix même de son honneur de vieil Arabe, ce qui valait autant sinon plus que la vie en monnaie d'or et d'argent.

Mohammad souleva le voile et entra. Il avança dans la pièce et il sembla alors plus grand que nature. Le récit légendaire d'Abou Tâlib l'avait magnifié au point qu'il touchait le ciel des épaules. Je rêvais, moi qui ne m'abandonnais jamais à la féerie. Je détestais ces nazaréens qui se livraient à la méditation, solitaires et perdus au milieu des sables quand ils ne stationnaient pas pendant des jours sur le mont Arafat. Je m'étais toujours gardé de Mohammad parce qu'il partait souvent dans le désert pour se soustraire au regard des hommes. Quand il proclama sa foi, j'eus peur de rejoindre la cohorte des pauvres moines comme Waraqa dont la vie paraissait tissée de folie. Quant à moi, je voulais demeurer sur la terre et cueillir les fruits de la gloire acquise par les armes.

— Comment te sens-tu ?

Mohammad avait parlé, et je m'éveillai, bien que songeur encore. Dieu, je ne me souvenais plus combien sa voix était belle, et mélodieuse ; la plus étrange qui fût en ce monde. Cette voix causait notre malheur ; les hommes peinaient à s'y soustraire ; et s'y engluaient. Elle les hantait bien après sa mort dans le silence, lointain écho de ce verbe insoumis.

— Mal. Très mal. Je suis usé comme un vieux drap. Regarde ! Que reste-t-il de ma vigueur ancienne ? Je suis ce pauvre chiffon dont personne n'a plus le souci. Même toi, Mohammad, tu t'exiles loin de moi. Tu m'oublies et te réfugies dans les bras de ton Dieu jaloux. Je n'aurais jamais dû te laisser m'accompagner dans mes voyages au Châm. Tu n'y aurais pas rencontré ces moines qui t'ont détourné de moi.

— Mon oncle, puisses-tu être récompensé pour tout le bien que tu m'as fait. Tu m'as élevé comme ton fils, ensuite tu m'as protégé de mes ennemis. Dis une parole, mon oncle, et je plaiderai ta cause auprès de Dieu.

— Quelle parole, Mohammad ?

— Dis : « Il n'y a de dieu que Dieu. »

Aimanté par la voix de son neveu, Abou Tâlib s'apprêtait à prononcer ces quelques mots quand il revint à lui et nous vit, moi et mon père, alors qu'il était sur le point de prononcer ces mots qui niaient notre propre croyance.

Il dit alors en nous regardant, presque accusateur :

— Par Dieu, si je ne craignais pas que Qouraysh n'aille dire que j'ai tremblé devant la mort, je le ferais pour toi, Mohammad.

Puis il ajouta en riant :

— Que les femmes de Qouraysh ne puissent annoncer que ton oncle a eu peur de la mort ! Maudites soient ces mégères !

Mon père éclata de rire. Mohammad, lui, s'attrista du revirement de son oncle. Il tenait vraiment à sauver son âme ! Mais un djinn me chuchota à l'oreille que cela eût été une grande victoire pour Mohammad si l'on avait pu proclamer à Mekka que son oncle, Abou Tâlib, s'était converti à la nouvelle religion avant de rendre l'âme. Oui me disait le diable, assurément, une grande et belle victoire pour l'Orphelin. Et je riais tout à l'intérieur de mon âme, comme un être recourbé et vil que n'atteignait pas le chant du passereau.

Pour enfoncer le clou, mon père dit :

— Abou Tâlib, tu es l'aîné dans la religion de nos ancêtres !

— Mohammad, ce sont là tes proches, tes amis, écoute ce qu'ils ont à te dire.

Mohammad se tourna vers nous. Il ne nous aimait pas, cela se voyait sur son visage. Ou alors il était entré en lui-même, se cachant du monde comme il en avait le secret, se gardant de toute douleur. C'était à ce moment précis qu'il étonnait le plus, tant il paraissait loin de nous ; alors oui, ses épaules caressaient bien le ciel.

— Que me voulez-vous ? dit la Voix.

— Nous voulons que tu laisses en paix notre religion et nous t'abandonnerons à ton Dieu, dit mon père.

Mohammad réfléchit pendant quelques instants et finit par dire ceci, qui me marqua au-delà de toute mesure et qui, sans la présence redoutable de mon père, m'aurait poussé dans sa direction et dans celle de son Dieu :

— Pourquoi ne feriez-vous pas une simple profession de foi qui vous donnerait tout pouvoir sur les Arabes et mettrait les Perses et les Roûms à votre merci ?

Mohammad vivait bien parmi les hommes.

Abou Tâlib mourut et, cinq jours après, Khadija le suivait dans la tombe. Mohammad se retrouva sans protecteur. Ses détracteurs l'encerclaient et l'homme dut se sentir bien seul. Mon père refusait que je m'implique trop ouvertement dans le conflit qui opposait les Qourayshites à Mohammad. Je me tenais donc à l'écart et je convoquais en rêve mon avenir, ou mieux encore ce que j'imaginais être mon destin, plein du fracas de l'histoire, ponctué de chevauchées fantastiques et meurtrières, de pays dévastés, traversé de femmes offertes à la jouissance du guerrier.

Ô songes !

Nous nous obstinions à nier l'évidence. Sous la bannière de Mohammad, et nantis d'une religion unique, nous aurions pu nous lancer à la conquête du monde. Il a fallu pour cela attendre plus de dix ans après l'hégire pour qu'elle se répande en Iraq puis, à l'heure où je trace ces lignes, au Châm.

À présent Bosra et Damas sont à portée de

main, et j'entre dans ma quarantième année. Je suis jeune, je le sens, mes membres vigoureux et mon œil acéré comme celui de l'épervier me garantissent encore de nombreuses nuits de veille et de sanglantes journées sur le champ de guerre.

Non, je ne renoncerai pas ce matin, ici, à Yarmouk. Que penserait la troupe si son général se démettait de ses fonctions à la veille de sa plus grande bataille ? J'ai ordonné aux anciens de Badr de quitter le reste de la troupe et de réciter la sourate du butin pour précipiter la victoire ; et voilà des heures que l'on entend leurs psalmodies sur la plaine, parcourant le fil de l'eau, scandant la rivière qui nous sépare de l'armée ennemie. Leur chant sacré emplit le cœur des soldats ; martelé, infini et beau : la voix de Dieu, proclamée par son Messager, gonfle nos poitrines et trempe nos âmes.

Mais il y a de cela une décennie, à Mekka, l'opposition au grand dessein de Mohammad était d'une violence inouïe. Plus les partisans de l'islam se levaient et entouraient le Messager de Dieu, plus les seigneurs de Qouraysh — Abou Jahl et Abou Lahab en tête — défiaient Mohammad et s'appliquaient à le tourner en dérision. Abou Sofiâne, lui, bien qu'opposé à Mohammad, se refusait à le combattre ouvertement. Abou Sofiâne n'était pas mécontent des dissensions entre les grands de Qouraysh ; cela stimulait ses propres affaires et, tant que Mohammad ne menaçait pas son empire sur toutes les caravanes qui parcouraient l'Arabie du Yémen à Damas, il n'intervenait pas dans la querelle, ou alors si peu qu'il ne présentait pas une menace réelle pour les partisans de Mohammad. Seul Abou Jahl remplissait ce rôle d'irréductible adversaire de l'islam jusqu'au ridicule.

Chaque matin, il insultait Mohammad qui se rendait à la Mosquée. Une affranchie se trouvait là quand Abou Jahl s'en prit à Mohammad et se précipita chez Hamza. Elle lui raconta tout. Son sang d'oncle se mit à bouillir et il se précipita chez Abou Jahl. Échevelé, hors d'haleine, il démolit la porte de sa maison puis l'arracha de ses gonds. Devant la béance, il hurla comme possédé par un djinn maléfique :

— Sors de chez toi, sale chien ! Fils de pute, sors de chez ta mère !

Hamza vivait alors comme un sauvage. Il se vêtait de peaux de bêtes et ne quittait pas sa monture. Il n'obéissait à aucune règle ; les membres de son clan se méfiaient de lui ; souvent il partait seul et ne revenait que plusieurs jours après avoir traversé d'immenses étendues désertiques. Il ne rebroussait pas chemin avant que sa barbe eût poussé jusqu'au milieu de sa poitrine et que son corps fût recouvert d'une épaisse couche de crasse. Revenu de son équipée, il s'arrêtait alors dans une obscure venelle de Mekka, frappait à la porte d'une de ces veuves qui couchaient pour manger et entrait dans la maison pour ne plus en ressortir de la semaine. Quand, le soir, il s'aventurait dans les rues de Mekka, ivre de mauvais vin, les gens l'évitaient de peur d'encourir sa colère. Querelleur, il égorgeait son homme comme une chèvre si ce dernier lui manquait de respect.

En l'entendant l'appeler et l'invectiver, Abou Jahl eut sans doute très peur. Il se présenta sur le pas de sa porte en tremblant.

— C'est toi qui as insulté mon neveu ?

Hamza leva son arc et frappa Abou Jahl au visage. Plusieurs fois, au point que le sang jaillit sur le sol.

— Sache que j'ai embrassé l'islam et que je me rallie à son message. Oserais-tu m'insulter comme tu l'as fait avec Mohammad ?

Abou Jahl n'osa pas.

Dis :
« Ô vous, les incrédules !
Je n'adore pas ce que vous adorez ;
Vous n'adorez pas ce que j'adore.

Moi, je n'adore pas ce que vous adorez ;
vous, vous n'adorez pas ce que j'adore.

À vous votre religion ;
à moi, ma Religion. »

Mon père, al-Walid, estimait Mohammad qu'il avait vu grandir, et qui avait bâti la Kaaba avec lui quand les autres Qourayshites refusaient d'approcher de l'enclos où se prélassait le serpent jeté là par le diable. Il voyait en Mohammad l'égal de ces hommes souvent craintifs et superstitieux, hormis qu'il n'était pas aussi riche et gonflé d'orgueil. Parfois, quand il se confiait à moi, il me demandait pourquoi Dieu ne l'avait pas gratifié du Message plutôt que Mohammad ; après tout, il était plus riche, plus vieux et plus sage ; et il avait une descendance plus nombreuse, comme celle d'Abraham ! Je lui répondais, et cela l'enrageait, qu'il n'était sans doute pas aussi sage que cela s'il comptait tant de fils.

Mon père détestait les hommes qui s'adonnaient au vin et aux femmes ; un jour, il s'en prit à Hicham, et alla le frapper devant tout le monde parce qu'il s'était présenté ivre devant lui. Mon frère aîné ravala sa colère et rentra chez lui.

Al-Walid rejoignait souvent la Kaaba pour écouter Mohammad réciter les versets que Dieu lui transmettait.

Il l'écoutait psalmodier le Coran, et les gens de Qouraysh craignaient qu'il ne tombât entre les mains de Mohammad ; Abou Jahl le redoutait même. Cela eût signé sa défaite face à son ennemi.

Il alla donc le voir.

— Les gens de Qouraysh rassemblent de l'argent pour te le donner.

— Je n'ai pas besoin d'argent, Abou Jahl !

— Ils pensent que tu n'as plus de quoi te nourrir et que c'est pour cela que tu fréquentes Abou al-Qassim.

— Fils de chienne ! tu...

Mon père faillit s'emporter.

— Je suis plus riche que Mohammad, dit-il pour apaiser sa colère.

— Alors, tu n'as pas besoin de l'écouter quand il débite ses fables.

Abou Jahl n'était pas un bel homme, loin de là ; sa haine l'avait asséché, ses os étaient saillants, ses mains dures, ses oreilles pendantes comme celles d'un âne ; son visage était noir et grossier, son nez recourbé. Quand il parlait, il grimaçait ; quand il riait, ses dents sortaient de sa bouche comme celles d'une chamelle qui blatère. Fait extraordinaire, cet homme de grande noblesse se badigeonnait les fesses avec une mixture de safran ; certains avançaient que c'était son amour des garçons qui le poussait à se peinturlurer le fondement en jaune, pour d'autres il souffrait d'une affection qu'il soignait de la sorte.

— Al-Walid, on raconte que tu t'accroches au cafetan de Mohammad et que tu t'apprêtes à épouser sa religion.

Mon père détestait Abou Jahl même s'ils appartenaient tous deux au même clan.

— Il te faut dire quelque chose contre Mohammad. Cela rassurera les Qourayshites. Tu ne peux pas continuer à le fréquenter. Déjà notre cher Abou Sofiâne se répand dans tout Mekka en te citant en exemple.

— Que dit-il ?

— Que tu t'apprêtes à rejoindre Mohammad.

— Il ment.

Cela va sans dire, Abou Sofiâne cherchait à brouiller mon père, plus riche que lui, avec ses associés. Il escomptait ainsi s'adjoindre de nouveaux clients pour accroître sa puissance et sa fortune. Mon père ne l'ignorait pas.

— Al-Walid, tu dois te prononcer en public contre Mohammad.

— Pour lui dire quoi ?

— Traite-le de poète. Il hait cette engeance. Tout le monde sait que les poètes disent n'importe quoi. Ce sont les djinns qui les inspirent. Et aussi la perspective d'un bon salaire s'ils se montrent habiles courtisans. Ainsi tu auras insulté Mohammad tout en le discréditant.

Abou Jahl était d'une étoffe vulgaire que le hasard et la naissance avaient placé à une hauteur qu'il ne méritait pas. Mon père aurait préféré sans doute que Mohammad occupât la place de cet usurpateur. S'il n'y avait eu le *Hilf* qui fédérait les Hâshim d'Abou Tâlib et de Mohammad avec leurs clients contre les Abd al Chams d'Abou Sofiâne et les Makhzoums d'Abou Jahl et de mon père, le changement au sein de la *mala*, qui décidait des affaires de Mekka, aurait sans doute porté Abou Tâlib ou Mohammad à la tête de l'assemblée des grands de Qouraysh. Ainsi le petit-fils aurait pu succéder sans heurt à son grand-père, Abd al-Mouttalib, et devenir le caïd de Mekka.

— Par Dieu, je sais ce qu'est la poésie. Dans ma jeunesse...

Il se reprit avant d'avouer que lui aussi, al-Walid ibn al-Moughîra, avait été jeune et vigoureux ; il s'était en son temps entiché d'une jeune femme. Elle appartenait à ces tribus qui nomadisaient dans les sables, sous la lune, et qui marchaient pendant des semaines à la recherche d'un point d'eau où elles nourriraient leurs bêtes. Il s'était rendu à Tayf pour acheter des chevaux quand il la vit la première fois. Elle ne devait pas avoir plus de douze ans ; lui quinze à peine. Il la suivit sous sa tente et demanda sa main à ses parents. Ils la lui refusèrent ; elle était promise à un autre depuis sa naissance comme le voulait la tradition bédouine. Il en conçut un chagrin immense et se mit à chanter son amour contrarié. Certains se souviennent encore de ces poèmes et les récitent pour se moquer de mon père. J'en ai entendu quelques-uns ; ils étaient beaux et tristes.

— Tu sais sans doute ce que sont les poètes, al-Walid.

Abou Jahl usait de sa perfidie coutumière. Et mon père refusait d'être insulté par cet ignorant.

— Ce que dit Mohammad n'est pas de la poésie.

— Ah ! bon…

— C'est autre chose.

— Cet homme est inspiré par le diable.

— Le diable, c'est toi, Abou Jahl ! Les paroles d'Abou al-Qassim sont de toute beauté. Ce qu'il dit est juste et clair. Son arabe est à mille coudées au-dessus du tien. Ses mots sont comme les gouttes de pluie qui recouvrent les plaines et les fertilisent. D'elles naîtront des vérités qui te seront interdites. Sais-tu pourquoi elles te sont refusées, mon cher Abou Jahl ?

Le visage d'Abou Jahl s'était assombri, ses dents avaient regagné leur antre comme me le raconta plus tard mon père qui détestait qu'on le moquât.

— Je ne sais pas.

— Elles te sont interdites parce qu'elles ne s'abattent jamais sur les esprits arides. Et tu es l'une de ces âmes obtuses, mon cher Abou Jahl.

— Ton clan ne te pardonnera pas d'élever Mohammad au lieu de l'insulter.

— Que mon peuple aille au diable s'il me faut abaisser un homme pour lui complaire.

Mon père était entré dans une colère immense ; s'il avait eu quelques années de moins, il aurait sans doute tué Abou Jahl. Ce dernier sentait qu'il ne fallait pas qu'il le provoque plus.

— Vous prétendez que Mohammad est fou. L'avez-vous vu dire ou commettre un acte insensé ?

— Par Dieu, nous ne l'avons rien vu faire de tel.

— Vous annoncez partout que c'est un devin. L'avez-vous entendu prédire l'avenir ?

— Les partisans de Mohammad insultent notre religion. Ils crachent sur nos croyances. Et toi, tu écoutes leur maître et exaltes ses paroles. Serais-tu injuste, al-Walid ?

Mon père se tut. Longtemps, il chercha dans le regard d'Abou Jahl une raison de le suivre ; il ne la trouva pas. Puis il leva les mains au ciel en signe d'impuissance et il dit :

— Le magicien agit sur l'esprit des autres. Et Mohammad guide l'esprit de ceux qui l'écoutent. C'est donc un sorcier.

Abou Jahl exulta.

Mon père tenait à son honneur. Plus qu'à Dieu, à la force ou à la richesse, un vieil Arabe croyait à la seule vertu qui permettait d'obtenir des hommes un respect sans faille : l'intégrité. Celle-ci se manifestait en ce temps-là par l'observance des lois séculaires de l'île arabe que des générations d'hommes frustes avaient élaborées pour le bien de tous. Si l'on était tué, un membre de sa propre tribu devait reprendre le sang ou obtenir le prix de ce sang. Un homme ne pouvait laisser un autre homme l'insulter sans tenter de laver l'affront. La parole étant sacrée, gare à celui qui ne la respectait pas.

Bien sûr, on pouvait bafouer ces règles, mais il ne fallait alors pas s'étonner d'entendre rire les femmes à votre approche. Ainsi Abou Tâlib jamais n'aurait abjuré son ancienne foi avant de rendre l'âme. Un homme mourait comme il avait vécu. Pour moi, mon honneur de guerrier exigerait que je meure sur mon bel alezan. Un lit serait indigne, et pourtant... Omar, oui, Omar l'entend autrement. De la même manière, mon père ne laisserait pas insulter la religion des siens, même s'il n'avait aucune considération particulière pour celle-ci et la pressentait déjà comme étrangère à son cœur et au cœur des Arabes. Son âge, sa fortune, son rang exigeaient qu'il fût le gardien des traditions, et à cela, il ne dérogerait pas. Il alla donc voir Mohammad en compagnie d'Abou Jahl.

— Mohammad, cesse d'insulter nos croyances, lui dit-il. Ou nous t'insulterons et insulterons ton Dieu. Puisque tu l'aimes, comme tu le répètes, ne vaut-il pas mieux que tes partisans s'abstiennent de cracher sur le nôtre ?

Abou Jahl fut content. Et les musulmans cessèrent d'insulter les divinités de leurs ennemis. Dieu lui-même ne l'avait-il pas ordonné dans un verset ?

Quant à moi, je demeurais dans l'expectative jusqu'au jour où Omar se convertit à l'islam. Je devins alors un farouche adversaire de Mohammad. Je mis toute ma science de la guerre à la disposition des Abou Jahl, Abou Lahab et Abou Sofiâne.

Omar ibn al-Khattab était un homme injuste et emporté. C'était un sac à vin, une outre percée ; quand il ne buvait pas, il se rendait chez les veuves. S'il n'avait tant péché, il n'eût pas tant à se faire pardonner. Comme je l'ai déjà dit, je ne nourrissais aucune animosité particulière à l'encontre de Mohammad ; bien au contraire, sa jeunesse et son discours me plaisaient ; et s'il n'y avait eu mon père, et ce qu'il représentait pour les Qourayshites, je l'aurais sans doute suivi dans l'islam. J'étais un jeune homme aventureux qui brûlait de porter le fer au cœur palpitant de son ennemi ; et je n'attendais qu'un signe du destin pour me rendre pieds et poings liés au Dieu de Mohammad. À cette époque-là, j'étais incroyant jusque dans mon désir de conversion.

Bien entendu, ce signe du destin vint ; mais il ne prit pas la forme que j'attendais. Il se manifesta à travers la personne d'Omar, qui, encore une fois, était l'homme le plus arrogant et le plus violent qui soit. Quand j'appris qu'il me destituait parce que je ne me comportais pas comme un musulman, j'eus envie de rire. Un guerrier n'est pas taillé pour ces simagrées de courtisans qui entouraient Mohammad et qui se pressent aujourd'hui autour d'Omar.

C'est la conversion d'Omar qui décida de mon opposition à Mohammad. C'était bien le signe que je n'attendais pas, et qui me laissa errant comme un chien enragé, les yeux rougis de haine, la gueule écumante.

On raconte qu'un matin, alors qu'il cherchait à s'enivrer avec d'autres Qourayshites, Omar les rechercha dans tout Mekka. Ses compagnons de beuverie devaient se terrer de crainte de dilapider les meilleurs moments de leur existence avec ce triste sire !

Il se dirigea vers un marchand de vin et le trouva fermé. Il entra dans une rage folle. Comme il ne trouvait aucun exutoire à sa folie, il se mit en quête de musulmans à maltraiter. C'était, après la boisson, son divertissement préféré ; torturer de pauvres gens innocents. N'en rencontrant point sur son chemin, il se mit en tête de s'en prendre à Mohammad. Sans aucune raison, changeant ainsi d'avis comme l'aurait fait un fou. Il se saisit de son épée et commença à se diriger, à travers les venelles de la cité, en direction de la maison de son ennemi.

Nouaym ibn Abd Allah, le voyant échevelé bien que son crâne ne comportât point de cheveux, le sabre levé au-dessus de sa tête, lui demanda :

— Où vas-tu, Omar ?

— Je m'en vais tuer ce nazaréen de Mohammad.

— Par Dieu, tu te sens bien fort aujourd'hui, Omar. Crois-tu que les gens de son clan te laisseront en vie après un tel forfait ?

Omar se mit à réfléchir et arriva à la conclusion que finalement, non, il ne s'en tirerait pas s'il tuait Mohammad.

— Hamza le garde comme une lionne son lionceau, dit Nouaym.

Voyant le trouble dans lequel il avait jeté Omar, Nouaym ajouta :

— Commence par mettre de l'ordre dans ta propre maison !

— Que veux-tu dire, Nouaym ?

— Je te dis de rentrer chez toi !

Omar prit Nouaym par son vêtement et le secoua comme un dattier pour en faire choir les fruits.

— Ta sœur et son mari ont embrassé l'islam !

— Fatima ?

— Qui d'autre ?

— Si tu as menti…

Omar se précipita chez sa sœur. Avant d'entrer, il l'entendit réciter des versets du Coran. Elle avait une belle voix, et son chant captiva Omar, qui, toutefois, entra avec fracas dans la maison et se mit à rudoyer son beau-frère qu'il n'avait sans doute pas en grande estime. Omar agissait toujours de manière contradictoire ; conquis, il n'en demeurait pas moins guidé par sa grande violence.

— Qu'est-ce que j'ai entendu avant d'entrer, Fatima ?

— Tu n'as rien entendu, Omar, rien.

Il se précipita sur elle et la frappa du revers de la main, plusieurs fois. Elle se mit à saigner du nez.

— On m'a dit que toi et ton mari aviez embrassé l'islam.

Fatima, en larmes :

— C'est vrai. Nous croyons en Dieu et en Mohammad, son Messager. Tue-nous si tu le veux.

— Qu'est-ce que tu lisais avant que j'entre ici ?

— Les paroles de Dieu.

— Donne-les-moi.

Elle lui tendit un parchemin. Il le prit et le lut. Des larmes coulèrent sur son visage.

— C'est si beau, dit-il. Ce sont de belles et nobles paroles.

Il rendit le Coran à Fatima et sortit de la maison en claquant la porte. Il se dirigea vers la maison de Mohammad. Il portait toujours son sabre à la main. Il frappa à la porte, de sa manière brusque et violente. Un des compagnons de Mohammad lui ouvrit. Il prit peur quand il vit le cimeterre : il claqua la porte au nez du futur calife.

— C'est Omar ibn al-Khattab qui est armé, dit-il à Mohammad qui était assis en compagnie de Hamza. Je crains qu'il ne nous veuille du mal.

— Qu'il entre ! s'exclama Hamza. S'il veut du bien nous lui en donnerons, s'il veut du mal nous lui en donnerons aussi !

Mohammad se mit à rire.

— Avec son propre sabre, ajouta Hamza en se levant pour faire face à l'intrusion d'Omar.

— Laisse-le entrer, dit Mohammad à l'homme qui avait ouvert la porte une première fois. Omar se présenta dans l'entrée. Son ombre se découpait sur la lumière. Mohammad se précipita vers lui et l'empoigna par les épaules. Il secouait cet homme plus grand que lui comme s'il fût un enfant désobéissant.

— Omar, ressaisis-toi ! Tu n'arrêteras pas tant que Dieu ne t'aura pas foudroyé ! Crains sa colère, Omar !

Et Omar baissa les yeux et dit d'une petite voix :

— Mohammad, je viens te dire que je crois en Dieu, en son Prophète et en sa Parole.

Étranger en son pays, Mohammad, qui avait besoin d'alliés pour assurer sa protection, se tourna vers Tayf. La cité se dressait à trois jours de marche de Mekka, sur le chemin du Yémen. Mon père y possédait de nombreux arbres fruitiers et des vignes qui donnaient un vin, fort et capiteux ; on surnommait Tayf, le verger de l'Arabie. Pendant les mois d'été, les plus chauds de l'île arabe, nous partions nous réfugier à Tayf où nous demeurions à l'ombre de grands palmiers, non loin d'un ruisseau, dont le chant berçait nos nuits.

La tribu des Thaqîf régnait sur Tayf et, à sa tête, trois frères : Habîb, Massoud et Abd Yâlil, fils d'Ibn Amrou. Mohammad se présenta chez eux et les exhorta à rejoindre la voie de Dieu et à lui accorder la protection de la cité et de ses seigneurs.

Habîb lui répondit par ces mots :

— Tu viens nous voir parce que les gens de ton peuple te haïssent et veulent te tuer.

Ceci était la vérité, nous complotions l'assassinat de Mohammad. Après la mort d'Abou Tâlib, et surtout la conversion d'Omar, je devins fou au point d'accepter, avec Abou Sofiâne et Abou Jahl, de le faire périr.

Habîb ajouta :

— Mohammad, apprends que nous sommes encore plus hostiles à ton Message. Et que nous nous rangeons derrière Abou Jahl et Abou Sofiâne.

Le deuxième frère, Massoud, prit la parole :

— Dieu n'a-t-il trouvé personne d'autre qu'un orphelin pour transmettre son Coran ?

Mohammad dit :

— Le Messie était un orphelin !

— Il avait deux mères ! Les deux Maryâm ! De la famille d'Imrâne ! Et puis ce sont de vieilles histoires. Pourquoi ton Seigneur n'a-t-il pas choisi Abou Sofiâne, ou Khalid ibn al-Walid, qui te surpassent en richesses et en honneurs ? ou même Abou Lahab, ton oncle, dont la beauté est légendaire.

Massoud savait ces paroles blessantes pour Mohammad. Les versets qui condamnaient Abou Lahab et sa femme, la porteuse de fagots, avaient fait le tour de l'Arabie.

Abd Yâlil :

— Mohammad, nous n'avons plus rien à ajouter. Si, comme tu le prétends, tu es l'Envoyé de Dieu, je suis indigne de toi et tu ne devrais pas m'adresser la parole. Et si tu mens, comme je le pense, tu es indigne de moi et je n'ai pas à te parler.

Mohammad ressentit une honte immense. Il demanda aux trois frères de ne pas évoquer leur rencontre, de peur que ses ennemis, à Qouraysh, n'apprennent sa déconvenue. Mais les fils d'Ibn Amrou s'empressèrent de prévenir tous les gens de Tayf, qui dépêchèrent leurs enfants et leurs esclaves sur les pas du Messager de Dieu. Ils l'insultèrent et le lapidèrent, l'obligeant à se réfugier dans le jardin des frères Outba et Shayba ibn Rabîa, qui pour la circonstance lui offrirent leur protection. Outba, comme tout le monde le sait, était le père de Hind et donc le beau-père d'Abou Sofiâne, son mari.

Mohammad, les cheveux défaits, les habits déchirés, s'assit dans le jardin et pleura. Il invoqua le ciel à travers ses larmes au point d'émouvoir Outba, le plus jeune des frères. Il dépêcha son affranchi, un chrétien du nom de Addâs, en lui disant ces mots :

— Va porter cette grappe de raisins à cet homme que tu vois assis, là-bas, comme une âme en peine.

Addâs se rendit auprès de Mohammad, le salua et lui présenta le raisin.

— Au nom de Dieu, dit Mohammad avant de porter le premier grain à sa bouche.

— Ce ne sont pas des paroles que prononcent avant de manger les hommes de ce pays.

— De quel pays viens-tu ? et comment te nommes-tu ?

— Addâs. Je viens de Ninive. Je suis nazaréen.

— La ville de cet homme de bien, Jonas, fils de Matthieu.

— Connais-tu Jonas ?

— C'est mon frère.

— Ce ne peut être ton frère. Il n'est plus de cette terre depuis très longtemps.

— Il fut prophète de son temps comme je le suis pour le mien. De même les deux Maryâm. L'une fut la sœur de Moïse et l'autre la mère du Messie. Elles sont donc sœurs.

Addâs prit la main de Mohammad et la baisa. Il embrassa ensuite son front et essuya les larmes sur les joues de Mohammad avec un mouchoir de soie.

— Tu remercieras Outba pour moi, Addâs. C'est un brave homme. S'il pouvait seulement suivre le chemin de son fils Abou Houdayfa et abandonner ce damné Abou Sofiâne.

Abou Houdayfa, l'un des fils d'Outba, avait été l'un des premiers Qourayshites à entrer dans la maison de l'islam. Mohammad espérait que le père suivrait un jour sa progéniture et franchirait le seuil qui le retenait loin de la lumière. Les enfants convertiraient les parents, pensait-il ; et c'est ce qui se produisit, mais bien plus tard en vérité. Pour l'instant, ces fils prodigues étaient surtout reniés par les leurs, ou alors subissaient des pres-

234

sions telles qu'ils délaissaient puis abandonnaient l'islam. Tous n'avaient pas le caractère bien trempé d'un Saad ibn abi Waqqâs qui s'opposa à sa mère sur son lit de mort. Quant à mon père, s'il ne manifestait pas d'hostilité affirmée envers Mohammad et son Dieu, il observait une réserve prudente que, nous, ses enfants, avions l'obligation de suivre. Bien sûr, s'il m'avait plu de lui désobéir, je l'eusse fait sans état d'âme particulier.

Pour son retour à Mekka, Mohammad dut se mettre sous la protection d'Al-Moutim, homme qui avait permis l'annulation de la mise au ban des Hâshim, le clan de Mohammad. Cette proscription, décidée par les riches Qourayshites, spécifiait qu'il était interdit de commercer ou d'entretenir le moindre lien avec Mohammad et sa famille tant que celui-ci ne serait pas revenu à la religion de ses ancêtres. C'était bien avant la mort d'Abou Tâlib et de Khadija, l'épouse unique de Mohammad.

Ce boycott affama le clan des Hâshim et faillit porter un coup fatal au commerce mecquois. Nous étions la risée de tous les Arabes de la péninsule jusqu'au jour où, d'un commun accord, nous décidâmes de lever l'interdit concernant les musulmans et les parents de Mohammad. On raconta à qui voulait l'entendre que des termites avaient dévoré le parchemin où était écrit le serment qui excluait les musulmans des affaires de Mekka. En réalité, ce furent les manœuvres politiques d'Abou

Tâlib, la persévérance de Mohammad et les bons offices d'Al-Moutim qui vinrent à bout de cette folie.

Mohammad avait enduré tout ce qu'un homme peut subir de la part de ses ennemis. Il serait sans doute mort sous nos coups si un miracle ne s'était produit. Ce prodige vint de Yathrib, une grande oasis que se partageaient les deux tribus rivales des Awas et des Khazraj. Leurs incessants conflits étaient arbitrés par des tribus juives, qui en tiraient un immense prestige, et une position confortable avant que Mohammad ne vienne y mettre un terme.

Les Awas et les Khazraj se menaient une guerre perpétuelle depuis leur arrivée du Yémen et cela remontait à loin, depuis le départ de Amrou ibn Amir, quand le barrage de Maarib s'effondra. Oui il y a plus d'un siècle de cela, mais les descendants d'Amrou avaient la mémoire longue et refusaient de taire leurs antagonismes. Si au début les conditions matérielles des Awas et des Khazraj, encore sous le joug des tribus juives, expliquaient cet état de guerre perpétuelle, après la victoire de Malîk, aidé du roi Ghassanide Abou Joubayla, sur les tribus juives et la prise des meilleures terres, les Awas et les Khazraj n'avaient plus aucune raison de se combattre.

Mais le code de l'honneur arabe empêchait l'établissement d'une paix réelle à Yathrib. Pourquoi ce même code d'honneur, à Mekka, ne provoquait-il pas de semblables ennuis ? Mekka s'était unifiée autour de son commerce qui profitait, de manière inégale certes, à l'ensemble des tribus qourayshites. À Yathrib nul commerce, nul sanctuaire, où tenir chaque année une grande fête religieuse où s'écouleraient les marchandises du monde entier, où se noueraient des alliances fructueuses avec les plus grands seigneurs de l'Arabie. Yathrib ne produisait que des dattes et des querelles incessantes entre ses habitants.

Les tribus juives jouaient à merveille de ces inimitiés entre les frères ennemis. Après tout, elles avaient été chassées des meilleures terres et survivaient en bordure de l'oasis où elles connaissaient un regain de prospérité. Leur autorité morale était importante ; elles ne se combattaient jamais et obéissaient à la même Loi, qui n'imposait pas de reprendre le sang qui avait coulé comme le stipulait le code de l'honneur des Awas et des Khazraj. Cette autre religion du Dieu unique commençait à séduire les Arabes de Yathrib, mais ils gardaient tout de même un vieux fonds de méfiance à l'égard des juifs parce qu'ils avaient donné naissance à leur cité, l'avaient enrichie et avaient dû la céder à l'envahisseur yéménite.

Quand des émissaires des Khazraj vinrent consulter Mohammad dont ils avaient entendu dire qu'il était un homme sage et de bon conseil, ils se cherchaient un conciliateur entre eux et les Awas qui mettrait fin à leur guerre civile ; et, bien entendu, ils le trouvèrent, armé d'une législation divine et porteur d'une nouvelle religion qui, à l'instar de la judaïque, leur octroierait une caution morale et une direction qui leur manquait. Si l'on pense que Mohammad, à ce moment-là, était un homme perdu, dont la défaite après la mort d'Abou Tâlib et de Khadija était consommée, cette offre des Khazraj était miraculeuse. Sur le moment nous ne le comprîmes pas, et nous abandonnâmes Mohammad à ses alliances comme si elles ne nous concernaient pas. À l'évidence, elles ne concernaient que nous, puisqu'il en allait du pouvoir même de Mekka si les guerriers de Yathrib se réconciliaient et organisaient leurs forces afin d'étendre leur empire sur les Arabes.

Quand Mohammad annonça à tous les Qourayshites qu'il avait voyagé de nuit à Jérusalem et qu'il avait rencontré tous les prophètes et vu la face de Dieu, nous rîmes tous de bon cœur et racontâmes que le chagrin l'avait rendu fou. Quand il revint de son voyage nocturne, nous, les jeunes et puissants Qourayshites, nous nous détournâmes définitivement de lui en pensant que plus personne ne le suivrait dans sa quête. Et, d'ailleurs, de nombreux musulmans apostasièrent et abandonnèrent Mohammad.

Plus que l'année du chagrin, ce fut pour Mohammad l'année du doute extrême. Mais sa foi, au lieu de vaciller et sombrer, se trouva renforcée par cet étrange périple dont il informa tous les Mecquois. À la vérité, l'homme lui-même, après cette singulière nuit, paraissait changé du tout au tout. Certes, nous le regardions encore comme le pauvre Mohammad que personne n'écoutait plus, dont le nombre de partisans n'augmentait plus et qui avait perdu son oncle et sa femme, qui avait été lapidé à Tayf, et que son Seigneur, manifestement, abandonnait. Voilà l'erreur ! Son Dieu l'avait appelé à lui, l'avait honoré de la présence de ses prédécesseurs, tous les prophètes d'Israël. L'inimaginable s'était produit dans la vie de Mohammad. Pour nous, cet événement considérable passa inaperçu ; nous étions comme des chiens à la curée, aveuglés par l'odeur de la proie blessée !

Quand, à Yathrib, des Arabes rejoignaient l'islam parce qu'ils y voyaient une bénédiction pour leur communauté, nous rejetions ce même islam et nous ne dénombrions que les Mecquois qui se détournaient de Mohammad. Quand une délégation de six hommes de Khazraj vint à Aqaba, Mohammad alla à leur rencontre et les questionna.

— Qui êtes-vous ?

— Nous sommes de la tribu des Khazraj.

— Vous êtes alliés des juifs ?

Ils l'étaient. Il les invita alors sous sa tente. Ils acceptèrent et le suivirent.

— Asseyez-vous. Nous avons à parler, si vous le souhaitez.

Les six hommes entourèrent Mohammad. Six hommes ! Ils l'écoutèrent d'une oreille bienveillante leur exposer sa religion qu'il tenait en partie des nazaréens qui se rapprochaient le plus des juifs.

Ils l'entendirent promettre de mettre un terme à leurs rivalités en les rapprochant des juifs s'ils croyaient en Dieu et en son prophète, Mohammad. Les Khazraj, qui côtoyaient les juifs depuis des décennies, vivaient eux aussi dans l'attente du Messie, mais ils pensaient qu'il serait juif et non arabe. Quelle ne fut pas leur stupeur quand ils apprirent que celui-ci, tant vanté et espéré par leurs ennemis, était un Arabe ! De peur de le laisser échapper, ils se prosternèrent et embrassèrent la terre devant ses pieds. Ils étaient devenus musulmans après quelques mots échangés sous une tente !

Ils lui dirent avant de partir :

— Nous avons laissé les nôtres en proie à de grandes inimitiés. Ils ne cessent de se déchirer ! Puisses-tu les rassembler et leur donner une direction, Mohammad ! Nous allons vers eux et nous leur parlerons de Dieu. Si notre Seigneur veut qu'autour de ta personne et de ton Message, ils se rassemblent, tu seras notre guide et notre inspirateur.

Et ils s'en retournèrent à Yathrib, où ils prêchèrent la nouvelle foi et annoncèrent la venue du Messie que les Juifs avaient appelé en vain et que Dieu adressait aux Arabes pour les récompenser de leur patience. Quelle ironie !

Au pèlerinage suivant, douze hommes de Yathrib se présentèrent à Mohammad, toujours à Aqaba, et lui prêtèrent serment d'allégeance. Ils jurèrent d'adhérer à la nouvelle religion et d'obéir en toutes circonstances à Mohammad, le Messager de Dieu. Quand ils retournèrent chez eux, Mohammad leur dépêcha Mousaab ibn Oumayr, qui connaissait le Coran et l'enseignerait aux premiers Ansars.

L'année suivante, ce furent soixante-treize hommes et deux femmes de Yathrib qui assistèrent au pèlerinage de Mekka. Le soir, ils se dirigèrent tous vers la tente de Mohammad, qui était accompagné de son oncle, Abbas. Celui-ci était un homme vigoureux, sec comme une branche de palme, et noir comme du charbon. Ses traits étaient fins et son visage allongé. Il prit la parole à la place de son neveu et demanda aux gens de Yathrib la protection pour Mohammad en échange de son exil chez eux et de sa décision de devenir leur guide et leur seigneur. Fait incroyable, ils acceptèrent de prendre soin de lui comme s'il faisait partie des leurs. Ils jurèrent de le protéger comme ils le feraient pour leurs femmes et leurs enfants, de prendre les armes contre ses ennemis, de mourir par amour pour lui.

Un soir, nous nous réunîmes chez Abou Sofiâne. Abou Jahl était assis sur un sofa. Mohammad, nous en étions certains, s'apprêtait à quitter Mekka pour rejoindre Yathrib, où il avait trouvé protection. Il fallait agir vite.

Abou Jahl se leva.

— Mohammad menace notre sécurité. Il s'est allié avec des étrangers et s'apprête à les rejoindre. Quand il sera plus fort, il reviendra et cherchera à se venger de nous. Allons-nous le laisser agir ?

Un long silence s'installa dans la maison d'Abou Sofiâne. Sa femme, Hind, était à Tayf, où elle se retirait souvent pour se reposer et se distraire, loin d'Abou Sofiâne ; elle avait emmené leurs enfants avec elle. C'était une dame d'une grande beauté et d'une intelligence redoutable. Sa richesse personnelle la mettrait à l'abri du besoin s'il lui prenait un jour l'envie de reprendre sa liberté. Mariée une première fois avec Fakih ibn al-Moughîra, l'un de mes oncles, elle avait été répudiée par ce dernier qui la soupçonnait de le tromper. Consulté par son père, Outba, un devin décida que Hind était innocente. Quand Outba voulut la donner en mariage à nouveau, elle lui dit :

— Père, tu m'as offerte à Fakih sans me demander mon avis. Et il m'a accusée à tort, nous faisant passer, aux yeux des Arabes, pour des gens sans honneur. Cette fois, je veux choisir mon époux. Ainsi tu contenteras à la fois ton honneur et ta fille.

Outba accepta et lui présenta deux prétendants, Suhayl ibn Amrou et Abou Sofiâne ibn Harb ibn Oumayya. Elle choisit le second parce qu'il était de son âge et ne prendrait jamais l'ascendant sur elle. Plus fortunée, elle se ménageait une marge de manœuvre comme tout bon général d'armée s'il ne veut pas dépendre du vouloir de son ennemi. Et pour une femme, un mari peut être un adversaire redoutable, comme elle l'avait appris de cet imbécile de Fakih, ridiculisé au final par le sorcier choisi par Outba pour défendre son honneur. Dans l'esprit malicieux du mage, Hind, répudiée et blessée par Fakih, ne contracterait pas mariage avec lui une seconde fois ; il n'avait rien à gagner de ce côté-là. En revanche, son père Outba, bafoué par un beau-fils ingrat, mais rétabli dans sa dignité de père exemplaire, saurait se montrer généreux s'il déclarait la donzelle innocente.

Ce fut Hind qui plus tard, ayant perdu ses frères à Badr, ordonna à son esclave de tuer Hamza, l'oncle de Mohammad, pendant la razzia d'Ohod. J'y étais, et je fus l'artisan de cette victoire contre Mohammad. Hind déchira le ventre du mort et en extirpa le foie qu'elle dévora pour assouvir sa vengeance.

Leurs enfants, Yazid et Oumayya, sont maintenant les protégés d'Omar, comme ils le furent d'Abou Bakr qui, pour ménager leur père, Abou Sofiâne, nomma Yazid gouverneur du Châm, territoire pour le gain duquel je m'apprête à livrer l'ultime bataille, ici, à Yarmouk.

L'histoire des hommes est tissée d'ironie. Les descendants des farouches ennemis de Mohammad sont maintenant les héritiers de l'islam. Ainsi Omar, qui pardonne à ses plus vieux opposants et écarte ses amis, sans raison véritable, hormis une antique querelle où il faillit perdre une jambe, il est vrai, et où il perdit encore plus : son amour-propre.

Certes j'aime la vie et ses plaisirs, et j'ai épousé la femme de Malîk parce qu'elle me plaisait et que j'escomptais trouver entre ses cuisses l'apaisement que je recherche dans la mort sur les champs de bataille. Mais ce borgne d'Omar ne louche que dans une seule direction et oublie l'appétit immense des Omayyades.

Mais en ce temps-là, Abou Sofiâne et sa femme étaient encore les ennemis de l'islam, et je me trouvais dans leur maison pour débattre de la meilleure manière de mettre un terme à la carrière de Mohammad.

— Nous pourrions le capturer, dis-je, et l'enfermer chez lui. Il y mourrait de faim et de soif.

Abou Sofiâne me contredit.

— Sa cause grandira encore plus si nous l'enfermons. Ses partisans se presseront aux portes de sa prison. Son renom prendra une telle ampleur que nous assisterons à la levée d'armées qui viendront le délivrer.

— Chassons-le ! dis-je. Exilons-le loin de Mekka ! Le temps l'emportera ! Nous vivrons comme par le passé et lui vivra comme il le souhaite. Mais loin de nous.

Je voulais m'en débarrasser en l'ôtant de ma vue. À présent, pour me rassurer, je me dis que je ne cherchais pas sa mort ; je souhaitais seulement qu'il s'en aille au loin et qu'il emporte avec lui Omar, dont la vision me devenait de plus en plus pénible depuis qu'il s'était substitué à moi en se convertissant à l'islam à ma place. J'étais triste de voir l'homme du changement et de la nouveauté, Mohammad en l'occurrence, s'allier avec la personne la plus détestable et la plus ignare qui fût. Je nourrissais à l'égard d'Omar un intense sentiment de jalousie qui me brûlait comme une soif.

— Si nous le chassons, il convertira d'autres hommes, je le connais, dit Abou Sofiâne. Il ne peut s'empêcher de parler de sa foi et de Dieu en termes si beaux qu'il ne manquera pas d'attirer à lui de nouveaux partisans. Cet homme est un sorcier. Il a reçu le don de l'éloquence comme les poètes et les mages avant lui. Ce qu'il dit est frappé du sceau de la sincérité et de la vérité. Nous ne pouvons le laisser partir. Ou alors, ce sera à notre détriment.

Abou Jahl se leva et arpenta pendant quelques instants la pièce où nous étions réunis. C'était, de nous tous, le plus déterminé dans sa haine de l'islam et de la personne de Mohammad. À ma grande honte, nous appartenions au même clan, nous étions parents et il était, comme mon père, doté d'une grande fortune, ce qui parachevait la ressemblance ignoble. N'était-ce pas ce qui horripilait encore plus Omar ? Cet homme, dénué d'esprit, au physique ingrat, tenait surtout à ses privilèges de grand seigneur ; il ne supportait pas qu'un orphelin, d'une branche appauvrie des Qourayshites, vînt lui dicter sa façon de vivre ou sa manière de croire. C'était lui, Abou Jahl, qui disait quoi faire ou quoi penser, et non ce petit commerçant…

— Tuons-le. Il n'est plus des nôtres depuis qu'il a rejoint les hommes de Yathrib. Tuons Mohammad et nous en serons débarrassés pour toujours.

— Il n'est plus des nôtres mais son clan lui assure encore un semblant de protection, Abou Jahl.

— Abou Sofiâne, ta naïveté me touche. Désignons dans chaque clan le plus jeune et le meilleur homme et armons-le. Ces gens se présenteront tous chez Mohammad et le tueront dans son sommeil. Ainsi personne ne pourra rejeter la faute de sa mort sur l'un de nous en particulier. Quand sa famille demandera réparation, nous payerons le prix du sang. Je m'engage à verser la totalité de ce qu'ils demanderont. Aucun d'eux n'osera déclarer une guerre à tout Mekka. Aussi ils accepteront.

Tout le monde applaudit cette idée, que je trouvais absurde et lâche. D'ailleurs, quand les hommes armés par Abou Jahl se présentèrent chez Mohammad la nuit suivante, ils ne trouvèrent personne. Mohammad et Abou Bakr étaient partis pour Yathrib. Les musulmans prétendront plus tard que l'Ange prévint Mohammad de ce qui risquait de lui arriver s'il ne partait pas. Pour ma part, je prétends autre chose.

Abou Jahl alerta Mekka et leva une troupe pour traquer Mohammad et Abou Bakr. Quand il me demanda de les rejoindre, je me dérobai, prétextant une affaire urgente à Tayf. J'enfourchai mon bel alezan et galopai vers le nord. J'aimais aller vite ; je pressais les flancs de ma monture.

Une fois hors de vue, j'obliquai légèrement et me dirigeai vers Yathrib. Je calculai que les deux hommes, partis pendant la nuit, ne devaient pas être bien loin de Mekka. Ils ne manqueraient pas de s'arrêter et de se réfugier dans une caverne pour échapper à l'ardeur solaire et à leurs poursuivants.

Je connaissais par cœur ces collines à quelques heures de marche de Mekka où, jeune homme, je me cachais pendant de nombreux jours, vivant comme une bête, me nourrissant de scorpions que je débusquais sous les pierres. Pour un jeune Qourayshite, ces fugues étaient fréquentes et même encouragées par les familles. Mon père ressentait de la fierté quand je disparaissais pendant quatre ou cinq jours et que je revenais, les cheveux hirsutes, les yeux hagards du gamin ébloui par la chaleur et la lumière.

Comme je comprenais Mohammad qui avait, dans sa jeunesse, pratiqué souvent ces fuites intempestives pour se perdre dans le désert peuplé de djinns. Quand avaient-ils commencé à lui parler ? Quand leurs voix s'étaient-elles substituées aux vents violents qui brûlaient les sables et désarçonnaient le cavalier ? Je présume qu'à un moment une immense clameur avait retenti dans l'immensité et que Mohammad l'avait entendue.

Je connaissais Abou Bakr ; à l'opposé d'Omar, c'était un homme intelligent et prudent. Il ne prendrait pas le risque d'être rattrapé par la meute qui les coursait. Il se cacherait et attendrait que les recherches cessent d'elles-mêmes. Même si cela devait prendre une semaine, il ne sortirait pas de son trou.

Quand j'arrivai près de leur campement, je vis surgir Abou Bakr d'un puits d'ombre : la caverne où ils séjournaient, Mohammad et lui.

— Que veux-tu, Khalid ?

Je le rassurai et lui demandai d'appeler Mohammad.

Mohammad sortit et s'avança sous le soleil brutal de cet été de la Fuite que l'on appellerait jusqu'à la fin des temps la Hijra et qu'Abou Bakr et maintenant Omar marqueraient comme l'année inaugurale de l'islam, délaissant le calendrier des vieux Arabes, qui remontait à Abraham et qui, à mon sens, était une invention pure et simple décidée par des marchands pour mieux fixer le temps et ses saisons de migrations vers le nord.

— Pourquoi nous prévenir, Khalid ?

— Je ne voulais pas qu'ils te tuent, Mohammad.

— Dieu ne l'aurait pas permis ! s'exclama Abou Bakr.

— Je ne l'ai pas permis, dis-je, du haut de mon orgueilleux piédestal.

Je vis Mohammad sourire comme aux caprices d'un enfant. Combien le monde devait lui sembler étroit, chemin caravanier balisé par les mêmes sentiments, les mêmes amours et les mêmes haines. Tout autre que lui aurait été désespéré par ce savoir qui levait un à un les mystères de la vie et se serait apprêté, sans illusion, à plonger vers le néant. Mohammad refusait de se soustraire à l'existence. Son savoir le sauvait. Celui-ci le poussait à sourire quand il surprenait chez les autres une émotion qu'il avait éprouvée et qu'il reconnaissait d'emblée comme humaine.

— Dieu commencerait-il à te parler, Khalid ?

— Oui, mais parlons-nous du même Dieu ?

Je descendis de cheval et m'approchai de lui. Il émanait de sa personne une telle détermination qu'il semblait hors de portée de toute atteinte physique ou morale. Plus tard, j'apprendrais que même Mohammad pouvait être vulnérable. Sans

251

le courage de Saad ibn abi Waqqâs, qui s'était, en pleine bataille, porté à son secours et avait fait bouclier de son corps, il aurait succombé sous les coups assenés par mes troupes à Ohod, dont je vous conterai l'histoire si Dieu me le permet et si les Roûms ne se mettent pas en marche sur la plaine de Yarmouk.

— Je suis venu te proposer un marché, Mohammad.

— Il n'y a pas de marché qui tienne, dit Abou Bakr en s'avançant vers moi.

Mohammad le retint et Abou Bakr se tut.

— Parle !

Le verbe avait fusé comme une flèche et n'appelait aucune contestation.

— Engage-toi par écrit, Mohammad, à me protéger si d'aventure tu venais à vaincre tes ennemis.

Mohammad retourna dans la grotte et en ressortit portant sous son bras un rouleau de parchemin qu'il déroula avant d'en couper un morceau. Il s'assit par terre dans la position du lotus et, armé de son calame, inscrivit les termes du contrat par lequel lui, Mohammad, s'engageait à me donner son aman s'il venait à vaincre tous ses ennemis. Il avait compris, sans que j'aie besoin de le lui dire, que je compterais parmi ses ennemis tant que je le désirerais.

Il me tendit l'écrit.

— Pourquoi ne pas nous rejoindre dès maintenant, Khalid ?

Il avait posé cette question sans attendre de réponse de ma part.

— Il y a parmi vous un homme qui m'en empêche.

— Lequel ? demanda Abou Bakr.

Je levai les yeux.

Mohammad avait compris.

— Cet homme est-il la seule raison qui t'empêche d'adhérer à l'islam, Khalid ?

Non, Omar n'était pas l'unique objet de mon mécontentement. J'étais de ceux qui refusent de perdre, et je le dis à Mohammad.

— J'aime les hommes déterminés.

Encore une fois, Mohammad prononça cette phrase comme si elle ne s'adressait à personne d'autre qu'à lui-même. Il avait cette étrange faculté d'abstraction qui confondait ses ennemis et charmait ses amis. Mohammad ne s'adressait à personne en particulier. Ses paroles résonnaient dans l'éternité. Quand la parole de Dieu s'élevait de la bouche de Mohammad, l'inverse se produisait. Les mots entraient dans le cœur de chacun comme s'ils lui étaient adressés en personne. Dieu parlait aux hommes pendant que Mohammad parlait à Dieu. C'était en soi étrange mais c'était ainsi ; et l'homme, devant Dieu, était impossible à atteindre.

— Mohammad, tu es le plus grand adversaire de Qouraysh. Et je veux continuer à me battre contre toi. Je ne crains pas assez les Abou Jahl et Abou Sofiâne pour être de tes amis.

— L'orgueil est parfois une bénédiction, Khalid. Que Dieu te protège !

Il leva la main et la posa sur mon épaule. Je sentis son étreinte vigoureuse, lourde. Il relâcha sa pression. Je pouvais repartir, muni de mon talisman, le parchemin rédigé de la main même du Seigneur des Arabes.

Je remontai sur mon cheval alezan, saluai les deux hommes et m'éloignai au trot avant de cingler les flancs de la bête.

Pendant mon galop ébloui, parfois je me retournais et jetais un regard vers eux le temps d'un éclair. Ils étaient si petits, brouillés par la chaleur qui s'élevait en volutes. Ils paraissaient perdus, écrasés par la montagne, au bord de l'anéantissement, entre les flammes de l'été.

Puis ma cavale me portait, toujours plus rapide, loin, bien loin ; et j'entendais, à travers les frissons et le vent qui fouettait la crinière de la bête, un rire ténu mais lancinant comme un chant ancien.

Le départ de Mohammad avait consacré la victoire des Makhzoum, mon clan. Si mon père en était heureux mais prudent, Abou Jahl exultait et paradait à Mekka comme un jeune coq en sa basse-cour. Abou Sofiâne, lui, comprit alors qu'il se trouvait affaibli par l'exil de Mohammad et la disgrâce des Hâshim, ce qui le laissait seul face aux miens.

Quant à moi, j'espérais qu'un événement extraordinaire sortirait Mekka de la torpeur où elle se trouvait depuis le départ de Mohammad et de ses partisans. Je savais que Mohammad ne se contenterait pas de fonder une nouvelle communauté religieuse à Yathrib. J'avais appris, par des espions que j'entretenais, que l'installation des Émigrants ne s'était pas déroulée sans peine. Les ressources de la ville ne suffisaient pas à entretenir un afflux aussi important. La famine menaçait les compagnons de Mohammad. Des dissensions les opposaient déjà aux tribus juives.

Aussi je ne fus guère surpris lorsqu'on apprit que Mohammad se préparait à attaquer la caravane d'Abou Sofiâne qui revenait du Châm. C'était non loin de Badr, où la première bataille de Mohammad et des Émigrants s'engagerait bientôt. Je n'y assisterais pas, pour la simple raison que mon père m'avait éloigné de Mekka. En prévision de ce jour où les Qourayshites devraient se battre contre Mohammad, il m'avait exilé à Tayf où je me languis, loin du combat, pensant ainsi me protéger.

Selon mon père, la razzia de Badr aurait pu être évitée. Seul Abou Jahl voulait en découdre avec Mohammad. Les autres Mecquois se montraient plus réservés. Abou Sofiâne, habile comme un singe, avait su échapper au piège tendu par Mohammad. Il s'était éloigné de Badr et avait longé la mer, jusqu'à Mekka, où il était entré à la tête de tous les biens des Qourayshites. La caravane était sauve et cela seul comptait. Alors pourquoi Abou Jahl s'entêtait-il ? Il leva une armée de mille personnes et il se dirigea vers Badr en annonçant qu'il écraserait l'armée de Mohammad.

Quand il apprit la décision imbécile d'Abou Jahl, Abou Sofiâne préféra se désengager du conflit annoncé. On raconte qu'il envoya un émissaire aux Qourayshites pour demander à Abou Jahl de renoncer à combattre les Émigrants. Quand le courrier parvint à Abou Jahl, celui-ci lui répondit :

— Nous ne reviendrons pas à Mekka. Nous

irons à Badr où nous passerons trois jours ainsi que le veut la coutume.

L'émissaire d'Abou Sofiâne lui répondit :

— Dans ce cas, Abou Sofiâne te demande de renvoyer les danseuses. Il n'y a pas de raison de se réjouir d'une guerre.

— Va répondre à ton maître que nous égorgerons des moutons que nous mangerons de bon appétit. Ensuite nous boirons du vin à la santé d'Abou Sofiâne et de la caravane des Qouraysh ! Et nous applaudirons nos almées comme il se doit ! Ensuite chacun ici en choisira une à sa convenance et passera le temps nécessaire avec elle ! L'Envoyé de Qouraysh a parlé !

— Cette guerre est inutile, Abou Jahl !

— Après Badr, les Arabes craindront les Makhzoum ! Ne laissons plus l'initiative aux nazaréens et aux juifs de Mohammad !

— Vous êtes sortis pour défendre votre caravane et vos biens. Votre caravane est sauve. Ne prenez pas le risque d'être tués par les gens de Yathrib !

Quand l'émissaire revint auprès d'Abou Sofiâne, il l'informa du refus d'Abou Jahl.

— Je reconnais bien là l'orgueil démesuré d'Abou Jahl. Il veut commander les Qourayshites, la richesse ne lui suffit plus. Mais il va trop loin, il risque d'attirer sur nous le malheur. Si Mohammad est victorieux, il prendra un jour Mekka et nous serons déshonorés !

Abou Sofiâne était un homme clairvoyant autant que j'étais un jeune homme emporté et fou. Maintenant, je lui donnerais raison et je rentrerais à Mekka sans combattre Mohammad. Mais en ce temps-là personne n'aurait pu prévoir ce qui allait arriver à Badr. Même Outba, le beau-père d'Abou Sofiâne, le père de Hind, se serait refusé à croire que les musulmans les vaincraient de si belle manière et qu'il y perdrait la vie en compagnie de son frère, Shayba, et de son fils, Walid. Outba qui pourtant pressentait le désastre à venir fit tout pour s'y soustraire. Seule une dette de sang le séparait des musulmans. Ceux-ci avaient tué l'un de leurs vassaux, Amrou al-Hadrami, à la razzia de Nakhla et lui avaient dérobé toute sa caravane. Outba était prêt à verser le prix du sang aux parents d'Amrou et à leur rembourser la totalité des biens dérobés par les musulmans ; ainsi il ne serait plus tenu de participer à l'expédition de Badr.

Outba dépêcha Hakîm ibn Hizâm chez Abou Jahl pour lui faire part de son projet. Il entra sous sa tente ; l'homme se trouvait en galante compagnie. Quand il le vit, Abou Jahl réveilla la jeune femme assoupie à ses côtés. Celle-ci se leva, s'enveloppa dans une couverture et sortit. Voilà qui démentait les rumeurs concernant Abou Jahl et les jeunes hommes. Une odeur de musc imprégnait encore la couche d'Abou Jahl.

— Outba m'envoie te parler.

Abou Jahl n'ignorait pas que Outba voulait l'abandonner. Il savait qu'il était prêt à payer le prix du sang à ses alliés pour ne pas avoir à combattre Mohammad à ses côtés.

— Outba n'avait personne d'autre à m'envoyer pour me parler ?

— Je n'aurais jamais accepté de te rencontrer si Outba ne me l'avait demandé en personne. Outba est un homme de paix et c'est le seigneur de Qouraysh.

Le seigneur de Qouraysh c'était lui, Abou Jahl, et personne d'autre.

— Le seigneur de Qouraysh ! Le seigneur de Qouraysh ! Il n'est même pas maître de sa fille !

Il ajouta :

— De plus, il est ruiné, il n'a plus rien qui lui appartienne en propre !

— Il refuse de te suivre, Abou Jahl. C'est un homme sage. Tu devrais l'écouter.

Pour se venger, Abou Jahl fit courir le bruit que Outba était devenu pauvre. Mais cela n'empêcha pas Outba d'essayer de convaincre les autres Qourayshites de l'inanité d'une telle expédition.

— Gens de Qouraysh, n'allez pas combattre Mohammad ! leur disait-il. Faites-moi porter la culpabilité de cette retraite. Je l'assume pour vous… vous pourrez m'accuser de lâcheté si vous le souhaitez. Mais je vous en prie, ne vous en prenez pas à Mohammad et à ses hommes. Ce sont vos parents. Si nous les tuons, ils verront en nous leurs pires ennemis. Et s'ils nous tuent, rien ne nous empêchera plus de haïr leurs parents. Je vous le dis. Moi, Outba, je suis prêt à payer le prix du sang pour Amrou et les siens. Ainsi vos alliés seront contents et vous pourrez retourner chez vous la tête haute. Personne ne vous blâmera d'avoir abandonné vos amis. On dira, Outba a payé le prix du sang pour ne pas combattre Mohammad ! Votre honneur sera sauf et vos vies aussi. Vous pourrez saluer vos amis, même s'ils sont proches de Mohammad.

C'est alors qu'il commençait à convaincre qu'Abou Jahl l'interrompit et prit la parole :

— Gens de Qouraysh ! Si Outba vous incite à partir, c'est que son fils, Abou Houdayfa, a rejoint Mohammad. Outba n'aimerait pas perdre son fils et son neveu. Ne vous laissez pas tromper par Outba. C'est un couard !

— Toi, l'homme aux fesses jaunes, tu sauras bientôt qui de nous deux est le plus lâche !

Outba renonça et combattit à Badr où il s'éteignit en compagnie de son frère Shayba et de son fils al-Walid. Ali ibn Abou Tâlib, le cousin de Mohammad, âgé de dix-huit ans, tua al-Walid ; Shayba tomba sous les coups de Oubayda ibn al-Harîth ; et Outba fut mis à mort par Hamza, l'oncle de Mohammad.

Voilà quatre jours que nos deux armées se font face, ici, à Yarmouk. Comme le temps de Badr me semble lointain à présent. Lointaine aussi la razzia du mont Ohod où je pris l'avantage sur Mohammad et les musulmans qui, assurés de gagner, se précipitèrent sur le butin des Qourayshites. Les archers s'étaient jetés dans la mêlée et avaient oublié de défendre l'arrière-garde de l'armée musulmane. C'est à ce moment précis de l'engagement, alors que nous commencions à perdre du terrain, que je lançai ma cavalerie ; elle ne craignait plus les flèches de nos ennemis trop occupés à ramasser les dépouilles des Qourayshites.

Nous contournâmes les hommes de Mohammad et les prîmes à revers. Mohammad nous échappa par miracle. S'il n'avait été secouru par les siens, il serait mort plus tôt et l'histoire n'aurait jamais été écrite.

Avec mes chevaux, nous parvînmes sur la colline où se tenaient auparavant les archers de Mohammad : nous surplombions la mêlée. Je suivais la lutte farouche autour de Mohammad, m'attendant à le voir tomber sous les coups de ses adversaires de plus en plus nombreux à se presser autour de lui.

Dieu veillait sur Mohammad en ce jour d'Ohod où il fut blessé par de nombreux jets de pierres. Une lance l'atteignit même au visage et lui déchira la joue. Ce fut Oumara ibn Ziyad qui reçut le second coup de javeline dans la poitrine à la place de l'Envoyé de Dieu : il mourut la tête posée sur la jambe de Mohammad qui demeura un long moment à caresser ses cheveux. Oui je vis tout cela.

À un moment, les musulmans s'écrièrent :

— Mohammad est mort ! Mohammad est mort !

De la poussière s'éleva en volutes : je ne vis plus rien pendant plusieurs minutes ; j'entendais le fracas des armes, les hurlements des agonisants.

Tous les hommes se mêlaient à présent, les amis et les ennemis, les vivants comme les morts.

Puis le voile de poussière se déchira. De loin en loin, je vis Abou Sofiâne parcourir le champ de ruines, allant et venant entre les hommes.

Puis la lutte cessa, et nos hommes se replièrent. Mohammad, s'il était vivant, devait sentir l'étau se desserrer.

Après la mort d'Oumara ibn Ziyad, Saad ibn

abi Waqqâs se porta au secours de l'Envoyé de Dieu.

— Sors tes griffes ! hurla Mohammad.

Et Saad ibn abi Waqqâs, qui avait fui à Badr, se dressa et lança une dizaine de traits qui transpercèrent ses ennemis.

Je les vis tomber les un après les autres comme les vagues sur un rivage. Mohammad, lui-même — il tenait sur ses jambes par la grâce de Dieu —, en décocha autant qui s'enfoncèrent dans la chair de ses ennemis.

Mais souvent, emportés par la fureur du combat, les compagnons de Mohammad s'éloignaient de lui. Le visage en sang, l'homme restait debout et continuait à tendre son arc. J'emporterai sans doute cette image dans la tombe : Mohammad au milieu du tumulte, entouré d'hommes aux habits déchirés, nus, les mains et les bras chargés de fer quand ils n'empoignaient pas leur ennemi et qu'ils ne le jetaient pas à terre où ils roulaient ensemble jusqu'à la mort. Et Mohammad dressé sur cette marée humaine, seul, comme une pierre au milieu de l'océan des songes.

J'entendis à nouveau retentir ce cri de ralliement :

— Mohammad est mort ! Mohammad est mort !

Mohammad ne perdit pas la vie à Ohod. La chance lui permit d'éviter la blessure fatale. Abou Sofiâne, qui le pensait mort, sonna la retraite. J'étais trop éloigné pour les prévenir. J'enfourchai mon alezan ; mais trop tard. Je vis nos hommes refluer et Mohammad s'entourer d'une masse humaine considérable. Tous ses amis le portaient à présent. Ils l'emmenaient, et la victoire nous échappait. J'en ressentis une grande frustration ; il me semblait que le but même de la razzia d'Ohod disparaissait avec Mohammad.

Voilà près de quinze années que je combats sur toutes les faces de cette terre ingrate. Pour le compte de Mohammad, je me suis battu en Arabie, contre lui d'abord, contre ses ennemis ensuite. Pour l'amour de la gloire et d'Abou Bakr, je faillis mourir à de nombreuses reprises pendant la *ridda*, cette époque troublée après la mort de Mohammad où les Arabes rejetèrent en masse l'islam ; et c'est là que je gagnai mon renom d'homme cruel et corrompu en tuant cet hypocrite de Malîk et en épousant sa femme la même nuit. Et je me bats encore maintenant, ici, au Châm, à Yarmouk, après avoir pacifié l'Iraq, sous les ordres d'Abou Bakr et d'Omar, que Dieu les protège, l'un plus que l'autre.

Ma vie est un tumulte qu'il ne me plaît guère d'évoquer. Je sais que je suis le plus grand général que les Arabes aient jamais connu. La modestie est un sentiment qui m'est étranger. Pourtant, je répugne par moi-même à chanter mes exploits. J'aime les entendre venir des autres, et je n'ignore pas que des conteurs, sur les marchés de Yathrib, ressassent mes exploits, et les enfants après eux amplifient le mensonge, au point que des hommes de la stature de notre calife Omar risquent d'en prendre ombrage.

Maintenant que les Perses et les Roûms sont vaincus, même Héraclius, le grand roi de Byzance, apprendra dans quelques jours ma victoire et s'agenouillera devant nos armées, comme les Perses à la bataille des Chaînes et de Waladja, de Lîs et de Hirâ.

Pour envahir Hirâ je forçai mes troupes à embarquer sur la mer ; plus tard, pour rejoindre le Châm où m'appelait Abou Bakr, je traversai le désert avec mes légions. Quatre cents kilomètres sous une chaleur accablante ; j'ordonnai que l'on assoiffât de jeunes chamelles puis qu'on les fît boire à satiété une fois passé le délai de plusieurs jours ; une fois gorgées d'eau comme de grosses outres, elles nous serviraient de citernes vivantes où nous puiserions pour alimenter nos chevaux. Le procédé me donna pleine et entière satisfaction. Il nous sauva de la mort. J'ai tué mon premier chameau à quatorze ans, alors que je m'étais perdu dans le désert. Quand je revins chez moi, sans l'animal dont j'avais bu l'eau et le sang, mon père me rossa. Depuis je me venge d'elles comme je le peux.

J'ai été le plus ingénieux des hommes pendant ces années où je portais notre croyance sur toutes les anciennes routes caravanières. C'était cela le grand rêve de Mohammad, celui qui sans cesse le tourmentait depuis son enfance, ce songe né à la suite de ses voyages en compagnie d'Abou Tâlib et d'Abou Bakr. Je traversai à mon tour ces régions de la terre qui imprégnèrent si fort l'esprit de ce jeune homme, mort à présent, mais dont l'esprit soumettait encore de nouvelles âmes.

Ô toi, le Prophète !
Nous avons déclaré licites pour toi
les épouses auxquelles tu as donné leur douaire,
les captives que Dieu t'a destinées,
les filles de ton oncle paternel,
les filles de ton oncle maternel,
les filles de tes tantes maternelles —
celles qui avaient émigré avec toi —
ainsi que toute femme croyante
qui se serait donnée au Prophète
pourvu que le Prophète ait voulu l'épouser.
Ceci est un privilège qui t'est accordé,
à l'exclusion des autres croyants.

Il n'y a pas de reproche à te faire
si tu fais attendre celle d'entre elles que tu voudras ;
si tu reçois chez toi celle que tu voudras
et si tu recherches de nouveau
quelques-unes de celles que tu avais écartées.

267

J'avais pris part à toutes les batailles contre Mohammad et l'homme en ressortait chaque fois plus triomphant. Loin de s'abstenir après Ohod, il poursuivit les Qourayshites et obtint ainsi une victoire morale sur eux.

Plus tard, il se débarrassa des Nâdir et confisqua leurs biens : les juifs n'entraient plus dans la maison de Dieu. À Yathrib, les rabbins reprenaient sans cesse Mohammad sur tous les points de sa doctrine ; ils la jugeaient non conforme car elle reconnaissait le Jésus des nazaréens comme le Messie annoncé dans la Torah.

Pour une partie des juifs de Yathrib, le Messie, qui devait reconstruire le Temple et annoncer la fin des temps, n'était pas encore né ; et en aucune manière il ne serait arabe, dût-il se réclamer de la descendance d'Abraham par Ismaël, de Moïse et Aaron, de la famille d'Imrâne et des deux Marie. Mohammad se trouvait donc discrédité par leurs assertions.

En réponse à leurs attaques, Mohammad accusa les juifs d'occultation de la Torah. Pour lui, ils recouvraient la parole de Dieu et la masquaient aux hommes en ne reconnaissant pas Jésus comme le Messie de leur Livre ; de même certains nazaréens étaient des associateurs puisqu'ils ajoutaient à Dieu le Messie et le Saint-Esprit. Pour Mohammad et les Émigrants, Jésus était un homme parmi les hommes et le Saint-Esprit une innovation démoniaque, une femelle du nom de *ruouah*.

Après Badr, comme les rabbins persistaient à nier notre religion, Mohammad ordonna à ses partisans de changer de *Qibla*. Pendant leurs prières, les Émigrants ne s'inclineraient plus en direction de Jérusalem mais de Mekka. À Yathrib, les juifs s'inquiétèrent et supplièrent Mohammad de revenir sur sa décision. Fort de sa victoire sur les Qourayshites, il refusa.

Mohammad restait pourtant l'un des enfants d'Abraham, répétait-il à l'envi. Seulement il s'inclinait maintenant devant le sanctuaire édifié par Abraham et son fils Ismaël, un Arabe comme lui, au centre même de l'Arabie. Cela était un avertissement adressé aux juifs qui refusaient encore de rejoindre les Émigrants. Il prévenait aussi les Mecquois en se tournant vers eux pour prier : il reviendrait chez lui, annonçait-il aux plus clairvoyants, et il soumettrait la ville avant de conquérir Jérusalem pour y édifier le Temple.

Quand les Qouraydha, une autre tribu juive, complotèrent contre lui, il se défit d'eux et les tua tous. Ce qui n'empêcha pas Mohammad d'épouser l'une des captives, Rayhâna. Mohammad aimait les femmes autant que moi, n'en déplaise à Omar qui les exècre et promulgue des lois à leur encontre.

La mise à mort de ses adversaires était un signe clair adressé aux Arabes : ils courberaient l'échine ou ils périraient tous !

À Houdaybiyya, les Mecquois acceptèrent de laisser Mohammad accomplir son pèlerinage l'année suivante. Pendant ce temps, ils quitteraient la ville et abandonneraient aux musulmans la jouissance de la Kaaba. Mohammad en profita pour exhiber sa puissance, accomplir le pèlerinage, se marier et repartir à Yathrib au bout du troisième jour.

Avant de quitter Houdaybiyya, il épousa Mimouna Bint Harîth, ma tante. Mariée deux fois, elle fut veuve deux fois. Elle entrait dans sa vingt-septième année quand elle se rendit au campement de Mohammad pour se donner à lui. À cette époque, sa renommée grandissant, de nombreuses femmes s'offraient à devenir ses femmes. Un verset du Coran vint même sanctifier ce phénomène. Dieu aimait son prophète !

Nanti de ces privilèges voulus par Dieu, Mohammad consomma le mariage sur place et nous demanda un délai de trois jours supplémentaires pour organiser des festivités. Longtemps, je me demanderais si ces noces intempestives avec Mimouna n'avaient pas eu comme unique but de tester notre détermination.

Quand nous refusâmes, il déclara :

— Qu'auriez-vous eu à perdre si vous m'aviez laissé me marier chez vous ? Nous aurions donné un grand festin et je vous aurais conviés.

Les insensés d'entre les hommes disent :
« Qui donc les a détournés de la Qibla
vers laquelle ils s'orientaient ? »

Dis :
« L'Orient et l'Occident appartiennent à Dieu ;
il guide qui il veut dans un chemin droit. »

À Houdaybiyya, je commandais la cavalerie des Qourayshites. Encore une fois, nous surplombions le campement du Messager de Dieu. À la différence d'Ohod, il ne se battait pas ; il priait avec ses compagnons. Je faillis ordonner à mes hommes de charger. Mais je ne sais pourquoi, je m'abstins ; il se tenait là, à ma merci pourtant. L'homme en prière me fascinait ; il était encore plus grand que le guerrier. Je remis mon attaque. Quand nous revînmes le lendemain, les musulmans avaient levé le camp. Je ne trouvai que des vestiges : âtres éteints, traces de pas ; et une infinie tristesse me submergea. Je compris ces fous de poètes qui pleuraient la disparition de leur bien-aimée sur les ruines d'un campement, ces débris d'un songe, ce vase d'argile brisé.

Quelques jours plus tard, je reçus alors une lettre de mon frère, Walid, converti à l'islam.

Mon frère,

Je m'étonne que tu sois encore en dehors de l'islam, toi dont l'intelligence et la fougue auraient dû t'y conduire depuis longtemps déjà.

L'autre jour, l'Envoyé de Dieu, à ton propos, me demanda : « Où est donc Khalid ? Je l'ai vu à Houdaybiyya si proche de moi. » Je ressentis alors une joie immense et je lui répondis : « Dieu va le guider, Messager de Dieu. » Je vis alors notre Seigneur, plein de sagesse et de raison, garder le silence comme si, en lui-même, il se recueillait. Il ajouta alors cette phrase que je te transmets, mon frère : « Un homme comme Khalid ne peut rester en dehors de l'islam. Qu'il vienne à nous ! et nous le placerons à notre tête pour qu'il déploie son génie contre les ennemis de notre religion. » Aussi je t'en conjure, Khalid, ne tarde pas.

Walid

La missive me troubla. Je me souvins qu'après son départ de Mekka, Mohammad m'avait accordé sa sauvegarde quelles que fussent les circonstances. Si je le voulais, je pourrais toujours m'en prévaloir pour me garantir sa clémence ; pourtant je pris le parchemin qu'il avait rédigé de sa main et je le déchirai.

L'année suivante, Mohammad revint à Mekka ainsi que le stipulaient les accords passés à Houdaybiyya ; alors je réfléchis aux conséquences de ce pèlerinage et me décidai enfin à suivre les recommandations de Walid.

La nuit, je rêvai ; j'avançais nu sur une terre stérile, étroite, pendant une longue période ; ensuite la terre s'élargissait sous mes pas jusqu'à se perdre à l'horizon, je la parcourais à cheval, habillé comme un émir, et je défilais devant des foules qui m'acclamaient et scandaient mon nom ; au réveil, l'islam était entré dans mon cœur.

Rien ni personne n'arrêterait Mohammad ; il n'était plus temps d'être de ses adversaires ; huit années après sa fuite de Mekka, son village, il y était revenu prier et ses ennemis n'avaient pas levé la main sur lui. Je me souvins alors de celui que l'on traitait d'impuissant parce qu'il n'avait pas de descendance mâle ; à présent, ses troupes se comptaient en dizaines de milliers d'hommes et, selon sa Loi, s'ils n'étaient pas ses fils, ils étaient tout de même ses frères et ses amis. L'homme avait engendré une nation.

Ma décision prise, j'enfourchai mon cheval et me dirigeai vers Yathrib. Sur le chemin, je rencontrai mon ami Othmane ibn Talha. Quand je lui dis que je désirais rejoindre Mohammad et me soumettre à son Dieu, il me demanda si la perspective de devenir le frère d'Omar ne gâcherait pas ces retrouvailles avec Dieu. Je faillis rebrousser chemin. Devant mon trouble, Othmane ajouta :

— J'avais la même idée que toi, Khalid. Nous ne serons pas assez de deux pour accomplir cet exploit.

Et il se mit à rire. Sa gaieté me rassura. Je pourrais toujours compter sur des amis tels que lui ; et, je le pressentais, ils seraient de plus en plus nombreux dans les mois à venir. Omar n'avait qu'à bien se tenir, me disais-je, tandis que je chevauchais, le cœur empli d'allégresse.

Sur notre chemin, nous rencontrâmes Amrou ibn al-As ; lui aussi s'était rendu à l'évidence après la visite de Mohammad à Mekka.

— Où vas-tu, Khalid ?

— Je vais rejoindre Mohammad. Tout le monde l'a déjà fait, sauf les chacals et les chiens. Si j'attends plus longtemps, il viendra me débusquer dans ma tanière.

— Et toi, Othmane ?

— Je sens le lacet sur mon cou. Je préfère me rendre à Dieu qu'être pris par son Prophète.

Amrou se mit à rire.

— Accepteriez-vous la compagnie d'un ancien marchand ?

— De bon cœur !

Amrou commerçait avec l'Abyssinie ; il n'était pas encore le général qui allait conquérir l'Égypte ; ni celui qui m'assisterait à la razzia d'Adjnadayn contre les troupes d'Héraclius, deux années après la mort de Mohammad.

C'était avant Yarmouk, bataille qui m'occupe aujourd'hui, mais contre le même ennemi, Héraclius, qui m'obligea à le rencontrer non loin d'Adjnadayn, aux portes du désert. J'assiégeais Damas quand il avait scindé son armée en deux : le commandement de la première fut confié à son frère, Théodore, la seconde, à un général du nom de Wardan. Comme leurs noms sont improbables ! L'armée de Wardan cherchait à reprendre Bosra aux musulmans ; celle de Théodore se dirigeait vers celle de Yazid pour l'empêcher de nous rejoindre à Damas.

Pressentant un grand péril, je levai le siège de Damas et j'ordonnai à Amrou de me rejoindre avec ses hommes à Adjnadayn. En cas de revers, nous pourrions nous replier dans le désert où aucune troupe byzantine n'aurait le courage de nous poursuivre. Mais pendant que nous nous dirigions vers notre point de rencontre, l'arrière-garde de mon armée fut attaquée par les troupes du Byzantin. Encerclés, les musulmans et leurs familles furent capturés ; je rebroussai chemin avec ma cavalerie et je parvins à rattraper l'armée ennemie et à la mettre en déroute ; je récupérai les soldats emprisonnés par les Roûms.

Prouesse ou miracle, nos troupes arrivèrent toutes le même jour à Adjnadayn ; il ne nous restait plus qu'à affronter l'immense armée d'Héraclius.

Le jour de la bataille, j'ordonnai à mes soldats de patienter et de ne pas répondre aux provocations adverses ; je relevai uniquement les duels entre chefs éminents des deux camps. À midi, je lançai une attaque. Le combat fit rage jusqu'en fin d'après-midi. Les Byzantins, en premier, rompirent le contact : ils avaient perdu des milliers d'hommes ; nous, quelques centaines à peine.

Le lendemain, et pressentant la débâcle, Wardan demanda à me rencontrer afin de me piéger ; j'acceptai. La nuit précédente, il avait dépêché des archers pour me tuer. Déguisés en musulmans, ils furent tout de même reconnus et capturés par mes hommes. Ceux-ci revêtirent leurs habits et infiltrèrent leurs troupes.

Quand Wardan s'approcha de moi et demanda ma reddition, je lui répétai ce que disait Mohammad avant moi :

— Aujourd'hui, Dieu vous ôte le pouvoir et prépare l'avènement de la véritable religion. Croyez en Dieu, ou résignez-vous à payer la *djizya*. Sinon préparez-vous à la guerre.

Et j'ajoutai ces paroles de mon cru :

— J'ai avec moi des hommes qui chérissent la mort plus que la vie.

Je me lançai sur Wardan et l'égorgeai. À ce signal, les archers embusqués chez les siens lancèrent leurs traits contre le Romain et désorganisèrent son armée. Quand la confusion fut à son comble, je jetai ma cavalerie dans la bataille ; elle apporta un surcroît de force et de fraîcheur qui nous permit de vaincre les Byzantins à Adjnadayn pour la première fois de notre courte et terrible histoire. Les soldats d'Héraclius coururent se réfugier qui à Jérusalem, qui à Émèse, plus au nord, où ils trouvèrent consolation entre les jupes de leurs femmes.

Demain, avec la même détermination, je détruirai ce qui reste de leur armée, à Yarmouk. Je les chasserai tous du Châm ; et Jérusalem, la Sainte, tombera entre nos mains. J'aurai ainsi accompli la principale prophétie de Mohammad.

— Bonnes gens ! Ô bonnes âmes de Yathrib !
Accourez ! Avec Amrou ibn al-As et Khalid ibn
al-Walid, Mekka perd ses prodiges !

L'homme nous avait reconnus et l'avait manifesté à tout le monde autour de lui. Puis il se tut
enfin et s'élança en direction de la Mosquée afin
de prévenir le maître de Yathrib.

Mohammad nous fit attendre. Des *mouhajji-
roun* de notre connaissance nous convièrent chez
eux à manger et à nous reposer.

L'après-midi, des Ansars vinrent nous chercher. Ils nous conduisirent devant un bassin où
coulait une eau limpide. D'autres hommes s'y
rassemblaient. Ils nous dévisagèrent puis ils commencèrent à se laver, avec lenteur et application,
déversant de l'eau sur leurs membres comme le
leur avait enseigné Mohammad ; nous dûmes les
imiter en silence parce qu'ils attendaient cela de
nous : les gestes palliaient l'absence de mots. J'apprendrais qu'en islam rien ne surpassait le mo-

dèle ; cela avait ses avantages et cela avait aussi ses inconvénients.

Si pendant une guerre l'exemple d'un chef courageux se révèle bénéfique pour ses soldats, cette même vaillance chez un autre, pour peu qu'elle soit folle et inconséquente, peut conduire au désastre : imiter un idiot ne constitue pas une sagesse. Quand Mohammad mourut, il fallut bien s'en remettre à ses successeurs. Pour ma part, je tins toujours Abou Bakr pour le plus grand d'entre nous ; quant à Omar, en raison de mon aversion, il ne m'appartient pas de le juger. Seuls les hommes qui naîtront demain évalueront ses actes et ses réalisations. Sans doute trancheront-ils dans un sens ou dans l'autre. Je les laisse juges de la conduite de cet homme que j'exècre.

Quand Omar mourra, les musulmans n'auront plus personne sur qui se fixer. Par facilité, ils copieront leurs prédécesseurs ; ainsi, avant Mohammad, les Arabes singeaient leurs ancêtres et végétaient ! Qu'ils ne s'avisent plus de mettre leurs pas dans les nôtres ! Sinon Dieu, en Son infinie grandeur, les figera dans la pierre : et les nations défileront devant eux comme jadis les grandes caravanes chargées d'or et de soieries.

Nous fîmes nos ablutions en silence. Je pris bientôt goût à ces toilettes régulières qui rythmèrent ma vie, que je fusse en paix ou en guerre. Avant chaque bataille, j'exigeais toujours que mes soldats se purifient et accomplissent leurs prières.

Ainsi, cela allégeait leur esprit et les préparait à rejoindre Dieu en état de perfection corporelle et spirituelle.

Quand nous eûmes terminé, les Ansars nous offrirent de grandes tuniques blanches. Mohammad aimait la couleur de l'absence et non le noir comme le prétendaient certains fous depuis sa mort. Mohammad se souvenait ainsi de la pureté du paradis et de la brièveté de nos existences ; évocation incessante qui tourmentait l'incrédule et apaisait le croyant. À la vérité, je ne cessais de me torturer avant la bataille ; seules la fournaise du combat et la prière apaisaient mon cœur ; alors j'oubliais la mort pendant de brefs moments : l'homme en guerre est un homme en lutte contre sa fin comme un mendiant contre son ventre, tous deux ne trouvent jamais le repos. Souvent, j'obtenais la quiétude en compagnie des femmes. Qui ose m'en blâmer quand il sait que Mohammad lui-même s'adonnait à l'amour avec application ?

Ainsi, quand je tuai Malîk — il avait apostasié, n'en déplaise à Omar —, je me précipitai chez lui où je trouvai une épouse en larmes dont le chagrin m'émut au plus haut point : elle attendait dans l'appréhension le retour de son mari. Je l'avais capturé pendant qu'il dirigeait la prière. Ce renégat avait embrassé la religion de Sadjaa — cette prêtresse prétendait concilier la religion des nazaréens associationnistes avec la nôtre !

Quand j'entendis parler de ce nouveau culte, je conçus de la honte pour les Arabes qui s'y convertissaient. Mohammad venait de mourir et ceux-ci se précipitaient dans les bras d'une folle qui associait deux croyances. Et ce chien de Malîk, nommé receveur des impôts par l'Envoyé de Dieu lui-même, renifla et jappa sous le jupon de la Prophétesse aux pieds fourchus, langue pendante et sale. Lorsqu'il fut maté par mes soldats, il se dressa sur ses pattes antérieures et, aboyant, prétendit diriger la prière des musulmans avec la même gueule qui embrassait la fille du diable ! Et j'aurais dû le laisser vivre ! Que Dieu me pardonne ! je n'ai ni la sagesse ni la clémence de son rédempteur, Omar !

S'il n'y avait eu Oum Tâmim, sa femme, je n'aurais jamais regretté cette mort entre mes mains. Quand je la vis, je me mis à pleurer avec elle la perte de l'infâme. Elle avait de si belles mains, et une peau si délicate. Ses seins se dressaient comme deux lunes blanches et lumineuses ; son ventre, pareil à la mer, glissait vers de sombres rivages ; ses jambes, fines et longues colonnes, soutenaient ce temple où s'abîmait mon âme. Son haleine embaumait le jasmin et la menthe ; et quand je m'approchai d'elle au prétexte de mieux la consoler — je lui avais caché que j'étais l'assassin de son époux —, je respirai son parfum comme un noyé avale l'air qui lui a manqué pendant sa station sous l'eau. Cette femme parlait, se déplaçait et sanglotait avec la grâce de ces houris promises par Dieu à ses fidèles serviteurs pour les contenter pendant une éternité, jamais semblables, toujours changeantes comme les flammes, tantôt filles, tantôt femmes épanouies, vierges et expertes dans les jeux de l'amour. Pourquoi attendre la fin des temps ? surtout si l'une de leurs sœurs, humaine et mortelle, se présente à moi sous les dehors d'une veuve éplorée ?

Je l'embrassai sur la lèvre ; elle se défia de moi, effarouchée par mon geste, ma folie ; elle me le reprocha, je l'assurai de mon chagrin ; eh oui, je pleurais devant tant de splendeur ; je priais Dieu de bien vouloir me la donner ; elle pouvait refuser de se dévoiler, et j'aurais dû la prendre de force ; je désirais son corps et son âme à la fois ; oui, je quêtais son amour et sa tendresse, moi le guerrier sempiternel.

Je lui proposai de m'épouser sur-le-champ. Elle se leva, me supplia de la laisser en paix avec son chagrin ; je la conjurai à mon tour de m'écouter. J'en appelai à son honneur, à son intelligence, à sa beauté ; j'évoquai les périls encourus par une veuve au milieu de soldats ; je lui peignis les tourments des captives, les folies et les suicides qui ponctuaient leur misérable existence.

Je n'étais pas le meilleur des hommes, je n'étais pas le pire non plus, confessai-je ; j'étais respecté, je venais d'une des plus grandes familles de Mekka ; j'aimais Dieu ; les Anges du paradis et même

Ibliss quand elle levait sur moi ses beaux yeux pers ! Je me jetais à ses pieds, je me traînais, je délaissais toute forme de dignité et je lui jurais qu'elle disposerait de ma vie ; pour le lui prouver, je lui remis mon poignard. Folie quand j'y pense ! elle pouvait venger son mari à l'instant, dans cette alcôve où je me comportais comme un enfant.

Elle repoussa la dague et accepta de m'épouser alors que le corps de Malîk était encore chaud. Avait-elle le choix ? Non, bien sûr, je l'aurais enfermée et j'aurais abusé d'elle. Sur de larges et profonds coussins, je la renversai et la déshabillai pendant que le soleil se levait et se détendait dans le bel azur ; j'aimais la vérité des corps, la nudité ne m'effrayait pas. Certains hommes et femmes, depuis l'avènement de la religion du Dieu unique, refusaient de se dévoiler et conservaient une jupe légère pendant l'accouplement. Je n'étais pas de cette engeance ; sur le terrain guerrier ou amoureux, je me présentais nu comme au premier jour ; dans une couche aucun voile ne me séparait de la femme. Je découvris donc ses épaules pendant qu'elle baissait les yeux de honte, et nous semblions, entre les voiles du baldaquin, deux âmes captives d'un sortilège. J'adorai ce corps en pleine lumière : nous avions laissé brûler les lampes dont la clarté était pareille à celle de la sourate.

Dieu est la lumière des cieux et de la terre !
Sa lumière est comparable à une niche
où se trouve une lampe.
La lampe est dans un verre ;
le verre est semblable à une étoile brillante.

Cette lampe est allumée à un arbre béni :
l'olivier qui ne provient
ni de l'Orient, ni de l'Occident
et dont l'huile est près d'éclairer
sans que le feu la touche.

Lumière sur lumière !
Dieu guide, vers sa lumière, qui il veut.

L'aube se lève sur la plaine de Yarmouk ; un brouillard épais flotte sur les champs et la rivière ; ce jour verra mon triomphe.

Avant la bataille, j'ai demandé que l'on formât, à l'exemple des Byzantins, des phalanges de mille hommes. J'avais remarqué que les Roûms, ainsi pourvus, conservaient une plus grande liberté de manœuvre. Les membres de ce grand corps, indépendants, menaient leur vie singulière pendant la bataille et influaient en divers points sans tactique apparente, ce qui bouleversait toujours l'organisation adverse.

Nous avons trente-six phalanges à présent, et elles sont toutes prêtes à s'élancer sur leur ennemi.

À l'avant-garde, Qoubath ibn Acham est en tête de cinq d'entre elles, soit cinq mille hommes ; le centre, dirigé par Abou Oubayda, en compte cinq aussi, de même l'aile droite, commandée par mon ami Amrou ibn al-As, et l'aile gauche conduite par Yazid, le fils d'Abou Sofiâne.

L'arrière-garde, commandée par Saïd ibn Zo-hayr, se compose de cinq mille hommes elle aussi ; je prends, comme à mon habitude, la tête de la cavalerie avec les dix mille soldats restant. L'armée romaine en possède bien plus, et encore plus de cavaliers, au moins cinq dizaines. Hier, des espions m'ont appris qu'ils porteraient leur attaque aujourd'hui. Déjà nous entendons leurs cris de guerre, et la plaine tremble de colère derrière le brouillard. Pour donner du cœur à nos troupes et contrebalancer l'effet produit par ces sauvages, j'ai ordonné les psalmodies du Coran.

Et si, nous aussi, nous étions leurs barbares ? Peut-être ressentent-ils encore plus de frayeur que nous ? Pour l'exemple, je garde mon calme et me promène parmi les hommes, juché sur mon alezan. Ainsi l'ennemi me reconnaîtra et je serai le plus exposé. Ainsi agit un bon commandant. Ne jamais se soustraire au danger, jamais. J'ai demandé aux femmes des musulmans de tuer les fuyards de notre camp. S'il devait y en avoir, elles les accueilleraient avec des pierres et des bâtons ; ainsi elles vengeraient leurs fils, leurs pères et leurs maris qui n'auront pas déserté et qui seront morts pour la gloire de Mohammad.

Les aèdes coraniques, sentant le danger, ont levé la voix : d'étranges scansions martèlent cette matinée ; maintenant, les derniers festons brumeux et les rhapsodies se dissipent.

Nous avons vaincu, Dieu nous guide vers la gloire !

Et Omar me relève de mon commandement alors que j'ai porté l'islam aux quatre coins du monde, sur toutes les faces de cette terre. Je suis bien le glaive de l'islam, titre que m'a décerné Mohammad lui-même après la terrible défaite de Mouta. Vous ne connaissez pas cette expédition ! Comme la mémoire humaine est fragile, comme le temps consume tout ce qu'il recouvre !

À présent, les conquêtes ont succédé aux cuisantes défaites des débuts, et Mouta, dans l'esprit des jeunes musulmans, est célébrée comme une grande victoire. Ce fut en réalité une boucherie.

Tous morts, tous, si jeunes, qui auraient pu mille fois mieux qu'Omar guider notre nation qui se lève comme une vague sur l'Océan du temps. Zayd, le fils adoptif de Mohammad, un affranchi qu'il éduqua dans sa maison. Eh bien, Zayd, qui le premier adhéra à l'islam, bien avant Ali, Zayd fut massacré à Mouta. Et quantité d'autres personnes de valeur, comme Djaafar, le frère d'Ali, qui mourut les mains coupées et le corps fendu en deux par ces Byzantins que je suis venu défaire à Yarmouk.

À Mouta j'ai pu sauver ce qui restait de la première armée de Mohammad. Et j'ai ramené à Yathrib quelques centaines d'hommes qui sinon auraient été perdus à jamais.

Je me souviens de Mohammad s'approchant de nous, encore vigoureux malgré les ans et les tourments. Dans l'ordre des commandants, je devais être le dernier, bien après son fils Zayd et son neveu Djaafar, à prendre la tête de son armée ; et il me vit avancer en premier, moi, son ancien ennemi, un imbécile dont la seule science consistait à manier le glaive. Il sut alors que ses plus valeureux fils avaient péri ; il en éprouva une douleur immense qui marqua son visage un court instant, comme l'éclair sur un ciel obscur. Pour ne pas blesser les survivants et pour ne pas anéantir le frêle État qu'il bâtissait depuis une décennie, il me félicita et, par un effet de sa redoutable ironie, me donna le surnom qui me foudroie chaque fois qu'un homme le prononce pour me complaire.

— Khalid, tu es le glaive de l'islam !

Et il me prit dans ses bras.

Longtemps, j'ai porté cette défaite comme un fardeau ; je me souvenais de Mouta et de ma piètre retraite à la tête d'une troupe de mutilés et de fous. Mohammad mourrait deux années après ; et dans la forge de son esprit, il chercherait toujours, sans relâche, à venger les morts de Mouta. Hormis le grand Abou Bakr, qui jamais ne renia le legs de Mohammad et qui me chargea d'en exécuter les termes guerriers, les tribus arabes ne comprendraient jamais ce vœu secret et elles se rebelleraient contre notre Seigneur et son calife. Or, si Dieu le veut, j'ai rempli ma mission aujourd'hui, et je suis quitte envers Lui.

Pour mourir comme Zayd et Djaafar, je me suis voué à la guerre comme le diable à ses œuvres. Pour laver la honte de Mouta, j'ai tué tant et tant d'hommes pendant la *ridda* sous le règne d'Abou Bakr et j'ai épousé Oum Tâmim alors que le corps de Malîk était encore chaud. Ai-je complu à Mohammad ? Je l'ignore, et je l'ignorerai sur mon lit de mort.

À Yarmouk, hier encore, j'espérais parvenir au martyre et à la véritable gloire, celle qu'octroie une fin courageuse sous le sabre ennemi ; mais Dieu est facétie et Il n'a pas voulu de ma vie.

Que faisait Omar ibn al-Khattab pendant que les musulmans mouraient à Mouta ? Il se prélassait à Yathrib, entourant le Messager de toute sa sollicitude, l'éclairant sans doute sur un problème délicat de morale, à savoir si les femmes devaient ou non sortir voilées, et si elles devaient ou non prétendre à la même part d'héritage que les hommes. Dilemmes tranchés par Dieu ! pendant que les meilleurs des nôtres étaient tranchés en morceaux par l'armée byzantine.

Aujourd'hui, ils sont vengés ; ma peine et ma vie en cette terre sont proches de leur terme. N'en déplaise à Omar, je suis heureux de déposer mon faix. Je m'apprête à rentrer parmi les miens, à Yathrib, bien qu'on ne dise plus, comme au temps de ma belle jeunesse, Yathrib ; l'oasis est, dès à présent et pour l'éternité, Médine, la cité de Mohammad, le prince des Arabes.

Une chose encore : Mohammad avait percé le secret des cœurs ; il n'ignorait pas qu'un jeune homme orgueilleux ne se contenterait jamais d'une défaite déguisée en victoire comme seul titre de gloire. Mouta était à la fois une tache sur ma destinée et cette même destinée. Par cette disgrâce, et par la grâce aussi des mots prononcés par Mohammad à ce moment crucial de mon existence, je fus lancé dans une seule direction : la conquête et la vengeance.

Oh ! d'autres choses encore, une promesse que j'oubliai… mais il est à présent trop tard pour en parler…

AÏCHA

Je fus la meilleure épouse de l'Envoyé de Dieu ; je comptais les qualités les plus franches et les plus belles. Ainsi, quand Mohammad me connut, j'étais encore vierge ; je venais d'avoir neuf ans. Quand mes parents me conduisirent sous son baldaquin, le visage caché sous un voile, j'ignorais tout des relations entre les hommes et les femmes. Quelle ne fut pas ma stupeur quand, après avoir ôté le *litham* qui recouvrait mon visage, Mohammad enleva ma robe avant de se déshabiller à son tour. En ce temps-là, c'était le seul masque imposé à une femme, celui que le mari ôtait la nuit de ses noces et que son épouse conservait comme témoignage de sa pureté ; et si Mohammad n'avait pas été ensorcelé par cette idiote de Zayneb, nous serions libres de montrer nos figures à qui bon nous semble.

Ceci mis à part, je fus la seule épouse dont les parents, Abou Bakr et Oum Roumane, émigrèrent de Mekka à Yathrib pendant l'hégire. Mohammad aimait ma mère ; et je suis certaine que s'il m'a épousée, c'était aussi en hommage à cette femme dont il recherchait souvent la compagnie, et qui, après la mort de Khadija, le consola mieux que ne le fit cette sotte de Saouda, sa deuxième femme.

Mais Saouda ne m'a jamais voulu ou causé de mal ; en conséquence, je l'ai toujours respectée. Mohammad était épris de ma mère, j'en suis convaincue, mais il respectait trop son ami Abou Bakr pour agir comme avec son fils adoptif, Zayd ibn Haritha, qu'il fit divorcer de Zayneb pour satisfaire son envie ; en cette matière, Dieu fut d'une complaisance étonnante avec Mohammad ; il sanctifia un peu vite ces épousailles !

Un jour, alors que Mohammad me récitait les versets qui l'autorisaient à prendre pour épouses les femmes qui se donnaient à lui, je lui répondis avec toute la fougue de la jeunesse :

— Ton Dieu, à ce que je vois, s'empresse de satisfaire tous tes désirs.

Il se contenta de rire, ce qui me mit au comble de la colère. Comme j'étais jalouse en ce temps-là où Mohammad marchait dans la lumière. Depuis qu'il s'en est allé rejoindre Dieu, ce ne sont plus que ténèbres sur la terre ; et nous, ses épouses, des veuves en lamentations.

Je fus la première vierge qu'il connut ; je fus aussi la seule dont les parents avaient émigré avec lui ; et des êtres selon son cœur, mon père et ma mère, à l'inverse d'Omar dont il épousa la fille par complaisance. Hafsa était laide comme une marmite et avait perdu son mari Khounays ibn Houzafa à la bataille de Badr. Comme personne ne voulait de Hafsa — ma meilleure amie avec Saouda —, Mohammad, à l'évidence, se sacrifia pour ne pas contrarier Omar. Par ailleurs, Omar, avant de la lui offrir, la proposa à Othmane, qui n'en voulut pas, puis à mon propre père ; Abou Bakr n'accepta ni ne refusa et eut beau jeu de dire ensuite que si Mohammad ne l'avait pas épousée, il l'aurait fait pour conserver l'amitié d'Omar : ma mère lui refusa sa couche pendant plusieurs semaines quand elle le sut. À mon avis, il fut soulagé de savoir que Mohammad acceptait Hafsa.

Quand j'appris son mariage, j'entrai dans une rage folle et, comme ma mère, je lui interdis mon lit :

— Va rejoindre ton laideron ! Tu as voulu complaire à son père, eh bien, satisfais sa fille à présent !

Il ne remit pas les pieds chez nous pendant trois jours, ce qui m'inquiéta au point que je lui déléguai Saouda pour l'inviter à revenir. Quand il se présenta à nouveau dans notre chambre, je m'élançai dans ses bras et le couvris de baisers ; et nous nous amusâmes pendant plusieurs nuits ; et ainsi il délaissa Hafsa, qui avait si peu d'attraits et en conçut une grande jalousie.

Quand, plus tard, après la prise de l'oasis de Khaybar, il épousa Safia la juive, Hafsa, aiguillonnée par mes soins, s'en prit à sa nouvelle conquête. Mohammad chassait et massacrait les juifs mais épousait leurs filles, conduite étrange.

Quand je le lui dis, il se détourna de moi pendant plusieurs jours. Jalouse, je chargeai Hafsa de l'espionner. Une nuit où il ne s'attarda pas dans son lit, Hafsa le fit suivre par sa servante, Louhayya. Celle-ci le vit entrer dans l'alcôve de l'usurpatrice et y passer un temps appréciable et malhonnête. Quand il ressortit, heureux comme un coq, elle en informa Hafsa, qui accourut chez moi pour faire scandale.

N'en pouvant plus de ses jérémiades, cris et fureurs, je me lève, passe le seuil et me dirige chez Safia que je n'aimais pas beaucoup en vérité.

Chez elle, je lui dis :

— Tu ne dois pas prendre le tour d'une vraie croyante ! Mohammad est le prophète de la religion vraie !

Le front haut et l'œil brûlant, elle me rétorque :

— Je suis la fille de Moïse, mon oncle est Aaron, et mon époux, l'Apôtre de Dieu ! J'ai autant de droits que vous, filles de Qouraysh !

« Nous croyons en Dieu ;
à ce qui nous a été révélé ;
à ce qui a été révélé à Abraham, à Ismaël, à
    Isaac, à Jacob
et aux autres tribus ;
à ce qui a été donné à Moïse, à Jésus, aux prophètes
de la part de leur Seigneur. »

« Nous n'avons pas de préférence pour l'un
    d'entre eux :
nous sommes soumis à Dieu. »

Lorsque je me plaignis de la manière dont j'avais été traitée par Safia, Mohammad la défendit et me répéta par trois fois que Safia avait raison. Il ajouta que si les juifs l'avaient écouté, ils auraient été les meilleurs croyants. Quand je lui demandai alors pourquoi il avait fait assassiner les Qouraydha, il me répondit qu'ils avaient cherché à lui nuire pendant le siège de Yathrib en s'alliant avec Abou Sofiâne. Je lui rétorquai qu'il n'avait pas supporté leurs moqueries à propos du Coran. Il me regarda et versa des larmes tant le souvenir de cette défaite religieuse lui cuisait.

À Yathrib, Mohammad s'entretenait souvent avec les rabbis pour leur exposer les principes de la nouvelle croyance ; il cherchait à les convertir, bien entendu. Ceux-ci, en retour, lui posaient de nombreuses questions sur le fils de Maryâm qu'ils ne considéraient pas comme le Messie annoncé par la Torah. C'était un usurpateur, selon eux ! De colère, Mohammad ne répondait pas à ces viles dénégations qui visaient à recouvrir la parole de Dieu ; alors ils s'en allaient dire à tous que Mohammad ignorait le Livre, ce qui était faux, manifestement.

Certains juifs vinrent le voir et lui dirent :

— Mohammad, tu sais que nous, les rabbis, seigneurs des juifs, si nous déclarons que tu dis vrai, les autres juifs se convertiront et te rejoindront.

Mohammad acquiesça.

— Un différend nous oppose à d'autres juifs, ajoutèrent-ils. Si tu tranches en notre faveur, nous croirons en toi.

Mohammad, juste et droit, refusa tout net et sans marchandage. Les rabbis s'en allèrent en proclamant partout que Mohammad ne savait pas ce qu'il voulait. Tantôt il les appelait à le suivre, tantôt il les rejetait.

D'autres rabbis lui demandèrent à quels prophètes il croyait. Quand ils l'entendirent citer Jésus, fils de Marie, parmi les prophètes d'Israël, ils s'écrièrent :

— Nous ne reconnaissons pas Jésus ni ceux qui croient en lui !

Et ils se détournèrent de Mohammad, qui croyait pourtant en leurs prophètes et se réclamait de la lignée d'Abraham par Ismaël son fils que sa mère Agar avait apporté à Mekka et dont la descendance avait donné les Arabes. Mohammad comprenait à présent qu'une majorité des juifs à Yathrib n'avaient jamais eu l'intention de consentir à la

303

nouvelle croyance, celle que professaient les Hanifs et Waraqa avant lui, celle que lui enseignait Dieu depuis la mort de Waraqa ; ils l'avaient questionné non pour apprendre de lui mais pour se moquer et continuer à recouvrir le véritable message de Dieu. Cela il l'avait toléré jusqu'au point où il se renforça à Yathrib et devint le chef incontesté de la cité.

Quand, plus tard, je rapportai à Hafsa les propos de Safia et la manière dont Mohammad l'avait défendue, elle déclara :

— Je ne ferai plus jamais de mal à Safia.

Qui avait tenté de lui occasionner le plus de mal, Hafsa ou moi ? Le temps délivre les femmes et les hommes de leurs haines, de leurs amours aussi ; je peux maintenant dire que j'ai cherché à nuire à toutes les autres épouses de Mohammad. Je refusai de le partager, de toute mon âme. Les feux de l'envie me consumaient, et je me demandais toujours pourquoi il n'avait pas agi avec moi comme avec Khadija, qu'il n'associa jamais à une autre, lui qui se réclamait d'un Dieu sans associé !

Oui, pourquoi ?

Un jour, à bout de forces, je le lui demandai ; et comme il ne mentait jamais, il me répondit, sincère et aimable. Quand je le sus enfin, je ressentis un début de soulagement, mais le baume fut de courte durée et je me demande encore s'il ne m'avait pas donné cette réponse pour apaiser ma douleur. Aujourd'hui, la réponse qu'il me fit à ce propos me paraît aussi éloignée des véritables raisons que Mekka de Yathrib ; elle fut donc à la fois si proche de la vérité et si éloignée à la fois. Dieu m'a appris que l'esprit vole dans le ciel quand la parole se traîne sur la terre.

Quand tu disais
à celui que Dieu avait comblé de bienfaits
et que tu avais comblé de bienfaits :
« Garde ton épouse et crains Dieu »,
tu te cachais en toi-même, par crainte des hommes,
ce que Dieu allait rendre public ;
— mais Dieu est plus redoutable qu'eux —
Puis, quand Zayd eut cessé
tout commerce avec son épouse,
nous te l'avons donnée pour femme
afin qu'il n'y ait pas de faute
à reprocher aux croyants
au sujet des épouses de leurs fils adoptifs,
quand ceux-ci ont cessé tout commerce avec elles.
— L'ordre de Dieu est un décret immuable —

Quand Mohammad revint de l'expédition du
« Rendez-vous », une année après la débâcle
d'Ohod, il se rendit chez Zayd pour l'entretenir
de la guerre, cette affaire d'hommes. Il poussa la
porte de la maison de son fils adoptif et découvrit
Zayneb, seule, qui se coiffait ; elle était vêtue d'un
cafetan transparent, sa crinière, lourde et sombre,
recouvrait ses épaules et sa poitrine.

Mohammad, interdit, resta sur le seuil. Il détourna son visage pour ne pas offenser la pudeur
de cette peste qui n'en avait guère.

— Zayd n'est pas là. Entrez ! Vous êtes comme
mon père !

D'une main délicate et ferme, elle releva sa toison et découvrit une nuque gracile bien qu'un peu
longue à mon goût ; elle l'attacha à l'aide d'un
ruban écarlate, fleur pourpre sur une mer d'encre.

Mohammad prit garde de ne pas pénétrer dans
la pièce où l'attendait une fille si bien disposée à
son égard ! Il jeta un dernier regard sur la belle

Zayneb. Un long regard qui n'échappa pas à la perspicacité de la créature languide.

Zayneb n'avait rien à voir avec Hafsa, qui ressemblait à un plat de pauvre un jour de ramadan ; consciente de ses charmes, elle en usait de science ancienne et redoutable, la magicienne. Elle cultivait ce regard que les hommes goûtent chez certaines femmes et que je suis incapable, pour mon malheur, de simuler : cette langueur de prunelle, propre aux danseuses et aux courtisanes, qui les charme et les envoûte comme l'infini mystère des cieux. Ah ! ces sots qu'une bagatelle désarme.

Zayneb vivait avec Zayd depuis cinq ans et, sans doute, s'était-elle lassée de ce mari complaisant qui lui accordait trop de liberté et dont le plus grand mérite n'était pas l'éclat de la beauté. Quand elle remarqua enfin la gêne de Mohammad, elle se leva, se couvrit d'un burnous, sans hâte particulière, avec ce sourire d'espiègle gredine sur les lèvres.

— Je préviendrai Zayd de votre visite, père ! friponna-t-elle.

Quand Zayd revint, elle lui raconta que Mohammad était venu le voir et qu'il était resté sur le seuil, n'osant pas s'avancer.

— L'as-tu invité à entrer ?

— Il a refusé.

— Et qu'a-t-il dit d'autre ?

— Loué soit le Seigneur ! Loué soit Celui qui change les cœurs !

— Pourquoi loues-tu le Seigneur, Zayneb ?

— C'est ce qu'il a dit en partant.

Elle observa la réaction de son mari. Je crois qu'elle fut contente de ce qu'elle vit sur son visage ; elle tenait enfin sa revanche sur cette triste et morne union que lui avait imposée Mohammad.

« Dieu soit loué ! Loué soit Celui qui change les cœurs ! » chantait Mohammad en sortant de chez Zayneb bint Jahch, la femme de Zayd ibn Haritha, le fils adoptif de mon très cher et très aimé époux. Il avait raison, Dieu était digne de louanges tant il comblait à la perfection les désirs de son Prophète. Quand les femmes ne se donnaient pas à lui avec leur effronterie coutumière, elles lui tendaient des pièges dans leur propre maison, à la barbe de leur mari. À la vérité, Dieu me pardonne, Zayneb n'avait jamais aimé Zayd et le dénigrait en toute occasion, par tous les temps. Quand on l'avait mariée, elle s'était plainte d'avoir été donnée à un affranchi et non à un seigneur de Qouraysh ainsi que l'exigeaient son rang et sa fortune.

Avant la visite chez Zayd, Mohammad ne cachait pas son aversion pour cette épouse malgré elle. Il n'aimait pas la manière dont elle s'était opposée à ses noces. Il la trouvait hautaine comme il ne sied pas à une Émigrante de l'être. Pourtant, elle lui plut dès qu'il la vit faisant sa toilette et changea d'avis du tout au tout. Ses défauts devinrent des qualités, et ses qualités s'affermirent au point de devenir proverbiales. Zayneb était devenue, par la grâce d'un coup de peigne, une femme exemplaire dont il convenait de louer l'intelligence et la patience.

Bah, les hommes sont contradictoires, versatiles, sans esprit et sans goût ! Je ne les aime pas ; et, pour ma part, s'ils nous reflètent parfois dans leurs attitudes, ils divergent de nous en totalité quant au caractère : leur inconstance est maladive, incurable ; ils sont fourbes quand nous sommes droites, et justes quand nous sommes injustes. Pourtant l'image que tendit l'Ange à Mohammad pour lui montrer mon visage, alors que je n'étais pas encore née, eût dû lui servir de guide unique et vital quant à l'appréciation d'un caractère franc et beau. Je suis la seule épouse que connut l'Envoyé de Dieu avant même sa venue au monde ! Il me le disait souvent ; sans doute pour me consoler de devoir partager sa couche avec d'autres.

Quand les gens m'interrogent — et ils viennent nombreux pour entendre parler de Mohammad —, je veille à laisser dans l'ombre ce qui doit y demeurer, tapi au plus profond de la mémoire. Ils ne comprendraient pas que l'homme de Dieu fût simplement un homme, et comme eux livré aux passions dévorantes. Mohammad est devenu l'exemple de la perfection sur la terre, et ses imperfections des vertus. Pourtant il mit en garde ceux qui voulaient le placer à hauteur du Seigneur, à l'instar de Jésus, le fils de Maryâm que certains nazaréens ont rendu l'égal de Dieu. Ainsi se sont-ils fourvoyés pour l'éternité, et Mohammad est venu rétablir la vérité.

Comme j'aimerais dire à tous ces gens qui viennent en procession me voir, m'entendre et même, pour les plus pieux, me toucher, que Mohammad était comme eux et qu'il ne cherchait pas à être vénéré. Mais comment le leur signifier sans qu'ils en prennent ombrage, sans qu'ils se sentent insultés dans leur croyance, sans que le couteau de la vérité soulève leur chair et y imprime sa marque de sang, au risque d'anéantir leur foi en Dieu ? Cela est impossible, et quand on vient chercher auprès de moi la confirmation d'un acte miraculeux concernant la vie de mon bien-aimé, je garde le silence pour ne pas mentir, et ne pas démentir non plus.

Comme nous tous, le cœur de Mohammad changeait au gré des saisons ; plus ardent lorsque les vagues brûlantes de l'été déferlaient sur Yathrib. Sans doute fut-il quelquefois emporté par l'une d'elles, à l'exemple de celle que provoqua la vision de Zayneb, nue et se coiffant en attendant Zayd. Quand Zayd le sut, il ne chercha pas à contrarier les sentiments de l'homme qu'il aimait le plus au monde, ni n'en prit ombrage en public. Il alla même lui proposer de répudier Zayneb.

— Garde ton épouse, lui répondit Mohammad.

311

Et puis il rêva, souvent, de la femme sous le voile ; elle aussi, songea à lui, au point de délaisser la couche du fils adoptif. Et un jour, alors qu'il se trouvait en ma présence, il tomba par terre ; l'Ange le visitait ; de la sueur coulait dru sur son front ; il tremblait ; puis les sursauts et les frissons cessèrent d'eux-mêmes, et alors je sus que Dieu avait rendu son verdict en l'affaire qui agitait Yathrib et qui me consumait de jalousie.

Quand Dieu eut parlé, je sus qu'il n'y aurait plus aucun moyen d'inverser le cours des événements. Zayneb, maintenant, se prévalait du seul avantage qui ne m'avait pas été accordé : Dieu avait ordonné son mariage et l'avait sanctifié en exhaussant Mohammad de sa paternité, levant ainsi l'interdit qui défendait à un père de convoiter la compagne de son fils.

Jamais Zayneb ne manqua une occasion, lorsqu'elle s'opposait à moi, ou à une autre de ses rivales, de rappeler ce fait extraordinaire. Quant à Zayd, il se trouva, lui, nommé par Dieu, inscrit en le saint Coran, et cela lui offrit la meilleure des compensations. Lorsqu'il mourut à la razzia de Mouta, effaçant le passé, Dieu l'appela par son nom : Zayd ibn Haritha, et non plus Zayd ibn Mohammad ; mais, en cette matière, même moi, Aïcha, la mère des croyants, je suis bien ignorante, et il ne convient pas que je me laisse égarer par ma jalousie. Dieu seul sait où se trouve Zayd en ce moment même ; sans doute en meilleure compagnie qu'il ne le fut jamais avec Zayneb bint Jahch.

Mohammad avait invité les gens de Yathrib à assister au repas de mariage.

Les convives dévisageaient Zayneb bint Jahch autant qu'il leur était possible, ne détournant jamais leurs regards du visage de l'épouse de l'Envoyé de Dieu ; mon bien-aimé en ressentit la plus vive des jalousies. Il n'avait pas imaginé que la beauté de Zayneb provoquerait dans le cœur des hommes autant de désir et d'envie.

Il sortit une première fois et vint dans ma chambre où je m'étais cloîtrée pour ne pas entendre les clameurs de la fête. Vrai, je haïssais l'usurpatrice. Elle s'était compromise en se présentant à Mohammad dans toute sa nudité, et ce sans pudeur pour son mari, Zayd. Je lui en voulais d'avoir provoqué le trouble de mon bien-aimé pendant ces jours pénibles où il s'absentait de nous, ne pensant qu'à la femme à la chevelure et aux blanches épaules ; partagé entre son amour pour elle et ses devoirs de père adoptif. Quel soulagement dut-il ressentir quand Dieu lui délivra sa parole pour l'absoudre de ses sentiments.

Quand il s'assit sur le coussin, à mes pieds, il commença à me caresser la jambe ; je la retirai avec violence. Dehors, les clameurs des convives s'apaisaient. La plupart commençaient à partir ; ils avaient vu Mohammad se lever et ils en avaient conclu que le repas était terminé. Les musulmans l'adoraient ; et ils craignaient par-dessus tout de lui déplaire.

— Ainsi, Dieu te comble de bienfaits.

Mohammad garda le silence et posa à nouveau sa main sur ma cheville ; encore une fois, je la retirai, méchante comme je savais l'être.

— Retourne surveiller Zayneb ! Elle a déjà quitté un mari !

Je regrettai aussitôt ces paroles blessantes et inutiles. Je savais que je ne le quitterais jamais, dût-il épouser toutes les créatures de la terre, et Dieu sait qu'elles se pressent en nombre autour de sa robe. Après avoir étanché sa soif auprès de Zayneb, il reviendrait, les mains emplies de présents, et ne me quitterait plus avant la prochaine passade. Aussi je ne m'inquiétais pas trop et je m'endormis très vite.

Le lendemain, Saouda vint me raconter qu'il était passé la voir, elle aussi, et lui avait demandé sa bénédiction. Elle l'avait chassé et il était retourné auprès de Zayneb où il s'était assis à la table, silencieux comme une ombre, attendant que les derniers convives s'en aillent. Trois hommes s'attardèrent ; ils discutaient à voix haute et jetaient des regards vers la mariée ; Mohammad se leva et quitta le repas sans les saluer. C'est à peine s'il leur jeta un regard. Ceux-ci comprirent enfin qu'ils avaient abusé de la patience de leur hôte. Ils partirent.

La nuit même, Mohammad reçut l'appel de Dieu ; et, depuis, nous fûmes contraintes de porter un voile devant les hommes qui n'étaient pas de notre famille proche ; condamnées à un veuvage à vie, ou à des noces éternelles avec Mohammad. Cela je le conçois, moi Aïcha, je comprends et j'accepte aussi que les hommes ne puissent nous contempler sinon derrière un voile.

En revanche, je ne sais pas pourquoi les autres femmes, qui n'ont jamais eu aucun lien avec mon bien-aimé, nous singent en se voilant à leur tour. Pour qui se prennent-elles ? Quel orgueil ! Et ces maris qui les encouragent, ont-ils le droit de se comparer au meilleur des hommes, en masquant ainsi leurs compagnes ? Non, ce ne sont pas les descendants de Mohammad et leurs épouses ne sont pas sanctifiées comme nous ! Pour prix de leur folie, Dieu leur réservera un terrible châtiment.

Quand vous êtes invités, entrez
et retirez-vous après avoir mangé,
sans entreprendre des conversations familières.
Cela offenserait le Prophète ;
il a honte devant vous,
tandis que Dieu n'a pas honte de la Vérité.

Quand vous demandez quelque objet
aux épouses du Prophète,
faites-le derrière un voile.
Cela est plus pur pour vos cœurs et pour leurs
        cœurs.

Vous ne devez pas offenser le Prophète de Dieu,
ni jamais vous marier avec ses anciennes épouses ;
ce serait, de votre part, une énormité devant Dieu.

Je me souviens de Fatima, la fille de Mohammad, rose parmi les roses ; et je me souviens aussi
de son jeune mari, Ali, dont l'ambition ou la précipitation nous coûtèrent tant et portèrent au
pouvoir le fils d'Abou Sofiâne — ennemi de Dieu
— Mouawiya. Je l'ai toujours préféré à Ali qui ne
prit pas ma défense le jour où je fus accusée d'avoir
trompé mon époux. Ce jour-là, Ali se défia de
moi, jaloux de voir la place que j'occupais dans le
cœur de son cousin.

Quand Mohammad revint d'Ohod, blessé,
Fatima se précipita à sa rencontre ; elle se pencha
sur son visage en sang, et pleura, comme une fille
venue apaiser la peine de son père et qui, vaincue,
gagnée par la pitié, se répand à son tour en sanglots. Une fille aimera toujours son père plus
qu'aucun autre homme au monde ; certaines, à
tort ou à raison, se défient de celui-ci, elles sont
maudites et leur vie est un champ de ruines.

Moi, Aïcha, j'eus la chance de connaître deux

pères, et ils me témoignèrent toujours une grande attention ; le second — ô le plus beau des hommes — fut mon époux devant Dieu et mon amant dans le secret de l'alcôve. Souvent, l'âge aidant, je mêle leurs caractères et leurs visages ; ils se confondent comme deux images reflétées par deux miroirs. Le temps, cruel, livre les survivants à cette grande oublieuse qui égare pères et fils, les plus nobles partisans, les amants magnifiques : la mémoire.

Souvent, avant de m'endormir, il me vient à penser que je n'ai pas été juste avec Ali et Fatima ; mais cela ne dure guère et le sentiment s'estompe avec le sommeil. Pourtant je me souviendrais toujours de Mohammad alité, sur le point de rendre son âme à Dieu, et de Fatima à ses côtés, et de leurs murmures comme un lancinant ressac porté sur l'écume du souvenir ; comme cette lointaine impression me hante, et sans doute reviendra-t-elle avec plus de netteté à l'heure de mon trépas ; j'en ressens un grand trouble, une douleur aiguë due au regret de n'avoir pu partager cet instant entre le père et sa fille ; j'aurais tout donné pour être la fille véritable et non plus l'épouse afin de recueillir de la bouche même de Mohammad ces mots de réconfort et de douleur mêlés.

— Dieu me rappelle à lui, ma petite Fatima. Je vais mourir.

Et Fatima de pleurer.

— Mais Dieu te rappellera bientôt à ton tour

pour ne pas nous séparer, ma tendre et belle fille.

Et Fatima de rire.

Mohammad lui prit la main et la serra de plus en plus fort. C'était leur *bay'a* à tous deux, rien à voir avec ces simagrées que se font les hommes pour conclure un pacte de fidélité qu'ils s'empresseront de trahir, comme Ali a trahi Othmane.

Pauvre Othmane, pauvre calife, tu ne méritais point cette mort ignoble, même si tu n'étais pas exempt de fautes. Tu aurais dû laisser en paix la parole de Dieu et ne pas chercher à la rassembler. Après l'avoir usée, les hommes l'auraient oubliée, et c'eût été mieux ainsi ; elle n'était pas destinée à survivre sur un vieux parchemin, ni circuler entre tant de mains, en proie à toutes les déprédations. À elle, les immensités désertiques, l'éther où se déploie la voix du Créateur, le Seigneur des Mondes ! Vois-tu, ils t'ont reproché de faire œuvre de rénovation, comme jadis ils se reprochèrent de bâtir la Kaaba, de peur qu'un Dieu jaloux ne les punisse.

Et Fatima dans tout cela ?

Je la regarde encore qui pleure et qui rit ; elle crie et se console dans le même temps et moi je m'éloigne d'eux et ma mémoire les brûle et les consume, les flammes épargnant ce tableau du père et de l'enfant comme sommation à opposer au néant.

Et je me souviens aussi de ce moment où Mohammad tendit son sabre ensanglanté à sa fille dans la crainte de la souillure de ce monde.

Le sabre, la nuit et le monde.

Que dire de Mohammad quand il trempa son glaive dans le sang des juifs de Qouraydha ? En vérité ce fut surtout Ali et Zoubayr qui exécutèrent la sentence et égorgèrent tous les hommes de la tribu. Plus de six cents personnes ! Comme cette histoire est compliquée, et s'il n'y avait eu Rayhâna, je ne l'aurais contée, pour ne pas avoir à rougir des actes de mon bien-aimé.

Rayhâna fut la captive des Qouraydha que Mohammad épousa quand elle se convertit à la nouvelle croyance ; ainsi il la libéra comme il est de coutume quand un esclave se soumet au dieu unique. Elle fut de celles qu'il aima le plus si l'on excepte, cela va sans dire, Khadija et moi ; et j'ajouterai peut-être, en raison d'Ibrahim, Maryâm la Copte qui lui fut envoyée d'Égypte par Mouqawqas. Ce dernier dépêcha deux femmes, Maryâm et sa sœur, Sirine, qui était encore plus belle. Ce stratagème tendait à éprouver la foi de Mohammad. Mouqawqas calculait qu'un Prophète de la lignée d'Abraham n'épouserait jamais deux sœurs. Mohammad renvoya la plus charmante des deux, Sirine ; il désirait épouser une Maryâm comme la mère du Messie.

Quant à Rayhâna, adorée par Mohammad, elle éprouvait une grande jalousie à notre encontre, encore plus aiguë que la mienne, et Dieu seul sait que je ne suis pas exempte de ce péché. Qu'est-ce que la jalousie, sinon l'amour d'un être pour lui-même porté au plus haut degré ; bien sûr, la connaissance du mal ne dispense pas d'en ressentir la morsure. Que de larmes versées sur mon sort ! Mais, encore une fois, ce n'était rien comparé aux scènes de la belle Rayhâna. Au point que Mohammad la répudia. Quand elle l'apprit, elle tomba en une étrange langueur qui dura plusieurs jours. Elle fut comme morte, et nous avions beau l'approcher, ni son visage ni ses membres n'esquissaient plus le moindre mouvement. Devant tant de tristesse, et par égard pour son âme, Mohammad la reprit parmi nous.

Elle mourut après le dernier pèlerinage de Mohammad ; et lui-même, après avoir enterré Ibrahim, la porta en son sépulcre ; ce fut sa manière de payer son dû aux Qouraydha. Je suppose que c'est pour cette raison qu'il épousa Rayhâna par deux fois et prépara lui-même ses funérailles.

Saouda et Oum Habiba se chargèrent de la toilette de la morte ; j'étais encore trop jeune pour y participer, même si j'avais vu mourir beaucoup de croyants, la proximité de la mort m'était encore interdite. Mais je sus de Saouda et Oum Habiba que Rayhâna était une des plus belles femmes de la création. Et j'en conçus, en plus de la pitié pour la défunte, une jalousie extrême, égale à celle que j'éprouvais pour Khadija ; mais elle demeura secrète, enfouie en mon cœur, et maintenant, quand j'entends parler des juifs, je pense à Rayhâna et quelque chose au fond de moi brûle d'une mystérieuse flamme.

Quand Mohammad arriva à Yathrib, il s'y trouvait alors trois tribus juives : les Qouraydha, les Nâdir et les Qaynouqa ; ces derniers ne possédaient pas de terres mais habitaient leur propre village au sein de Yathrib. C'étaient des orfèvres et des armuriers. Ils vendaient leurs produits sur leur marché. Les Qouraydha et les Nâdir possédaient des palmeraies au sud de Yathrib. Plus que les Awas et les Khazraj, leurs alliés arabes, ils étaient de véritables cultivateurs, et leurs dattes connues dans toute l'île arabe. Les palmiers fusaient de la terre et frottaient leurs têtes hérissées contre le ciel ; et, au milieu, coulaient de fines rigoles d'eau que les puits, par un savant travail, déversaient sur la terre.

À neuf ans, j'entrai dans Yathrib ; l'atmosphère était chargée d'humidité ; la chaleur écrasait les hommes et les bêtes ; pourtant les cultivateurs continuaient leur labeur tandis que des mulets entraînaient de grandes norias qui tournoyaient dans les airs ; je regardais pendant des heures le manège des jarres en terre qui plongeaient dans l'eau pour en ressortir la gueule écumante.

Souvent Mohammad me tenait la main et il m'expliquait que la prodigieuse machinerie avait été inventée par les Égyptiens voilà bien des siècles, quand l'homme avait surgi de la boue, souillé par la glaise avec laquelle Dieu l'avait façonné. Pour se laver, le premier homme avait creusé la terre et en avait extrait le liquide purificateur. Mohammad aimait se baigner dans les flots limpides pour refaire le geste d'Adam.

Au début, les gens de Mekka ne supportaient pas leur nouveau milieu ; l'air empesté de Yathrib, fait de remugles de terre et de miasmes, les plongeait dans les affres de la maladie ; ils s'affaiblissaient et mouraient. Moi-même, je tombai malade à plusieurs reprises ; alors mes parents me reprenaient et me soignaient chez eux.

Les ruelles de Yathrib étaient étroites, les maisons se côtoyaient, mur contre mur ; les habitants jetaient leurs ordures sur le pas de leur porte ; de terribles odeurs empuantissaient les quartiers et planaient sur les marchés.

Mohammad obligea les croyants à enfouir leurs ordures hors de la cité ; il les contraignit à laver leurs rues chaque jour ; il en ouvrit de nouvelles, plus larges, pour laisser passer le vent du soir. Il demanda à chaque homme de planter un arbre et, surtout, il exigea des gens de Yathrib qu'ils aillent se soulager loin des habitations, ce qui n'était pas la coutume : la vue de tels actes l'horrifiait comme les menstrues des femmes. J'étais la seule qui pouvait l'approcher en état d'impureté ; il venait chez moi pour que je lui lave les cheveux.

Bientôt, la maladie décrut et tous se portèrent mieux ; les hommes étaient prêts à combattre leurs ennemis de Qouraysh, et les razzias se succédèrent jusqu'à sa mort ; elles se poursuivirent même sous le califat de mon père pendant la *ridda* quand les tribus bédouines abandonnèrent notre religion et refusèrent de payer la dîme ; elles reprirent sous le règne d'Omar quand il fallut conquérir l'Iraq, le Châm et la Perse. À la mort d'Othmane, le troisième calife, elles atteignirent des sommets et dégénérèrent en guerre civile quand Ali et Oumayya se disputèrent le pouvoir.

Moi-même, je n'échappai pas à ce mouvement général et je me retrouvai confrontée à Ali pendant la bataille du Chameau. Comme cette histoire est triste et combien sont morts par notre faute ! Ali lui-même perdit la vie après m'avoir vaincue ! mais cela est une autre histoire et je m'égare alors que mon propos était de parler des juifs de Yathrib et de la manière dont ils furent chassés ou tués par Mohammad le meilleur des hommes qui vécut sur cette terre et qui maintenant trône au paradis avec tous les fils d'Abraham.

Personne n'aurait pu prévoir que les Arabes s'opposeraient aux juifs. Mohammad pensait qu'ils seraient les premiers à accepter notre religion ; aussi ne voulut-il pas les contraindre. Toutefois, il exigeait d'eux la reconnaissance qu'il était bien le Prophète de Dieu, annoncé par la Torah, et rien d'autre. Dès la première semaine de son installation à Yathrib, pour leur complaire, il décida de réunir les siens pour prier le vendredi afin de respecter le shabbat. De même, est-il besoin de rappeler que nous nous tournions vers Jérusalem pour accomplir nos deux prières, celle du matin et celle du soir ? Après tout, nous obéissions au même Dieu, et nous attendions le retour du Messie alors que les juifs espéraient seulement sa venue.

Mohammad demanda aux musulmans de jeûner pendant l'*achoura*, le jour de l'Expiation pour les gens de la Torah, en hommage à leur foi. Quand le jeûne, plus long, du mois de ramadan fut instauré par Dieu, les musulmans abandonnèrent l'*achoura*, même si la fête persiste encore aujourd'hui et si nous préparons un repas pour célébrer les premiers temps à Yathrib.

Que firent les juifs en réponse à Mohammad ? Ils le ridiculisèrent en prétendant qu'il ne connaissait pas la Torah.

Après l'expédition de Nakhla, alors que Mohammad priait dans le quartier des Salima, il reçut de Dieu la révélation qui lui demandait de se tourner vers Mekka. Et les juifs, mécontents, lui en firent reproche, eux qui auparavant prétendaient qu'il les singeait, mais Dieu avait tranché entre eux.

Puis ce fut le *fourqân* de Badr lorsque Dieu guida les siens vers la victoire absolue contre leurs ennemis. Alors Mohammad appela les Qaynouqa à le rejoindre. Les Qaynouqa refusèrent, puis se moquèrent de lui et de ses compagnons, les soldats de Badr. Certains insinuèrent même que leurs guerriers auraient écrasé sans peine l'armée des Émigrants. Mohammad, alors, craignit la trahison des Qaynouqa, qui étaient nombreux et puissants à Yathrib. Comme ils menaçaient de se retourner contre lui, il chercha à rompre le pacte conclu avec eux devant Dieu et les hommes.

Une nuit l'Ange visita Mohammad et lui révéla que Dieu le déliait de son serment envers les Qaynouqa. Cela rassura Mohammad qui supportait de moins en moins leurs vantardises après la razzia de Badr. Il lui répugnait de les entendre clamer en tous lieux qu'ils auraient fait de meilleurs adversaires que les Qourayshites d'Abou Jahl. Pour appuyer leurs propos, les gens de Qaynouqa citaient les guerres qui les avaient jadis opposés aux habitants de Mekka, les joutes entre tel et tel de leur guerrier, qui avait défié et vaincu tel grand de Qouraysh ; la lâcheté légendaire des nouveaux arrivants ; leur peu de foi.

Mohammad attendit alors le prétexte pour agir contre eux.

Un jour, un homme des Qaynouqa, guidé par le diable, attacha la jupe d'une pauvre croyante qui vendait ses biens sur le marché.

En ce temps-là, les Émigrants vivaient d'expédients : ils mouraient de faim. Leurs femmes se rendaient dans les échoppes des marchands et tentaient d'échanger leurs effets contre quelque nourriture ; la plupart du temps, elles revenaient les mains vides. Certaines familles commençaient à se plaindre de leurs conditions de vie à Yathrib ; et Mohammad les entendait, lui qui avait lancé une première razzia contre la caravane d'Abou Sofiâne en espérant s'accaparer un grand butin. Comme on le sait, Abou Sofiâne avait eu le temps de mettre à l'abri sa cargaison et les vrais croyants étaient certes revenus auréolés de gloire mais leurs mains demeuraient vides.

Quand la pauvre créature se releva, sa tunique se déchira et elle se retrouva nue jusqu'à la taille, quelle honte et quelle offense ! Les Qaynouqa, au lieu de jeter un voile sur sa pudeur, la couvrirent d'un manteau de quolibets. Un Émigrant, qui rôdait aux alentours, la prit en pitié et tua le plaisantin en lui enfonçant sa dague dans le cœur. À leur tour, et pour se venger, les hommes de Qaynouqa se liguèrent contre lui et l'assassinèrent.

Mohammad arma ses partisans : et ils se dirigèrent vers le quartier des Qaynouqa.

Les pires des êtres devant Dieu
sont vraiment ceux qui sont incrédules ;
ceux qui ne croient pas,
ceux d'entre eux avec qui tu as conclu un pacte
et qui, ensuite, ont toujours violé leurs engagements ;
ceux qui ne craignent pas Dieu.

Si tu les rencontres à la guerre,
sers-toi d'eux pour disperser
ceux qui se trouvent derrière eux.
Peut-être réfléchiront-ils !

Si tu crains vraiment une trahison
de la part d'un peuple,
rejette son alliance
pour pouvoir lui rendre la pareille.
— Dieu n'aime pas les traîtres —

Yathrib avait toujours été la proie des convoitises ; ses habitants, ingénieux, avaient bâti leurs demeures les unes sur les autres, formant ainsi un grand corps qui pouvait en cas de danger extrême se recroqueviller derrière ses murs. Jamais ne manquèrent à Yathrib les envahisseurs, et les Arabes des Khazraj et des Awas avaient été les premiers à prendre l'Oasis aux tribus juives.

Les Émigrants assiégèrent les Qaynouqa pendant quinze jours ; quand, affamés, ils se rendirent, Mohammad voulut tuer les hommes et réduire en esclavage femmes et enfants. Comme ils étaient les alliés des Khazraj et de leur chef Abdallah ibn Oubayy, ils lui demandèrent d'intercéder en leur faveur auprès du Prophète.

Mohammad marchait dans les ruelles de Yathrib ; il était accompagné d'Omar et d'Ali. Et Abdallah ibn Oubayy les suivait partout où ils allaient, relançant Mohammad devant toute la ville.

— Mohammad, épargne les Qaynouqa !

Et Mohammad de garder le silence, ne désirant pas absoudre les Qaynouqa. Le chef des Khazraj, cet hypocrite, s'accrocha alors au vêtement de Mohammad.

— Lâche-moi, Abdallah ! Ils ne méritent que la mort, ces traîtres. Oser me défier, moi, Mohammad !

Ali se précipita sur Abdallah et le renversa. Omar tira son sabre ; il n'attendait qu'un signe de Mohammad pour le faire choir sur le crâne de l'importun. Même moi, j'avais toujours peur d'Omar ; je n'ose penser quels furent les sentiments d'Abdallah devant la fureur d'Omar ; il vit sans doute la mort et l'enfer en guise de demeure, car c'était un hypocrite. Les chefs des Khazraj et des Awas ne voyaient pas d'un bon œil la gloire montante du Messager. Plus il gagnait en gloire, plus ils le jalousaient et le craignaient. Devant les hommes, ils disaient qu'ils croyaient en Dieu, dans le secret de leurs âmes, ils le maudissaient et espéraient sa défaite.

Pourtant Mohammad, qui n'ignorait rien de ce que recelait le cœur de cet homme, se pencha vers lui et le releva. Il épousseta même son vêtement en lui parlant.

— Je leur ai demandé d'embrasser notre religion. Sais-tu ce qu'ils m'ont répondu ?

Abdallah ibn Oubayy le savait et il baissa la tête. Mohammad prit sa main et la posa sur sa poitrine.

— Ils ont eu l'affront de me dire qu'ils n'étaient pas comme les gens de Qouraysh et que si je devais un jour leur livrer une guerre, ils se dresseraient comme de vrais hommes, eux ! Voilà quelle fut leur réponse, Abdallah. Ont-ils oublié que Mohammad aussi est un Qourayshite ?

Puis il se tut avant d'ajouter :

— Ce sont ces gens-là que tu veux défendre, Abdallah ?

— Sois patient avec eux, Mohammad. Ces hommes ne voient pas, n'entendent pas. Ils ne mesurent pas la grâce que tu as fait descendre sur nous et sur eux.

— Ainsi tu veux que j'exerce ma clémence envers ceux qui, s'ils m'avaient vaincu, ne m'auraient pas épargné !

— Je t'en prie, Mohammad, ils sont loyaux ! Ils m'ont toujours défendu contre mes ennemis. Je ne te demande rien d'autre, tu ne peux tuer cinq cents hommes parce qu'ils se sont trompés ! Laisse-les partir aux conditions que tu auras fixées.

Et Mohammad accepta qu'ils quittent définitivement la ville et abandonnent tous leurs biens aux Émigrants ; il ne voulait surtout pas humilier Abdallah ibn Oubayy qui aurait pu monter les Khazraj contre nous.

Les Qaynouqa quittèrent Yathrib et s'en allèrent au Châm, certains d'entre eux s'établirent à Khaybar où ils commencèrent à monter les autres

juifs contre nous en les appelant à rejoindre les
Qourayshites, nos ennemis jurés.

Mohammad détruisit leurs maisons et s'acca-
para leurs biens.

Quand vint le moment du partage du butin,
Dieu s'adressa aux hommes :

Sachez que quel que soit le butin que vous preniez,
le cinquième appartient à Dieu,
au Prophète et à ses proches,
aux orphelins, aux pauvres et au voyageur,
si vous croyez en Dieu
et à ce qu'il a révélé à notre Serviteur
le jour où l'on discerna les hommes justes des incrédules ;
le jour où les deux partis se sont rencontrés.
— Dieu est puissant sur toute chose —

Et c'est ainsi que les Émigrants apaisèrent leur
faim. Mon bien-aimé ne garda pour lui-même que
le premier tiers du quint, le second revint à ses parents, nous, ses épouses. Quant au reste, il le dis-
tribua entre les pauvres qui venaient s'asseoir dans
la mosquée, sur le banc en bois qui leur était dé-
volu.

Après le départ des Qaynouqa, Mohammad décida d'assassiner le poète Kaab ibn Achraf. Par sa mère, Kaab appartenait à la tribu juive des Nâdir ; c'était un homme puissant, riche, qui après Badr s'offusqua de la mort d'Abou Jahl ; il vint à Yathrib et harangua la foule en lui demandant de pleurer pour que les Qourayshites pensent que mon bien-aimé venait de mourir et que sa religion avait cessé d'exister avec lui. Bien entendu, Mohammad l'apprit et ne décoléra plus. Il ne supportait pas que l'on vînt chez lui pour le menacer, car c'était bien l'intention de Kaab. On ne souhaite pas la mort d'un homme impunément.

Mais Kaab ne se contentait pas de défier Mohammad à Yathrib ; il se rendait souvent à Mekka où il vendait ses dattes et son blé qu'il cultivait sur ses innombrables terres. C'était un homme au faîte de la gloire, et il était écouté lorsqu'il improvisait des vers où il nous ridiculisait. Ses traits belliqueux galvanisaient les Qourayshites.

On raconte que Mohammad n'aimait pas les poètes et cela est vrai dans une certaine mesure. Pourtant il n'était pas insensible à la langue arabe quand elle était chantée avec grâce en suivant les règles du *bayt* et des rythmes que nous appelions les mers, puisque la langue va et vient sans cesse comme l'océan sans jamais épuiser ses significations. Les plus illustres poètes comme Oumayya ibn Abou Salt possédaient le don de l'éloquence et délivraient dans leurs poèmes des flots d'harmonies.

Oumayya fut le plus grand poète des Arabes. Au point de penser qu'il serait un jour leur Prophète, ce que Dieu en son infinie sagesse ne permit pas. Cet homme était aussi un grand érudit, il aimait les livres des sages des mondes anciens, de leurs prophètes, de leurs savants, et les écrits saints des juifs et des nazaréens. Et Mohammad le connut en sa jeunesse et toujours le respecta, lui enjoignant même de se convertir, ce qu'il fit peut-être, je n'en sais rien, ma mémoire est soumise aux intermittences de l'âge. Quoi qu'il en soit, Oumayya était un adorateur du Dieu unique et non un recouvreur comme ce Kaab qui honorait la mémoire d'un amant de l'enfer, Abou Jahl, et insultait le meilleur des hommes, Mohammad.

Mohammad détestait cet esprit arabe qui poussait les meilleurs poètes à couvrir d'injures leurs ennemis, ou les ennemis de leurs protecteurs. Il suffisait à un homme comme Abou Sofiâne de payer un poète pour que ce dernier se prenne d'antipathie pour le Messager de Dieu et le couvre d'injures à chaque endroit où les foules se rassemblaient.

Kaab, en vérité, agissait de son propre chef ; il était guidé par la haine, ses mauvais démons et l'ambition. Comme les Qaynouqa, il ne supportait pas qu'un étranger de Mekka vînt prendre la tête de Yathrib. Ce qui est certain, c'est que le départ des Qaynouqa décupla son ardeur poétique et il s'en prit à nous, les Mères des croyants, chantant partout que nous étions des femmes perdues, indignes d'un guide religieux, et que Mohammad nous avait épousées, poussé par sa grande sensualité et son appétit de puissance.

Les ennemis de l'Envoyé de Dieu, qu'ils fussent associateurs nazaréens ou gens du Livre, s'en prenaient toujours à sa conduite amoureuse et lui reprochaient d'avoir de nombreuses concubines quand ils ne cherchaient pas tout simplement à nous déshonorer. Je n'oublierai jamais ceux qui mirent en doute ma conduite et ma sincérité pendant l'affaire du collier, qu'ils fussent des associateurs comme les Qourayshites, des hypocrites ou des croyants comme Ali, qui, au lieu de me défendre, conseilla à Mohammad de me répudier et de prendre une autre épouse. Non, cela je ne le pardonnerai jamais, et, souvent, je me demande si cela n'est pas la raison principale qui me fit prendre le parti d'Othmane, cet homme faible qui ne méritait pas le califat, contre Ali, plus doué, mais qui ne m'avait jamais rien pardonné du vivant de Mohammad et encore moins après sa mort quand lui et Fatima refusèrent de nous recevoir, mon père et moi, nous rejetant comme de vulgaires usurpateurs.

Aussi, je n'ai aucune compassion pour Kaab ibn Achraf et ses semblables. Et si sa mort fut décidée, elle le fut pour les meilleures raisons du monde.

Un jour, Mohammad, qui se trouvait entouré de ses amis, dit à voix haute :

— Qui nous débarrassera de ce poète ?

Et tous comprirent qu'il parlait de Kaab. Un homme de Yathrib, un Ansar donc, du nom de Mohammad ibn Maslam, se leva et déclara :

— Je m'en occuperai, moi, si le Messager de Dieu le souhaite.

— Mais tu es seul et Kaab est puissant et à l'abri de ses remparts. Comment feras-tu ? lui demanda Mohammad.

Quelque chose brûlait dans le regard du jeune homme ; et ce n'était pas que la foi, mais ce degré supérieur de croyance qui plaisait et déplaisait à Mohammad. C'était avec une grande parcimonie qu'il usait de cette ferveur lue dans les cœurs ou les yeux des jeunes hommes prêts à mourir pour lui.

— Avec l'aide de Dieu, je le tuerai.

— Essaye donc, ibn Maslama. Si tu réussis dans ton entreprise, tu seras béni. Si tu échoues et meurs, tu seras également béni. Quant à moi, je préférerais que tu parviennes à tes fins et reviennes parmi nous. Nous ne pouvons supporter plus longtemps les menées de cet homme. Déjà il a convaincu Abou Sofiâne de lever une armée et de venir nous combattre. Et depuis qu'il sait que nous avons chassé les Qaynouqa, il commence à dresser les Nâdir contre nous en se prétendant des leurs puisqu'il est juif comme sa mère.

— Mon ami Sikane est le frère de lait de Kaab. Il le connaît et nous fera entrer dans son ksar.

— Ton ami est musulman ?

— Comme moi, c'est un Ansar, et nous voulons te prouver, Mohammad, que tu peux compter sur les jeunes hommes de Yathrib.

— Je n'en ai jamais douté ! Je n'ai jamais fait de différence entre les Émigrants et les Ansars, qu'on se le dise. Je n'établis de différence qu'entre les croyants et les non-croyants. Quant aux autres, qu'ils se soumettent à nous et payent la dîme. Si, comme les juifs de Qaynouqa, ils se rebellent, qu'ils partent. S'ils nous trahissent, qu'ils meurent. Quant aux hypocrites parmi vous, leur sort sera entre les mains de Dieu au jour du Jugement.

— Je te demanderai une faveur, Messager de Dieu.

Et il se tut et baissa la tête, comme une biche effarouchée. Moi, Aïcha, j'assistais toujours aux

340

assemblées avec les croyants. En ce temps-là, les femmes partageaient ces choses-là avec les hommes, elles n'étaient pas écartées des réunions comme elles le furent du temps d'Omar et de mon père, Abou Bakr.

— Parle sans crainte, ibn Maslama.

— Permets-moi de dire du mal de ta personne et de ta religion.

— Il vous est permis de ruser avec vos ennemis.

La nuit, Kaab ibn Achraf s'enfermait dans son ksar avec toute sa famille, de crainte d'être assailli par ses ennemis. Il avait trop de fois chanté la gloire d'Abou Jahl pour ne point les mécontenter ; il avait tant de fois dénigré Mohammad, qui ne lui avait jamais plu, et sa prétention à être le guide des Arabes, pour jamais les contenter.

Pour qui se prenait cet orphelin nourri au lait de chamelle et à la pulpe de dattes ?

Kaab se dirigeait vers son lit et s'apprêtait à se coucher contre sa femme endormie lorsqu'il entendit qu'on le hélait. Jeune et belle, son épouse se retourna et lui dit, la voix emplie de sommeil :

— Viens dormir et laisse aboyer cet imbécile.

— C'est Sikane, mon frère de lait.

Elle se releva et s'assit sur le matelas ; le drap de lin qui la recouvrait glissa et dévoila sa poitrine : elle avait des seins comme des oranges et un ventre de pucelle, plat et souple ; plus bas, entre ses

cuisses, l'abricot à l'origine du monde, et des fesses melliflues.

Il avait bien fait de l'épouser et de renvoyer
cette édentée de Siham qui ne lui servait plus à
rien, lui, l'amant de la nuit et des belles endormies.
Il approcha sa main de son ventre et la caressa,
lent et léger. Mohammad seul devait-il profiter
des bienfaits de cette vie ? Non. Bien sûr. Il poursuivit son exploration intime. Sa femme ouvrit ses
cuisses pendant que cet idiot, en bas, criait qu'il
voulait le voir. Il tâta du fruit soyeux et en sortit
un doigt mouillé qu'il porta à ses lèvres.

— Je vais chanter tes charmes, le veux-tu ?

Elle soupira.

— Je n'aime pas sa voix. Il te cherche querelle.

— Ne t'inquiète pas. Comme moi il hait Mohammad. Il m'a demandé de lui prêter de quoi
nourrir sa famille pour lui permettre de guerroyer
contre l'ennemi des Arabes.

Elle chercha sa main, la trouva et la plaqua
contre son sexe.

— Et tu lui as donné cet argent ?

— Contre la promesse de me livrer ses armes
en gage. C'est pourquoi il m'appelle à présent. Je
vais descendre.

— Reviens vite. Je n'ai pas confiance en ces
hommes qui varient. Un jour ils sont blancs, le
lendemain ils deviennent noirs comme la nuit.

— Un homme noble ne craint pas les ténèbres.

Il s'habilla en hâte et descendit dans la cour en ne cessant de penser au présent que les dieux lui avaient fait en lui offrant Zayneb. À la vérité, il avait payé une dot pour le moins extravagante à ses détrousseurs de parents. Il était donc pressé de revenir cueillir le fruit de son labeur. Pour se donner du courage, il porta sa main à son visage et inspira le parfum d'eau de naffe qui l'imprégnait ; c'est du moins ainsi qu'il comptait l'exprimer à travers ses vers : eau de jasmin et d'oranger, cuisses de gazelle et ventre d'antilope, et la croupe magnifique d'une pouliche zain. Et encore : azerole au goût, arcanne pour la peau, ambre et moire pour la chevelure et la toison intime ; souvent manquent les mots au poète véritable. Il énumérait donc les qualificatifs qu'il appliquerait à la description imagée de sa belle tandis qu'il ouvrait le portail en bois sculpté et rehaussé d'éclats de nacre.

Dehors l'attendaient Sikane et Mohammad ibn Maslama. D'autres hommes les accompagnaient ; ils portaient sans doute les armes promises ; ils traînaient derrière eux mulets et bardots, qui ployaient sous leur faix.

— Marchons et parlons, dit Sikane.

Quand ils s'éloignèrent du ksar, Sikanne approcha la main de la chevelure de Kaab et commença à la caresser, comme un amant sa maîtresse. Kaab recula ; il n'aimait pas ces familiarités, même si, parfois, il ne dédaignait pas la caresse d'un éphèbe. Mais Sikane avait quitté cet état depuis longtemps.

— Je n'ai jamais connu crinière si noble et si douce, dit Sikane en passant la main une seconde fois sur la tête de Kaab.

— Arrête ces enfantillages !

— Ce sont des gages d'amitié, Kaab.

Ce dernier se tut et continua d'avancer ; cette fois, il était sur ses gardes ; les hommes les entouraient, plus proches, menaçants.

— Où sont les armes, Sikane ?

— C'est Mohammad…

À l'évocation de ce nom, Kaab prit peur.

— Mohammad… ibn Maslama. Rassure-toi, nous n'avons que faire de ce poète !

— Poète, lui ?

Kaab se mit à rire. Cette fois, il se détendit. Lorsqu'une nouvelle fois, Sikane approcha sa main de sa tête, il le laissa faire. Il sentit la caresse puis il cria. Sikanne lui avait empoigné la chevelure et tirait de toutes ses forces. Sa nuque allait se briser. Les hommes s'approchèrent ; il vit leurs visages noirs ; il entrevit les armes ; il sentit le fer qui pénétrait son corps, glissait sur son cou ; et la douleur aussi, cuisante, atroce ; et le souffle, qui se perdait dans la nuit, le souffle puissant du bélier. Il entendit un homme qui hurlait entre les étoiles, au loin. Puis il se rendit compte que c'était lui qui glapissait dans les ténèbres à la recherche de l'âme qui commençait à le quitter ; il chercha à la retenir, mais il était déjà trop tard.

Quand Saouda me rapporta comment Kaab ibn Achraf avait été occis, je m'aperçus qu'elle était encore meilleure conteuse que moi ; elle savait enjoliver son récit, et peindre avec de belles couleurs les faits hideux. Je compris alors pourquoi Mohammad ne l'avait pas répudiée quand elle avait pleuré avec trop d'ostentation la mort de son père et de ses oncles à Badr ; il aimait entendre ses récits ; elle les enjolivait avec grâce, les parait de couleurs chatoyantes, exaltait les hommes et leurs hauts faits, peignait les abîmes.

Pourtant je fus heureuse cette nuit-là, quand Mohammad, lassé du chagrin de Saouda, vint se réfugier dans l'alcôve, tout contre moi, blessé et excité par la bataille qui venait d'avoir lieu et qui avait vu la victoire de Dieu.

Il parlait de Badr avec fougue et me couvrait de baisers comme Kaab sa jeune épouse et je me donnais à lui avec la même absence de pudeur pour mieux l'éloigner de Saouda.

J'allais réussir s'il n'avait pris pitié de cette femme qui refusait de perdre son mari et son père pendant la razzia victorieuse du bel amant qui me couvrait de son corps ainsi que le voulut Dieu dans son Coran :

Elles sont un vêtement pour vous,
Vous êtes, pour elles, un vêtement.

À mon désespoir, Dieu dit aussi :

Rien qu'il n'aime mieux que l'émancipation des
*   esclaves,*
et rien qu'il ne haïsse plus que le divorce.

Ainsi Mohammad ne répudia pas Saouda ; et je dus, à nouveau, partager mes nuits avec elle et avec les autres, toutes les autres.

Quand les Nadir entendirent la complainte de la femme de Kaab ibn Achraf, ils en conçurent de la crainte et cessèrent leurs insinuations. Quand ils apprirent l'assassinat de Sallam ibn Abou al-Hoqayq, un autre poète, qui n'était pourtant pas de leur tribu, ils se précipitèrent chez mon Mohammad pour lui demander son aman. Mais ils n'étaient pas sincères ; Mohammad leur accorda pourtant sa protection.

Sallam vivait à Khaybar, l'oasis où une partie des Qaynouqa s'était réfugiée. Riche comme Chosroès, lui aussi troussait des vers qui moquaient le Prophète. Comme les hommes qui avaient exécuté Kaab ibn Achraf appartenaient à la tribu des Awas, les Khazraj décidèrent à leur tour d'assassiner Sallam ; ils ne voulaient pas que l'on dise un jour qu'ils n'avaient pas su complaire à l'Envoyé de Dieu.

Mohammad s'amusait de ces rivalités chez les Ansars ; elles confortaient son pouvoir comme celui d'une femme dont les prétendants s'accrochent à ses jupes. Pour ma part, je fus plutôt pourvue de rivales que de soupirants. Pourtant, je ne regrette rien, même si j'eusse préféré être la seule dans le lit de cet époux glorieux. Dieu ne le voulut pas qui aimait Mohammad et le plaçait au-dessus de tous les hommes. Le destin me joua un de ses tours dont il a le secret : j'arrivais après Khadija et ne serais donc jamais son premier amour, celui que les hommes et les femmes chérissent le plus. Combien de fois n'ai-je pas souhaité prendre la place de la défunte et vivre avec Mohammad à Mekka avant l'hégire ? lui donner des enfants et partager ses tourments quand Abou Lahab et Abou Jahl l'humiliaient ; puis, à bout de forces, mourir et provoquer par mon douloureux souvenir le voyage de Mekka à Jérusalem sur un éclair ?

Dieu, je savais rêver ! Maintenant mes songes sont comme des enfants morts ; l'âge, ignoble, consume les espérances et flétrit les beautés du passé !

Puisque sept Khazraj avaient assassiné Kaab, huit Awas se présentèrent devant mon bien-aimé. Il leur dit :

— Ne tuez ni enfants ni femmes ! Quant au reste, faites comme bon vous semble. Dieu vous réservera un sort enviable.

À Khaybar, ils tuèrent Sallam dans son lit ; ils ne prirent pas la peine de le faire sortir de chez lui comme l'avait fait Sikane avec Kaab. Ils s'introduisirent dans une cité hostile et assassinèrent le poète sans être pris ni reconnus. Bien entendu, les Nadir en furent épouvantés, comme les Qouraydha, et un autre Sallam, le chef des Nadir cette fois, vint donner sa *bay'a* à Mohammad.

Après Ohod, en la quatrième année de l'hégire, un conflit nous opposa à la tribu des Amir. Mohammad voulait les convertir et envoya quarante lecteurs du Coran pour inculquer la foi véritable aux incroyants du Najd. Auparavant, Abou al-Bara, chef des Amir, s'était porté garant pour les musulmans. C'était un homme considérable et Mohammad n'avait pas de raison de mettre en doute sa parole. Il lui donna même une lettre pour Amir ibn Tofayl, l'autre homme fort de la tribu, qui l'enjoignait à faire preuve d'amitié envers les *qûrra'* et à se rendre à la véritable foi. Mohammad écrivit de sa main une seconde lettre pour se présenter.

Les Émigrants partirent et arrivèrent bientôt près du puits de Maouna où vivait Amir ibn Tofayl. Ils remirent la lettre d'Abou al-Barra aux Amir qui en acceptèrent les termes et accordèrent leur protection aux musulmans ; la seconde, celle du Prophète, fut portée directement à Amir ibn To fayl. Quand il la lut, le contenu ne lui plut pas. Il ne voulut pas se soumettre à Mohammad qui venait de subir une défaite à la razzia d'Ohod et dont le pouvoir était de moins en moins assuré. Il déchira la lettre et, en guise de réponse, tua le porteur. Il ordonna aux Amir de massacrer le reste des musulmans. Ils refusèrent ; il se tourna alors vers les Solaym, une autre tribu du Najd qui lui avait fait allégeance ; ils dépêchèrent deux cents cavaliers. Ils les assaillirent, les capturèrent et leur quarante têtes roulèrent dans la poussière. Seul l'un d'eux, Amrou ibn Oumayya, échappa au carnage en arguant qu'il était le descendant de l'illustre Modhar, fondateur des tribus du Najd et du Hidjaz, et des Qays aussi, dont les Solaym étaient les fils. On lui rasa la tête, les sourcils et la barbe, preuve d'infamie, et on le relâcha en hommage à ses illustre ancêtres.

De retour à Yathrib, Amrou ibn Oumayya rencontra deux émissaires des Amir qui revenaient de leur entrevue avec Mohammad, qui leur avait bien entendu octroyé sa protection. Comme Amrou ignorait ce fait et que les Amir ne savaient rien du massacre du puits de Maouna, ils furent égorgés par Amrou qui tenait là sa vengeance.

Quand Mohammad apprit que ses amis avaient été exécutés par le sanguinaire Amir ibn Tofayl et les émissaires d'Amir passés au fil de l'épée par l'indélicat Amrou ibn Oumayya, il en conçut une grande tristesse qui l'accabla pendant de nombreux jours. Encore une fois, il subissait une défaite majeure qui coûtait la vie à des dizaines de compagnons, ses amis, qu'il connaissait tous pour les avoir fréquentés au long des années. De plus, il se retrouvait avec une dette de sang à l'égard des Amir. Et Ibn Tofayl ne manqua pas de faire savoir que si Mohammad ne donnait pas une compensation financière aux Amir, ils monteraient une expédition contre Yathrib et extermineraient tous les Émigrants et les Ansars qui les aidaient.

Les cavaliers du Najd étaient redoutés par tous les Arabes, et Mohammad, après la défaite d'Ohod, ne sentait pas ses hommes capables d'entrer en guerre contre eux sans cavalerie digne de ce nom. Khalid ibn al-Walid était encore l'ennemi de l'islam et seuls les Qourayshites auraient pu s'opposer avec leurs chevaux aux menées des gens du Najd, ces Qays, Solaym et Amir qui ignoraient Dieu. Mohammad accepta donc de verser la compensation financière. Il ordonna de réunir la somme en argent en appelant les habitants de Yathrib à contribution.

Les Arabes d'Awas et de Khazraj, les juifs de Qouraydha et de Fadak apportèrent leur part ; quand il fallut réclamer celle des Nadir, Mohammad monta sur un âne, sortit de Yathrib et se dirigea vers l'alcazar des Nadir. Accompagné de mon père, Abou Bakr, de ce fou d'Omar et d'Ali, il traversa les plantations de dattiers qui faisaient la richesse des Nadir. Ce qu'ils se murmurèrent à ce moment-là, Dieu seul le sait. Il se peut tout de même que tant de bienfaits étalés sous leurs yeux suscitèrent moult commentaires et comparaisons.

Quand les Nadir aperçurent Mohammad, ils ouvrirent leurs portes et l'invitèrent à entrer. Mohammad refusa et préféra s'asseoir à l'extérieur, le dos contre la haute muraille du fort. Il exposa l'affaire aux Nadir. Ceux-ci acceptèrent de verser la somme et se retirèrent dans la forteresse, laissant Mohammad, Ali et mon père à l'extérieur.

Ils attendirent ; de longues minutes. Puis l'heure passa ; et ils s'inquiétèrent de ce laps de temps que mettaient les Nadir à rassembler la somme. Enfin, ils s'impatientèrent.

Mohammad prétexta un besoin pressant et se leva. Il s'éloigna de la forteresse ; puis traversa en sens inverse les champs des Nadir.

Quand Sallam, le caïd des Nadir, revint, il ne vit qu'Ali, Abou Bakr et Omar.

— Où est Mohammad ?

— Il est parti, répondit Ali. À cette heure, il doit avoir regagné Yathrib

— Pourquoi ?

Omar se leva :

— Vous avez mis beaucoup trop de temps.

— Ces affaires demandent de la patience. Nous allions vous apporter l'ensemble de la collecte.

Abou Bakr, à son tour, se redressa :

— Mohammad pense que vous vouliez le tuer.

Comme ils étaient assis sous la muraille, n'importe qui aurait pu précipiter sur les quatre hommes une pierre qui leur eût causé de vilaines blessures.

Ali monta sur l'âne de Mohammad.

— Vous vous apprêtiez à jeter sur nous une roche du faîte de ce mur ! Scélérats ! Traîtres !

— Qui le lui a dit ?

— L'Ange.

— L'Ange ?

— Gabriel.

Ne vois-tu pas les hypocrites ?
Ils disent à ceux de leurs frères qui sont incrédules,
parmi les gens du Livre :
« Si vous êtes expulsés,
nous partirons avec vous
et nous n'obéirons jamais à personne
quand il s'agira de vous.
Si on vous attaque,
nous vous porterons secours. »
— Dieu est témoin qu'ils sont menteurs —

Si les gens du Livre sont expulsés,
les hypocrites ne partiront pas avec eux.
Si on les attaque,
ils ne leur porteront pas secours ;
et s'ils leur portaient secours,
ils leur tourneraient ensuite le dos,
puis ils ne seraient pas secourus.

Mohammad ordonna aux Nadir de quitter leurs maisons. Selon lui, ils l'avaient trahi, et tenté de l'assassiner. Il se considérait sans lien avec eux et pouvait donc les chasser des faubourgs de Yathrib où ils avaient vécu pendant des siècles, cultivant leurs champs à l'aide de grandes *sakiehs* que des ânes entraînaient et qui leur permettaient ainsi d'arroser le sol aux heures les plus chaudes du jour.

Abdallah ibn Oubayy, cet hypocrite qui avait sauvé la vie des Qaynouqa, s'arrêta chez les Nadir et les assura de son soutien s'ils ne partaient pas. Il promit de prendre les armes contre l'Envoyé de Dieu. L'homme se croyait encore le chef de Yathrib. Il se leurrait ; et, sans doute, s'il n'avait obtenu la grâce des Qaynouqa avec force sima-grées, il eût fait preuve d'une plus grande prudence avant d'engager sa parole.

Ignorait-il que son temps était passé depuis les assassinats de Kaab et de Sallam, ces dernières voix discordantes qui s'étaient élevées dans le désert pour s'opposer à Mohammad ? Je ne le pense pas. Mais cet homme s'illusionnait encore sur son pouvoir réel et aimait à donner le change à ses anciens féaux. Bien entendu, il restait encore des opposants, mais ils se trouvaient loin de Yathrib ; à Khaybar et à Mekka ; et aussi dans le Najd où les Amir et les Solaym étaient encore de puissantes tribus insoumises.

L'autre Sallam, le caïd des Nadir, celui qui ne versifiait pas et savait que Gabriel avait toujours été l'ennemi des juifs et l'ami des nazaréens, préféra s'en aller et conserver ses biens, hormis les palmiers qu'il ne pouvait emporter sur le dos de sa chamelle. Il avait observé la détermination dans le regard d'Ali et la haine dans celui d'Omar.

Quant à ceux des Nadir qui s'entêtèrent, Mohammad mit le siège devant leur forteresse. Lorsque les Nadir, à bout de ressources, envoyèrent un émissaire pour rappeler à Abdallah ibn Obayy son engagement, celui-ci se détourna d'eux et son fils rejoignit les Émigrants pour combattre les Nadir.

J'étais triste pour les Nadir, surtout quand les musulmans se mirent à couper les palmiers pour briser leur résistance. J'aimais ces arbres qui dansaient dans le feu le jour et qui nourrissaient les hommes et les bêtes depuis que Dieu a sculpté Adam dans la glaise. Ces arbres ressemblaient aux hommes, debout dans le silence ; ils côtoyaient le zénith et rêvaient, échevelés comme de grands fous. Je le dis à Mohammad, qui ordonna d'arrêter le saccage pour me complaire.

Certains, à présent, racontent que ce sont les juifs qui apostrophèrent Mohammad et lui firent changer d'avis. Ils certifient qu'ils le supplièrent de ne pas détruire le jardin des palmes. On ajoute même que les Nadir lui citèrent un verset du Coran qui mentionnait l'interdiction de couper les arbres. Cela était vrai, et cela, comme souvent, était faux. Il y eut bien un verset qui mit fin à la destruction.

Celui-ci vint à Mohammad pendant la nuit

alors qu'il s'inquiétait de ces dévastations qui ne servaient ni Dieu ni les hommes. Et comme Dieu l'aimait, il le rassura quant à ses actes, et le délivra d'un fardeau. Le lendemain seulement, Mohammad ordonna à ses hommes de ne plus toucher aux palmiers.

Soit que vous coupiez un palmier,
Soit que vous le laissiez debout,
c'est avec la permission de Dieu
et pour confondre les pervers.

À présent, la parole des femmes ne vaut plus rien ; et j'ai beau dire que les Nadir, s'ils s'élevèrent bien contre la coupe de leurs arbres, ne purent en aucune manière se prévaloir de ce qui n'existait pas encore, on ne m'écoute plus ; depuis ma défaite à la bataille du Chameau on pense que je suis devenue vieille, sénile. Il y eut aussi, de la part des juifs, des mots de bon sens ; certains firent remarquer à Mohammad qu'il valait mieux pour lui et les musulmans des palmiers dressés contre le ciel que des palmiers couchés à ses pieds mais ne portant plus de fruits, et cela, bien entendu, était la vérité. Surtout si l'on conçoit qu'il en va des hommes comme des arbres.

Enfin, désespérés, les Nadir se rendirent et demandèrent à emporter leurs biens. Mohammad accepta et leur accorda un délai très court. Alors, ils commencèrent à détruire leurs maisons pour ne pas les abandonner aux Émigrants. Quand Mohammad les vit agir de la sorte, il demanda à ses soldats de leur prêter main-forte ; et ils démolirent de bon cœur les habitations des Nadir.

Mais Dieu les a saisis
par où ils ne s'y attendaient pas.
Il a jeté l'effroi dans leurs cœurs.
Ils ont alors démoli leurs maisons
de leurs propres mains
et avec l'aide des croyants.

Les Nadir se réfugièrent à Khaybar où ils complotèrent contre Mohammad ; ils persuadèrent les Qourayshites de monter une expédition contre nous. Abou Sofiâne dirigeait les tribus fédérées, arabes et juives, qui se mirent en marche. Les juifs de Qouraydha, demeurés à Yathrib, étaient encore liés à nous par un traité ; Abou Sofiâne leur envoya un émissaire des Nadir pour qu'ils rompent leur engagement. Ils acceptèrent et Mohammad leur dépêcha Saad ibn Mouadh, des Awas, pour les faire revenir à la raison.

Kaab ibn Assad, le caïd des Qouraydh, lui répondit :

— J'ai rompu ce pacte qui nous liait à vous, sales chiens !

Et il déchira les lacets de ses sandales, puis les jeta à la figure de Saad.

— Dieu vous infligera une grande défaite, et les Qourayshites vous abandonneront à votre sort.

Kaab tira son sabre et le brandit au-dessus de sa tête.

— Ne viens pas nous menacer chez nous ! Tu as oublié que nous nous sommes rangés à vos côtés quand vous combattiez les Khazraj ? Sans nous, tous les Awas auraient été emmenés en captivité.

— Vous finirez comme les Nadir !

Par chance, Mohammad avait aussi été averti des préparatifs de la guerre par Khalid ibn al-Walid. Quand je demandai à Mohammad comment Khalid avait pu trahir les siens, il me répondit :

— Khalid n'a pas trahi. Il a honoré sa parole envers moi et ton père.

Je ne comprenais pas.

— Quand nous avons fui Mekka, Khalid nous a retrouvés. Alors que nous étions à sa merci, il nous a épargnés.

— Pourquoi ?

— Il n'aimait pas Abou Sofiâne, qui devenait le caïd de Mekka. Il ne souhaitait pas que l'homme du passé hypothèque l'avenir.

— Mais Khalid hait les musulmans ?

— Seul Omar l'insupporte. Il n'a rien contre notre religion.

— Il ne nous tient pas en grande estime pour autant.

— Khalid n'est pas homme à éprouver des sentiments. Il n'aime qu'une chose en ce monde.

Que pouvait désirer ce petit être qui montait sa cavale comme Ibliss ? On ne lui connaissait aucune attache, et même le vieux Walid ibn al-Moughira ne parvenait pas à le tenir par le sentiment naturel qu'éprouve un fils pour son père. Cet homme était une énigme ; et celle-ci, bien qu'elle fût de chair et de sang, s'épaississait depuis Ohod où il nous avait vaincus.

— Qu'importe au diable ?

— La guerre. Et il souhaite qu'elle dure le plus longtemps possible. Et si Abou Sofiâne parvient à nous battre et à me tuer...

— Dieu protège son Prophète !

Je lui baisai les mains de peur de les perdre un jour.

— ... il sait qu'elle sera terminée, faute d'ennemi.

Grâce à Khalid, les Émigrants s'organisèrent. Ils creusèrent une tranchée devant Yathrib, si large et si profonde qu'elle ne fut jamais franchie. Et ils veillèrent. Mohammad, souvent, se dressait à un endroit où le fossé semblait plus étroit et moins profond, les sens en éveil. Il passait ses nuits à guetter ; il prenait de moins en moins de repos. Quand le froid le saisissait, il me rejoignait sous la tente et se réchauffait contre mon corps.

Nous enlevions nos vêtements et nous restions face à face pendant quelques instant où nous contemplions nos corps. Le sien était encore celui d'un homme jeune, en dépit des ans ; ses muscles, allongés, saillaient sous sa peau délicate et blanche. Jamais il ne l'exposait au soleil ; il couvrait même son visage quand il marchait dans le désert. Je lui caressais le torse puis le ventre, puis laissais ma main s'égarer ; il agissait de même avec moi. J'avais encore des seins de petite fille et une taille étroite. J'avais une chevelure flamboyante, plus claire que celle de Maryâm la Copte ; et ma toison, peu fournie, abritait un feu continu qui réchauffait mon amant quand il s'en approchait.

Contre mon flanc, je le sentais, proche de l'embrasement ; et il s'introduisait en moi, doux comme un rayon de soleil matinal, ou comme une prière ; puis il allait et venait, pareil à l'onde marine sous la voûte céleste ; j'étais alors emportée par le courant et mon enfance se perdait au milieu de ma chevelure éparpillée sur le coussin ; mon corps s'ouvrait comme une fleur ; un nénuphar dansait au fil de l'eau ; puis il s'écroulait, hors d'haleine, les joues brûlantes ; puis il s'endormait en moi ; alors je le berçais doucement ; nous étions deux enfants aux membres délicats et fragiles, emportés par la mer.

Un soir, Khalid ibn al-Walid se présenta devant la tranchée à la tête de sa cavalerie ; il tenta de franchir l'obstacle mais il fut repoussé par nos archers. Mohammad lui-même décocha de nombreuses flèches contre ses ennemis. Ce fut pendant cet échange que Saad ibn Mouadh fut blessé. Il reçut un trait sous l'aisselle ; le fer ressortit par l'épaule. Il perdit beaucoup de sang, encore plus quand on le lui retira. Puis l'articulation gonfla et il ne put bientôt plus bouger le torse sans éprouver d'atroces douleurs.

Si, pendant le siège, les vivres vinrent à nous manquer, Dieu nous insuffla force et patience. Et toutes les nuits, Mohammad me rejoignait sous la tente. Il m'appartint corps et âme pendant toute la durée de la bataille. Je ne le partageai avec personne et j'en vins même à souhaiter que la guerre ne se terminât jamais, que les ennemis fussent figés en un éternel duel, sans jamais se rencontrer, permettant aux seuls amants d'échanger leurs souffles.

Le siège de Yathrib me plaisait. Nous étions suspendus l'un à l'autre ; l'homme mûr cherchant refuge auprès de l'enfance, de son insouciance. Et je lui donnais ce qu'il demandait. Toutefois je demeurais insatisfaite. Je savais aussi de science lointaine et sûre que l'homme partirait vers d'autres femmes ; il avait besoin de parcourir toute l'échelle des âges et des formes, quêtant à la fois dans nos yeux l'innocence et l'expérience, se donnant à l'une pour être possédé par l'autre.

Le vent se mit à souffler sur la ville, de plus en plus fort, puissant, comme le souffle de Dieu. Il charria tout le sable du désert, dressant entre l'armée des associateurs et Yathrib un voile opaque. Abou Sofiâne et ses troupes levèrent le camp et s'en retournèrent à Mekka. Mohammad ordonna la mise à mort des Qouraydha qui avaient comploté contre nous pendant que les armées ennemies nous encerclaient, prêtes à fondre sur la cité comme l'épervier sur sa proie. Il sépara les hommes des femmes et des enfants. Il entrava leurs membres et creusa une fosse.

Mais les Awas s'opposèrent à cette décision. Comme les Khazraj avec les Qaynouqa, ils souhaitaient obtenir la grâce de leurs alliés.

Mohammad leur demanda :

— Accepteriez-vous l'arbitrage de l'un des vôtres ?

— Nous acceptons, dirent les Awas.

— En êtes-vous certains ?

Ils se méfièrent ; mais la majorité voulut l'arbitrage de l'un des siens.

— Que l'on amène Saad ibn Mouadh !

Saad, l'épaule gangrenée, au seuil de la mort et désirant plaire à son Dieu, et n'oubliant surtout pas l'affront fait par Kaab ibn Assad qui lui avait jeté ses lacets à la figure, rendit son terrible verdict : la mort pour tous les hommes et la captivité pour les femmes et les enfants. Tous les biens des Qouraydha seraient confisqués par les croyants.

Mohammad dit :

— Dieu a parlé à travers toi, Saad ! Tu connaîtras une félicité éternelle !

Saad expira, heureux de rejoindre Dieu et ses Anges ; et les croyants véritables égorgèrent six cents juifs. Mohammad préleva le quint des biens confisqués et épousa Rayhâna.

J'allais bientôt vouer une haine ardente à un homme qui, au départ, m'était indifférent au point que, lorsque Mohammad m'entretenait des entreprises maléfiques du caïd des Khazraj, Abdallah ibn Oubayy, je n'y prêtais guère d'attention ; je tentais alors de l'en distraire en usant de mes charmes que je découvrais à mesure que les mois passaient à ses côtés.

En ce temps-là, j'étais encore jeune et naïve, aussi je me réjouis lorsque Mohammad m'emmena avec lui combattre les Moustalaq qui menaçaient d'envahir Yathrib. Je me souvenais encore des nuits heureuses à ses côtés pendant que les Qourayshites et les juifs nous assiégeaient et tentaient de briser notre résistance. Ensuite, mon amour pour lui se tempéra quelque peu quand il épousa Rayhâna après avoir massacré ses parents. Belle, jeune surtout, je craignais qu'elle ne l'éloignât de moi. Ce qu'elle fit, bien entendu.

— Tu passes beaucoup de temps avec ta captive juive !

— C'est une musulmane à présent. Je l'ai affranchie et épousée.

— Voilà un mariage bien raisonnable. Et une conversion fort à propos.

— Seul Dieu sait ce qui règne dans le cœur de ses créatures.

— Quand il s'agit de sonder celui des femmes, tu n'as pas besoin de Dieu...

J'étais excédée. Mohammad sortit de la chambre. Je l'avais mis en colère comme souvent à cette époque de notre vie. Je ne le revis pas pendant plusieurs jours. Je m'inquiétai. Quand il revint ce fut pour me proposer de l'accompagner à la razzia contre les Moustalaq. Il m'annonça aussi qu'Oum Salama viendrait avec nous ; mais je savais que, la nuit venue, il se tromperait de chamelle et dormirait à mes côtés. Oum Salama s'en plaindrait bien entendu mais il ne manquerait pas de se tromper de palanquin la nuit suivante. C'était son habitude quand il partait à la guerre en ma compagnie, ces allées et venues entre nos montures. J'en tirais une grande fierté que j'exploitais ensuite auprès des autres femmes. Ainsi je pourrais bientôt me défendre contre Rayhâna qui n'était jamais choisie, elle.

Après trois journées de combats, les Moustalaq furent vaincus, et leurs femmes et leurs enfants capturés ainsi qu'un important butin. Encore une fois, Mohammad épouserait l'une des leurs, Djouwayriya, après notre retour à Yathrib, ce qui ne manquerait pas d'accroître encore ma peine après cette affaire de collier avec Safouane ibn al-Mouattal.

La troisième nuit, avant le départ, je m'étais éloignée du campement afin d'accomplir ce besoin que la nature ne nous permet pas de différer mais que la pudeur m'interdit de nommer ici. Quand je revins au campement, je m'aperçus que j'avais perdu mon collier d'agates, un talisman offert par ma mère auquel je tenais beaucoup. Je revins donc sur mes pas et cherchai le colifichet qui, en raison de ma jeunesse, me paraissait un joyau à nul autre pareil. Que ne l'avais-je abandonné !

Au retour, je ne trouvai personne ; la caravane était partie et les musulmans et mon mari m'avaient oubliée, pensant que je me trouvais dans mon palanquin, sur le chameau qui était retourné avec le reste de l'équipage. J'étais seule, perdue au milieu de l'immensité, sous le ciel sombre de Dieu. Je m'assis et attendis pendant quelques minutes ; je me levai et criai ; ma voix se perdit dans l'éther incommensurable. Je me mis à pleurer ; de longs sanglots qui ne consolèrent que les pierres et qui se tarirent comme l'eau du puits après le passage d'un troupeau de méharis. Je m'attendais à voir des djinns accompagnés de leurs femmes surgir de la nuit.

Je frissonnai. Je m'enveloppai dans mon caban. C'est alors que me revinrent en mémoire les vers d'Imrou al-Qays ; je les chantai pour me consoler et me réchauffer l'âme :

Un jour, j'ai songé à la chaleur de son feu ;
D'un regard enflammé j'ai contemplé le ciel

J'entendis une voix, dans l'obscurité, reprendre avec moi.

Et me suis retrouvée en pensée auprès d'elle.
Les étoiles semblaient m'inviter au voyage
Leur lueur m'indiquait clairement le chemin…

Une voix d'homme, belle et posée.

Petit à petit, comme une bulle s'élève
Je m'élevai vers elle à l'heure où les gens rêvent.

C'était Safouane ibn al-Mouattal ! et il était beau comme un dieu. Nul homme ne surpassait sa grâce et son charme. Il était grand, sa peau blanche, ses cheveux noirs : il ressemblait au Joseph du Coran pour lequel les femmes s'étaient damnées. Si ma vie avait pris un autre chemin, j'aurais souhaité être son épouse ; et toutes les femmes à Yathrib, hormis la sienne, formulèrent sans doute le même vœu. Pourtant j'étais innocente ; ou alors nous étions toutes coupables !

Je lui répondis avec les mots sublimes du poète.

[...] Par Dieu, respecte ma vertu.
As-tu perdu l'esprit ? As-tu juré ma fin ?

Il m'aida à monter sur son cheval. Je me laissai aller contre son dos et nous chevauchâmes dans la nuit. Bien entendu, il ne me fit nulle offense ; il continua juste à dévider le poème tant que dura la traversée du désert. Pour qui ne le connaît pas, il n'y a aucun mal en ces vers ; et je le répète, pour qui le connaît, les mots ne sont que des mots, rien d'autre.

Safouane me conduisit à Yathrib et me déposa devant la Mosquée. J'étais sauve ; je me leurrais, bien entendu. Quand les gens de la ville me virent sur le cheval de Safouane, qui, je le répète, était un homme de grande allure, ils commencèrent à médire à notre propos, nous prêtant je ne sais quelles turpitudes au milieu des sables.

Le plus empressé à me salir fut cet hypocrite d'Abdallah ibn Oubayy.

Mohammad demanda à voir Barira, ma servante, qui était une vieille femme pleine d'usage et de raison : elle m'aidait à préparer les repas et, la nuit, quand je me retrouvais seule sur mon matelas, elle venait me border et me raconter ces anciennes histoires sur les tribus arabes ; dansaient alors sur un grand drap blanc les ombres des Kinda, des Ghatafân, des Hilal et des Solaym ; elles s'élançaient sur la toile pour de grandes chevauchées. Puis le sommeil m'envahissait et elles disparaissaient, englouties par la nuit de l'âme quand elles ne prenaient pas le chemin des songes.

— Que penses-tu d'Aïcha, Barira ?

— Que mon seigneur me permette de dire ce que j'ai sur le cœur.

— Je t'écoute, Barira.

— L'autre jour, j'avais préparé la pâte pour le pain et j'avais demandé à Aïcha de la surveiller…

Barira se mit à marmonner.

— Et ?

— Le mouton l'a mangée !

— Aïcha ?

— La pâte, mon seigneur, la pâte pour la galette ! Cette petite peste s'était endormie. Comme elle peut être étourdie parfois.

— Mais Barira, je te demande ce que tu penses d'Aïcha. Tu sais ce que l'on dit d'elle en ce moment.

— Hormis le pain qu'elle a laissé dévorer, Aïcha n'a jamais commis de faute, mon seigneur.

J'avais remarqué que Mohammad ne me traitait plus avec les mêmes égards. Puis, je tombai malade. La fièvre m'affaiblit au point que je demandais à rejoindre la maison de mes parents où je fus fraîchement accueillie par mon père, Abou Bakr, dont la seule crainte était que sa fille fût répudiée par son meilleur ami, l'homme le plus puissant de Yathrib. Qui se souciait alors de moi ? Ma mère. Elle m'avait pourtant offert le collier qui me valait à présent d'être la dernière des femmes. Comme j'étais jeune et naïve, je ne savais rien de ce que répandait ce chien d'Abdallah ibn Oubayy à mon propos.

Quand Mohammad demanda conseil à ses meilleurs amis, Ali se montra le plus déloyal ; à l'inverse, Oussama, le fils de Zayd, prit ma défense.

— Ce sont des calomnies ! Abdallah ibn Oubayy cherche à te nuire. Il a trouvé ce moyen pour te faire du mal.

Mohammad se tourna alors vers Ali.

— La mer est remplie de poissons. Et Dieu t'a donné toute licence d'en prélever autant que tu veux… Choisis une femme plus belle ! Et ainsi tu feras taire tes ennemis. Et s'ils continuent à jacasser, nous nous en occuperons.

Ali me comparait à je ne sais quelle créature marine ! Je lui en voulus ma vie entière pour ces paroles.

— Laissez-moi, à présent.

Ils s'en allèrent.

Puis Mohammad appela Zayneb bint Jahch, l'usurpatrice, et lui posa la même question qu'à Barira. Elle s'était présentée dans une robe transparente et Mohammad avait rougi.

— Je n'aime pas ton Aïcha. Je ne sais ce que tu trouves à cette enfant ! Elle est insolente. Méchante. Bête. Et d'ailleurs je ne lui parle plus. Et, Dieu merci, elle ne m'adresse plus la parole. Quant au reste, elle est au-dessus de tout soupçon.

— Soit.

— Je peux ajouter quelque chose ?

— Je t'écoute.

— Méfie-toi d'Abdallah ibn Oubayy.

Et elle repartit s'enfermer dans sa chambre.

Saouda me rapportait leurs faits et gestes quand elle me rendait visite chez ma mère.

Mohammad conduisit la prière à la Mosquée. Quand il eut terminé, il s'adressa aux croyants.

— Qui me gardera d'un homme qui diffame ma personne et jette le trouble dans ma maison ?

Oussayd ibn Houdayr, le caïd des Awas, qui, bien entendu, haïssait le chef des Khazraj, l'infâme Abdallah ibn Oubayy, se leva. C'était un homme de belle prestance, à la barbe fournie et charbonneuse, au menton volontaire ; lui aussi était un soleil à son déclin ; mais il désirait complaire à Mohammad avant de s'éclipser dans la nuit des origines.

— Je m'en vais tuer ce chien de Khazraj.

— Chien toi-même ! hurla Saad ibn Oubada, un Khazraj et chef d'une branche moyenne de la tribu.

Il s'approcha d'Oussayd. Il le toisa, le visage jeté en arrière. Ses prunelles, noires, brûlaient comme les flammes de l'enfer.

— Tu es un sale menteur. Tu savais que le diffamateur appartenait à notre tribu. Sinon tu ne te serais pas levé.

— C'est toi le menteur ! Je tuerai cet homme avec ou sans l'aide de Dieu.

— Tu cherches à réveiller d'anciennes rancunes !

— Hypocrite, tu défends un autre hypocrite ! Je ne partirai pas d'ici avant d'avoir fait rouler la tête de cet ennemi de Mohammad. Je l'apporterai moi-même à l'Envoyé de Dieu !

Les alliés des deux hommes se rangèrent de part et d'autre de la Mosquée. Si l'algarade s'envenimait, si le sang coulait entre les Ansars, plus rien ne pourrait arrêter la guerre qui avait consumé les deux tribus arabes pendant des décennies.

Mohammad descendit de sa chaire et s'interposa entre Saad et Oussayd.

— Taisez-vous, à présent. Cela ne vous concerne plus. Je retire ma demande !

Le soir même, Mohammad se présenta chez mes parents. Il vint s'asseoir devant ma couche. J'étais encore fatiguée. Il paraissait triste. Son visage portait la marque des années. J'eus de la peine pour lui. Je l'aimais tant.

— Aïcha, tu sais ce que l'on dit sur toi et Safouane.

Je me relevai.

— Je ne sais rien. Personne n'a pris la peine de m'en avertir. Pendant des jours, tu t'es présenté devant moi et tu as gardé le silence ! Tu m'as accusée sans raison ! Ensuite, quand je suis venue chez mes parents, ils ne m'ont rien dit. Alors que tout le monde en parlait à Yathrib. Tout le monde...

Je me mis à pleurer.

— Si tu es innocente, Dieu me le révélera.

— Eh bien qu'il se manifeste !

— Si tu es coupable, demande pardon à Dieu ! Le croyant qui se repent, Dieu lui accorde son pardon.

Ma mère était assise à mes côtés ; je me laissai glisser sur ses genoux et je pleurai. Elle me caressa les cheveux pendant que durèrent mes sanglots, longs et douloureux. Quand ils se tarirent, je levai mon visage vers mon père.

— Réponds à ton ami ! Je n'ai rien à lui dire !

— Mon Dieu... je ne sais quoi...

Je me tournai vers ma mère.

— Réponds-lui, toi !

Elle baissa la tête, confuse, elle aussi.

— Vous me pensez coupable, tous ! Vous vous défiez de moi, je le vois bien. Si je vous dis que je suis innocente, vous ne me croirez pas. Pourtant si je vous dis que je suis coupable, vous le croirez ! Quels parents vous faites ! Dieu sait que je n'ai plus confiance qu'en Lui. Il fera éclater la vérité !

Dieu fut clément avec moi. Mohammad se retira dans un coin de la pièce et s'effondra. Ma mère se précipita pour le recouvrir d'un manteau. Il tremblait de tous ses membres, son front brûlait et de la sueur coulait sur son visage, abondante et glacée. Quand il recevait la révélation, on aurait pu croire qu'il était frappé d'un grand mal.

Son corps cessa de s'agiter, son souffle se fit plus régulier. Il ouvrit les yeux :

— Aïcha, tu es innocente ! Dieu vient de me le révéler à l'instant.

Mon père se précipita sur moi et m'embrassa. Je feignis un mouvement de recul.

— Aïcha, lève-toi et va saluer ton mari, m'ordonna mon père, qui n'en pouvait plus de joie.

— Il n'en est pas question.

— Comment peux-tu dire cela ?

— Je n'obéirai pas, ni à toi ni à lui.

Et je désignai, assis devant ma mère à la belle

chevelure, Mohammad qui riait comme si des Anges s'amusaient devant ses yeux. Quel fou !

— Il ne manquerait plus que je vous remercie, toi et lui, qui ne m'avez pas défendue !

— Ton cas était difficile, ma fille. J'ignorais tout. Comment défendre une innocente sans preuves ? Et Dieu vient de nous en donner une.

— Alors je me lève pour remercier Dieu ! Quant à mon mari et à mon père que Dieu veuille bien leur pardonner.

Je me dirigeai vers Mohammad et me penchai sur son visage. Il riait toujours, le bienheureux. Il accepta mon baiser. Prenant appui sur le bras de ma mère, il se dressa sur ses jambes.

— Je vais à la Mosquée !

Mon père sortit à sa suite, puis ma mère et moi, qui les suivions de loin. Nous entrâmes dans la demeure de Dieu. Je rejoignis ma chambre, non loin du minbar où commençait à se hisser mon bien-aimé. Ma mère s'était réfugiée avec moi dans la pièce où je recevais Mohammad. Nous tirâmes le rideau qui masquait l'entrée mais nous permettait de tout entendre de ce qui se disait dans l'enceinte de la Mosquée. Par la petite fenêtre qui donnait sur la salle de prière, nous pouvions même épier les croyants.

Les hommes entrèrent à leur tour à la suite de Mohammad. Ils se placèrent tout autour du minbar ; et ils s'assirent en rond, comme à leur habitude.

Mohammad regarda chaque musulman, et ils étaient nombreux ce jour-là, se doutant bien qu'une révélation venait d'avoir lieu. Quand Dieu s'adressait à lui, Mohammad portait sur le visage un air de gravité inhabituel. Et pourtant sa face semblait plus claire, apaisée, comme après un effort soutenu ; il ne ressemblait plus à l'homme qu'ils connaissaient et que les soucis accablaient depuis de nombreuses années. Le guerrier laissait place à l'homme de Dieu, et dans ses yeux se reflétaient ses merveilles qui lui venaient de l'enfance : songes insolites, paroles d'airain, paysages célestes.

Il parla enfin, d'une belle voix claire et chantante, enivrante comme le meilleur vin ; cadencée comme la circulation des flux marins, la course des étoiles, la ronde des planètes et de leurs filles, les comètes.

Les calomniateurs sont nombreux parmi vous
Ne pensez pas que ce soit un mal pour vous ;
c'est au contraire un bien pour vous.

Chacun d'eux est responsable
du péché qu'il a commis.
Celui qui, parmi eux, s'est chargé
de la plus lourde part
subira un terrible châtiment.

Abdallah ibn Oubayy, qui se trouvait parmi la foule des croyants, ne put réfréner un tremblement. Un long frisson glacé le parcourut.

Mohammad le regarda.

Si seulement les croyants et les croyantes
avaient pensé en eux-mêmes du bien de cette affaire
lorsqu'ils en ont entendu parler !
S'ils avaient dit :
« C'est une calomnie manifeste ! »

Un immense brouhaha parcourut l'assemblée. La plupart étaient inquiets, ils avaient tous participé à l'affaire du collier perdu ; même Ali n'en sortait pas indemne, surtout Ali.

Si seulement ils avaient appelé quatre témoins !
Ils n'ont pas désigné de témoins,
parce que ce sont des menteurs devant Dieu.

Un homme se leva, le visage rouge ; Saad ibn Oubada, le caïd des Khazraj, qui avait défendu Abdallah ibn Oubayy.

— Ce sont bien les versets de Dieu ?

Mohammad se tourna vers lui et le foudroya du regard. Il se tourna ensuite vers les croyants et leur demanda :

— Répondez à votre seigneur ! Sont-ce les paroles de Dieu ?

— Mohammad, ne l'écoute pas, cet homme est un grand jaloux, dit un ami de Saad pour prendre sa défense.

— C'est vrai, Messager de Dieu. Cet homme a raison. Je suis étonné. Faut-il donc que je produise quatre témoins après avoir constaté la trahison de ma femme ? Quand bien même je rentrerai chez moi et la trouverai en compagnie d'un autre homme, elle et lui s'amusant à me dresser des cornes sur la tête, je devrais faire appel à quatre personnes absentes ! Cela est impossible, Mohammad. Imagines-tu un homme courir dans la ville en appelant à lui quatre personnes ! Quel fou ! Tout le monde se rirait de lui ! Et il ne pourrait pas répudier la scélérate !

— Saad est jaloux ? Qu'il sache que l'Envoyé de Dieu est encore plus jaloux que Saad et que Dieu lui-même est le plus jaloux des trois !

Nous sommes les mères des croyants, intouchables pour le reste des hommes ; seule la mort nous délivrera de la solitude qui nous saisit comme le froid glacial à la nuit tombée. Depuis ma dix-huitième année, Mohammad mort, je vis sans compagnon, sans ami. Mon père, Abou Bakr, l'a rejoint alors que j'avais vingt ans, le bel âge pour certaines femmes, celui des enfantements ; celui des deuils et enterrements pour moi.

J'avais mis mon mari et mon père en terre : deux grands hommes dont l'unique défaut a été de m'avoir abandonnée au milieu de veuves caquetantes et éplorées, dont le bavardage était la principale distraction, une maladive expression de leur ennui et de leur solitude. Mais même cet insane jacassement, cette lente et poignante lamentation a cessé avec la disparition des concubines de Mohammad, ces lumières qui brillaient dans le nocturne des mémoires et qui finirent par s'éloigner de nous comme de petites lampes sur les chemins du temps, soufflées par l'obscur fos-soyeur.

Pourtant, nous fûmes bien les mères des croyants, pour l'éternité de Dieu : veuves illustres chargées de transmettre un héritage aux hommes qui ne connurent pas Mohammad.

Souvent des processions de femmes traînent leurs marmots récalcitrants et débraillés, dans la pénombre de ma chambre, ici, à Yathrib ; elles viennent, pauvres et humiliées, et se prosternent devant moi, touchent ma jupe en silence ou mar-monnent une vague prière, puis me demandent d'intercéder pour elles auprès de l'Envoyé de Dieu et des Anges du paradis qui, pensent-elles avec la simplicité des humbles, l'entourent et chantent avec lui les beaux cantiques. Et puis, avec une ri-gueur implacable, elles me demandent de leur ra-conter le voyage que fit Mohammad de Mekka à Jérusalem, de nuit, sur al-Bourâq, sa monture blanche comme l'éclair.

Quand je leur réponds que je n'étais pas encore sienne quand il effectua le miraculeux péri-ple et qu'il valait mieux interroger Saouda, elles me supplient encore plus de le raconter tant elles sont assurées que mon récit sera meilleur ; et c'est bien vrai, je suis devenue, au fil des ans, la conteuse des croyants ; ma célébrité aujourd'hui dépasse les frontières du monde connu, de Damas, où siège l'empire de Mouawiya, aux terres du soleil cou-chant, ce Maghreb dont j'entends parler et que je ne connaîtrai jamais, oh quel dommage si l'on y pense, quelle tristesse que la vie se termine si vite et surtout que je sois trop âgée pour entreprendre un si long périple.

Je suis à présent plus vieille que Khadija à l'heure de sa mort, bien plus ; et cette grande dame, qui m'effrayait jadis, même si je ne l'avais jamais connue, me semble à présent une petite fille perdue dont il faut chérir le souvenir, une image jolie et sainte. Comme je m'en veux à présent, jalouse et bête que j'étais, de l'avoir moquée devant mon bien-aimé. Que sont-ils tous devenus aujourd'hui ? De petits êtres perdus dans les remous du temps et de la mémoire. Oui de tout petits enfants morts.

Même Fatima, la fille de Mohammad, morte quelques mois après son père, me manque elle aussi ; elle, je la craignais encore plus que Zayneb, Hafsa ou Maryâm la Copte, la seule femme qui ait offert un fils à Mohammad. Quel prodige quand on pense que, depuis la mort de Khadija, Mohammad n'avait jamais plus conçu ! Comme si, devenant le réceptacle de la parole divine, tout dévoué à sa nouvelle mission, il avait négligé de délivrer une descendance de chair et de sang. Maryâm rompit le charme ; cette sorcière nazaréenne ! Il lui vint un enfant, mâle. Lorsque naquit Ibrahim, nous nous affligeâmes tant que Mohammad partit vivre avec son fils et sa jeune étrangère, nous abandonnant à nos jalousies.

Quel ne fut pas notre soulagement quand Ibrahim perdit la vie, à l'âge de deux années ! J'en ai honte ; à l'aube de mon existence, j'en pleure encore en songeant au chagrin immense d'Abou al-Qassim. Peu de temps après le pèlerinage de l'Adieu, comme pour me punir, Mohammad tomba malade et ne se releva pas ; il expira entre mes bras. Si Ibrahim n'était pas mort, Mohammad aurait vécu dix ans de plus, j'en suis certaine. Ce sont des histoires que l'on se dit à soi-même et que l'on ne raconte jamais à personne.

Ces tristes femmes ne repartent jamais sans avoir laissé un présent : une once de blé, une poule vivante, des miettes d'un festin. Ces créatures sont encore plus tristes que nous, les Mères. Pour complaire à leurs époux, elles se voilent le visage et le corps ; rien ne les y oblige pourtant. S'il n'y avait eu ces noces absurdes avec Zayneb, aucune femme ne porterait ce bout de tissu qui masque leurs beaux atours.

La mort de Mohammad… Je l'avais envisagée parfois. Après Ohod, il était revenu recouvert de sang. J'avais eu très peur. Puis Fatima me l'avait soufflé en s'empressant autour de lui. Ensuite il avait épousé Zayneb, et je n'y avais plus pensé tant ma jalousie était grande. Et pourtant, cet homme qui me parlait dans la nuit, un jour, ne serait plus, comme Hamza, son oncle, le lion du désert ; Hamza transpercé par le javelot d'un esclave ; Hamza dont le foie fut dévoré par Hind, la femme d'Abou Sofiâne. Je jurai que si Mohammad venait à être tué à la guerre, je le vengerais à mon tour.

— Tu ne vengeras personne. Je les vaincrai, tous. Avec ou sans l'aide de Dieu.

Mohammad me prit la main et me regarda, comme pour me calmer ; je serrai ses doigts contre les miens.

— Si encore une fois Khalid te prévient assez tôt pour que tu t'armes ?

— Khalid nous a avertis, Abou Bakr et moi, quand Abou Jahl et les Qourayshites s'apprêtaient à m'assassiner chez moi. Grâce à lui, nous avons pu quitter Mekka à temps.

— Ce n'était donc pas l'Ange ?

— Khalid est parfois un ange.

Il se mit à rire. Cette fois, je riais avec lui.

— Nous nous combattons pourtant comme le feraient les plus grands adversaires.

— Quelle est la contrepartie de ce marché ?

— Si nous sommes victorieux, nous lui accorderons notre grâce. Et il sera ainsi le meilleur des Émigrants.

— Khalid ne craint pas la mort. Il n'a que faire de notre croyance. Ce ne sont pas les véritables termes de votre accord, j'en suis certaine.

J'avais raison. Je lui plaisais, il me le répétait souvent, j'étais la plus intelligente des femmes, et je surpassais la plupart des hommes de son entourage.

— Pourquoi avoir été fidèle à Khadija jusqu'à sa mort ?

— Parce qu'elle fut la première.

— Est-ce la seule raison ?

Il leva le visage vers le ciel.

— C'est Waraqa, cousin de Khadija, qui me l'a demandé.

Je ne comprenais pas. C'était une époque que je n'avais pas connue, un temps avant le mien.

— Waraqa était nazaréen. Il ne voulait pas que j'épouse une autre femme tant que Khadija serait en vie. J'ai accepté et il m'a donné sa nièce en mariage.

— Pourquoi avoir changé après sa mort ?

— À cause de l'hégire. Du *fourqane* de Badr. Je me suis senti délié de tout ce qui était advenu avant.

— De tout ?

— Toute ma vie, ma pensée, ma croyance. De tout, Aïcha. Après notre victoire à Badr, j'ai su que Dieu s'adressait à nous, les Arabes, et seulement à nous. Je me suis donc détourné des gens du Livre et des nazaréens.

— Les Qaynouqa, les Qourayza, les Nadir... les Qourayshites... nos anciens alliés, non amis à Yathrib ? Les fils d'Israël ?

— Oui, tous… J'ai su aussi que nous devrions reconquérir la maison de Dieu, à Jérusalem, comme le souhaitait Waraqa. J'ai alors demandé à Khalid de partir pour Mouta et d'y combattre les Roûms.

— Mais nous avons perdu, à Mouta !

— Nous réussirons. Si ce n'est moi, Abou Bakr et Omar y parviendront un jour. Et nous reconstruirons la Mosquée sacrée. Nous aurons alors conquis toute la terre. Ce sont les termes de l'accord passé avec Khalid. Il sera notre général. Je le crois capable de laver l'affront de Mouta et de conquérir le Châm et Jérusalem afin d'y rétablir la véritable religion.

Mes paroles l'avaient attristé. Il pensait à Zayd, j'en suis certaine, comme au véritable fils qu'il n'aurait pas dû renier pour cette pauvre Zayneb. Comme il avait fini par rejeter son véritable père, Abraham, pour donner son nom à l'enfant mort de Maryâm la Copte, Ibrahim. Le père, le fils et l'esprit se superposaient pour figurer une seule et unique image : ce Dieu solitaire et orphelin pour lequel il avait tout sacrifié.

— Tu as tant accordé à Khadija, et à nous, tu as tant enlevé. Pourquoi n'avons-nous droit qu'à la moitié de ce qui revient à un homme qui hérite ?

— Les Arabes sont orgueilleux. Je n'ai pu leur enlever leur fierté. Le fleuve est revenu dans son lit.

D'habitude, il ne manquait jamais d'ajouter que les hommes s'amélioreraient avec le temps et

392

la pratique de la religion : ils finiraient par rejeter d'eux-mêmes l'injustice comme il avait repoussé les nazaréens et les gens du Livre. Aussi, quel ne fut pas mon étonnement et ma tristesse quand je l'entendis dire, de sa voix belle et claire :

— Un jour, l'islam sera l'étranger qu'il a commencé par être. Du vivant même d'Omar. Puis de ses successeurs. Alors tout sera licite pour ces hommes. Ils prétendront des choses fausses sur ma vie. Ils dresseront le portrait d'un autre homme qu'ils nommeront Mohammad et qu'ils agiteront selon les circonstances. Ils justifieront ainsi leurs turpitudes et dissimuleront leurs faiblesses. Ils seront hors de la sphère de Dieu.

Puis sa voix s'éteignit, captive, figée dans la nuit. Cela aurait pu durer longtemps, lui et moi, liés jusqu'à la fin des temps comme deux êtres perdus dans le désert, dévorés par les vents qui cinglent sur les rives sans mémoire. Statues pétrifiées, nous avions atteint l'au-delà de la parole ; le silence de Mahomet.

REMERCIEMENTS

Ce livre n'aurait pu être écrit sans les chroniques sur la vie de Mahomet ou, plus justement, sans la *Sîra* de Mohammad. Je tiens donc à remercier en particulier Mahmoud Hussein, dont le formidable travail m'a été d'une aide précieuse tout au long de l'élaboration de ce roman. Son livre, leur livre puisqu'il s'agit en l'occurrence de deux auteurs, *Al-Sîra, le Prophète de l'islam raconté par ses compagnons*, aux éditions Grasset et Fasquelle, est une mine d'enseignements, une Bible. D'autres ouvrages comme *La Biographie du prophète Mahomet* d'Ibn Hichâm, texte traduit et annoté par Wahib Atallah aux éditions Fayard, ainsi que *La Chronique. Histoire des prophètes et des rois* de Tabari, traduite du persan par Hermann Zotemberg, aux éditions Actes Sud Sindbad, m'ont accompagné tout au long de cette élaboration romanesque. Je ne ferai pas l'injure suprême au lecteur de citer le *Mahomet* de Maxime Rodinson ni le *Mahomet* de W. Montgomery Watt. Je tiens aussi à rendre hommage à Assia Djebar qui, la première, s'est attelée à éclairer une des facettes les plus intéressantes de la vie de Mahomet, sa relation avec les femmes, et ce dans son merveilleux roman, *Loin de Médine*, aux éditions Albin Michel. Pour les citations, j'ai puisé abondamment dans le Coran traduit par Denise Masson, aux Éditions Gallimard, et, un peu moins, dans *Ors et saisons. Une anthologie de la poésie arabe classique*, traduite, présentée et annotée par Patrick Mégarbané et Hoa Hoi Vuong aux éditions Actes Sud Sindbad.

DU MÊME AUTEUR

Aux Éditions Gallimard

LE CHIEN D'ULYSSE, *roman.* Prix littéraire de la Vocation. Bourse Goncourt du Premier Roman 2001. Bourse prince Pierre de Monaco de La Découverte.

LA KAHÉNA, *roman.* Prix Tropiques 2004.

TUEZ-LES TOUS, *roman* (« Folio », *n° 4649*).

LES DOUZE CONTES DE MINUIT, *nouvelles.*

LE SILENCE DE MAHOMET (« Folio », *n° 4997*).

Aux Éditions du Rocher

AUTOPORTRAIT AVEC GRENADE, *récit.*